Jørn Riel

Zu viel Glück auf einmal

Zu diesem Buch

Kälte und Einsamkeit im Polarwinter sind nicht leicht auszuhalten. Aber zum Glück ist da Herr Joensen, der die Kunst des Tätowierens beherrscht. Während eines langen Winters lassen sich Valfred, Fjordur, Lasselille, der Graf und viele andere ihre Sehnsüchte unter die Haut malen. In einem anderen Jahr erteilen die Jäger und Fänger einem Leutnant eine Lektion fürs Leben, nachdem sie die Lust am Exerzieren verloren haben, und feiern ein würdiges Totenmahl, bei dem beinahe der Falsche die letzte Reise antritt. Wir erfahren, wie man mit Hunden Gespräche führt, wie wertvoll ein Stück Bleistift ist und wann die Liebe einer Schlange ein Ende hat.

»Jørn Riel erzählt so, dass ihm der Leser lustvoll die unglaublichsten Sachen glaubt.« *Angelika Maass Der Landbote Winterthur*

»Dass gerade in der vermeintlich weißen Eiswüste Fantasie und innerer Reichtum herrschen und sich ein ganzer Kosmos innerer Welten ausbreitet, das versteht Jørn Riel dem Leser wunderbar eindringlich zu vermitteln.« *3sat, Denkmal*

Der Autor

Jørn Riel, geboren 1931 in Odense, verbrachte sechzehn Jahre in Grönland. Von 1962 bis 1965 reiste er durch Westindien, Nordafrika und Südostasien und arbeitete später im Dienst der UNO im Vorderen Orient, in Syrien und Jordanien. Heute lebt er abwechslungsweise in Malaysia und Skandinavien. 1995 wurde ihm vom Dänischen Buchhändlerverband der »Goldene Lorbeer« als Autor des Jahres verliehen.

Im Unionsverlag sind außerdem lieferbar: »Das Haus meiner Väter« und »Nicht alle Eisbären halten Winterschlaf«.

Jørn Riel

Zu viel Glück auf einmal

Aus dem Dänischen
von Wolfgang Th. Recknagel

Unionsverlag
Zürich

Die Originalausgabe erschien in zwei Bänden
unter den Titeln *Den kolde jomfru og andre skrøner* und
Helvedespræsten og andre skrøner 1974 und 1977 in Kopenhagen.
Die deutsche Erstausgabe erschien 2003
im Unionsverlag, Zürich.

Im Internet
Aktuelle Informationen,
Dokumente, Materialien
www.unionsverlag.com

Unionsverlag Taschenbuch 303

Rieterstrasse 18, CH-8027 Zürich
Telefon 0041-1-281 14 00, Fax 0041-1-281 14 40
mail@unionsverlag.ch

Reihengestaltung: Heinz Unternährer, Zürich
Umschlaggestaltung: Vanina Steiner, Zürich
Umschlagfoto: Galen Rowell/Corbis
Druck und Bindung: Clausen & Bosse, Leck
ISBN 3-293-20303-5

Die äußeren Zahlen geben die aktuelle Auflage
und deren Erscheinungsjahr an:
1 2 3 4 5 - 07 06 05 04

Inhalt

Südost

Die dunkle Zeit hatte Anton nichts ausgemacht. Der Übergang vom Hellen ins Dunkle war fast so etwas wie ein Segen gewesen, meinte er. Jegliches Tempo wurde im Takt mit dem schwindenden Licht vermindert, und die Zeit vor Weihnachten war eine Zeit der Ruhe mit kurzen Fahrten zu den Fallen und langen, gemütlichen Abenden mit Valfred in der Hütte.

Als es jedoch im Süden rötlich zu leuchten begann, geschah es auch das erste Mal, dass er ein wenig wunderlich wurde. Das blasse Mittagslicht machte ihn unruhig, er wurde von vielen Gedanken bedrängt. Er behielt sie aber für sich, denn Valfred war schon ein rechtes Rindvieh, der mit solchen Dingen nichts anzufangen wusste. Es waren warme und erhebende Gedanken, aber seltsam genug, machten sie ihn stumm und deprimiert. Er ließ sich leicht durch Kleinigkeiten aus der Fassung bringen, fluchte erbärmlich, wenn die Fallen vom Schnee zugeweht waren, schrie hysterisch die Hunde an und reagierte aufgeregt auf die Raben, die dem Schlitten hinterherflogen, um die Exkremente der Hunde zu fressen. Nachdem Anton zum ersten Mal die roten, sonnenbeschienenen Wolken im Süden erblickt hatte, war alles geradezu wie verhext, schlimmer konnte es nicht sein.

Das neue Jahr war gerade einige Wochen alt, als er zum ersten Mal die Hunde vorspannte und gen Süden jagte, um die Sonne einzufangen. Aber er kam nicht weiter als bis zur Ruther-Insel, als das Licht verschwand. Als er zurückfuhr, war sein Kopf voller Gedanken. Weinen stieg in ihm auf, und Anton war nicht jemand, der es zurückdrängte: Die Tränen liefen durch den Bart und fielen als kleine klare Perlen aufs Eis hinunter. Anton dachte an die Sonne und an alles, worauf sie jetzt schien. Am meisten dachte er an Frauen, denn Anton war ganz jung und auf diesem Gebiet nicht weiter bewandert.

Als er zur Fimbulhütte zurückkehrte, spannte er die Hunde aus und fütterte sie mit getrocknetem Fisch. Und dann ging er hinein und legte sich in seine Koje, starrte auf den Boden der oberen Koje und horchte mit zunehmender Gereiztheit aufValfreds Schnarchen.

Valfred verstand ihn nicht. Denn Valfred war ein Ochse, der ausgezeichnet im Dunkeln gedieh. Er spürte keine Sehnsucht nach dem roten Licht im Süden. Wenn er nur essen und in Frieden schlafen durfte, war er glücklich. Im Grunde liebte Valfred die dunkle Zeit. Es war eine Zeit ohne belastende Verpflichtungen oder störende Anforderungen von außen. Es kamen keine Schiffe, es gab keine Tiere außer dem Fuchs, die unbedingt gefangen werden mussten, und es trafen nur spärlich Gäste ein. Hatte man Essen, Gesundheit und einen guten Schlaf, dann war die dunkle Zeit ganz nach seinem Geschmack.

Nur ein einziges Mal in seinem langen arktischen Leben hatte Valfred einer dunklen Zeit mit bangen Ahnungen entgegengesehen. Das war, als er in einem Winter gewisse Schwierigkeiten mit der Blase hatte. Ständig musste er aus seiner Koje heraus, um Wasser zu lassen, und der auf diese Weise allzu oft unterbrochene Schlaf bewirkte, dass er nervös und grantig wurde. Aber zum Glück hatte er in jenem Jahr einen erfindungsreichen Arbeitskollegen. Er hieß der Schwarze William und war ein Streuner aus Norwegen. William hat in der Höhe von Valfreds Koje ein Loch in die Wand gebohrt und den Dickdarm einer Mützenrobbe durchgeführt. Und auf diese Weise konnte Valfred sein Wasserwerk in den Dickdarm stecken und laufen lassen, wenn es sehr dringend wurde. So überstand er den Winter. William war ein prächtiger Arbeitskollege, der die tägliche Arbeit mit den Fallen übernahm. Außerdem konnte er ein ganz hervorragendes Rosinenbrot backen, das seinerzeit Mads Madsen in Kap Thompson veranlasst hatte, ihn von Valfred wegzulocken.

Valfred erwachte, als Anton die Tür zuwarf. Er beugte sich zur Hälfte aus der Koje und guckte hinunter.

»Du bist noch zu früh draußen, lieber Anton«, sagte er freundlich. »Sie geht nicht vor einem Monat wieder richtig auf. Dann kannst du sie draußen bei den kleinen Inseln sehen.«

Anton zuckte mit den Schultern. Er sagte nichts. Er war niedergeschlagen und reizbar und wusste, dass es in diesem Zustand das Klügste war, den Mund zu halten. Im Übrigen war Valfred zu dumm, seine Sehnsüchte zu begreifen. Valfred war eine große, dumme Schlafmütze, die sich nicht für seine Umwelt interessierte. Er ahnte nicht, dass es schönere und bessere Dinge im Leben gab als eine muffige Koje in einem kalten Holzschuppen.

»Hähä«, lachte Valfred leise. »Es lohnt sich nicht, der Sonne hinterherzulaufen, lieber Anton. Sie ist wie alle anderen Frauensleute, man kann nicht mit ihnen rechnen, hähä.« Er rieb sich die Augen und war fast ganz wach. »Ich kannte einmal einen Koch, der sich vergeblich abrackerte. Von ihm hättest du einiges lernen können, denn er war ein ausdauernder Kerl.« Er schwang seine Beine über den Kojenrand. »Er war ein richtig halbverrückter Bengel, sie nannten ihn Chinakoch. Aber er war ein mächtig feiner Mann, denn er spielte Mandoline, das kann ich dir aber sagen. Alle, die Mandoline spielen können, die haben etwas Feines an sich, meine ich. Wer Banjo und Mundharmonika spielt, ist so wie ich und der Schwarze William und Lodvig. Aber er, der Chinakoch, war ein richtig feiner kleiner Kerl. Er konnte hinter dem Nebenschuppen sitzen und vor sich hin klimpern, dass man sich schließlich fast um den Verstand geheult hätte.«

Valfred setzte sich auf und sprang auf den Fußboden. Anton starrte genau auf seine langen, grauschwarzen Unterhosen und legte sich zurück in seiner Koje, um diesem Anblick zu entgehen.

»Es wäre bestimmt nicht unklug, etwas Futter zusammenzurühren«, murmelte Valfred, »es ist schon so, dass man mit vollem Magen am besten schlummert. Möchtest du etwas haben, lieber Anton?«

Anton schüttelte den Kopf und antwortete mit Nein. Er verspürte keinen Appetit und wäre am liebsten ohne Valfreds Gesellschaft gewesen.

Valfred stellte den Kocher auf den Tisch und pumpte die Schale unterm Brenner voll mit Petroleum. Als er ihn anzündete, schlug eine Rußwolke bis unter die Decke, und kleine schwarze Flocken begannen, in der Stube herumzutreiben. Der Brenner wurde warm, und der Kocher brummte gutmütig. Valfred gab etwas Moschustalg in die Pfanne und säbelte einen Streifen von der Ochsenkeule ab, die vom Deckenbalken herunterhing.

»Hähä, ja. Dieser Chinakoch, er war ein Teufelsfänger, das kannst du glauben. Mit ihm hättest du überwintern müssen, lieber Anton. Ihr beiden hättet verdammt einen Stafettenlauf hinter Wind und Sonne her veranstalten können. Verstehst du, obgleich er Mandoline spielte und eine schreckliche Menge von Sachen erzählte, die man nicht kapierte, so war es doch gut, ihn in der Hütte um sich zu haben. Ein Fänger wurde er freilich nie, aber Essen kochen konnte der Bursche. Und das ist fast genauso wichtig wie Fangen. Er war irgendwo da draußen im Osten geboren worden, weil sein Vater etwas bei der Gesandtschaft gewesen war oder was weiß ich. Darum haben sie ihn Chinakoch genannt.«

Valfred wendete das Fleisch in der Pfanne. Er nahm eine Flasche aus dem Eisschrank und maß den Inhalt nach Fingerbreiten.

»Hm … das sieht wirklich ernst aus, Anton«, sagte er bekümmert. »Es sind nur noch drei Fingerbreit in der Flasche. Wir müssen wohl wieder brennen. Vielleicht kommt Bjørken zu Besuch, und dann ist der Teufel los, wenn wir nichts anzubieten haben.« Er drückte seinen dicken Zeigefinger auf das Fleisch. »Uh, das hier wäre genau etwas für den Chinakoch gewesen. Er kam auch mit dem zähesten alten Ochsenfleisch klar, das Messer ging einfach durch. Wie er das gemacht hat, darfst du mich nicht fragen.«

Er warf das Fleisch auf die Wachstuchdecke und löschte den Kocher.

»Joho, tüchtig war er, dieser Kerl. Aber dieser arme Bursche hatte auch seine Probleme. Ja, das kann man sagen. Zuerst hat er sich fast zu Tode gegrübelt darüber, wie die Robben im Winter unterm Eis die Atemlöcher finden. Das hat ihn sehr beschäftigt, den Chinakoch, denn es gab bestimmt keinen, der es wusste. Er ging so weit, dass er selbst unters Eis ging und Robbe spielte. Natürlich mit Seil um den Körper und Bambusrohr und allem. Es war verdammt spannend, beinahe ein bisschen wissenschaftlich, kann man sagen.«

Valfred ergriff das Fleisch mit zwei Fingern und begann es zu verzehren. »Es war im Übrigen zu dieser Jahreszeit, ich erinnere mich, denn als wir von zu Hause wegfuhren, war es so hell geworden, dass man den Unterschied bei den Hunden sehen konnte. Wir fuhren hinaus zur Mündung des Vela-Sundes, wo ein Eisberg lag mit etwas offenem Wasser um den Sockel herum. Der Chinakoch war ganz Feuer und Flamme. Er hatte Ölzeug angezogen und es an Händen und Füßen gut zugebunden, um sich einigermaßen trocken dort unten zu halten. Ich hatte, ums genau zu sagen, etwas Bedenken bei dem ganzen Vorhaben, aber man muss sich ja hin und wieder opfern, wenn der Kamerad dabei ist, einen Rappel zu bekommen.«

Langsam und sorgfältig kaute Valfred das Fleisch mit den drei Zähnen, die seine arktischen Jahre überlebt hatten. Es sah genauso aus, als käute er wieder. Er leckte die Finger ab und nahm einen fingerbreiten Schluck aus der Flasche.

»Ahhhhh … ja ja, du, Anton. Mit diesem Chinakoch war nicht so einfach klarzukommen. Er war empfindlich wie der wahre Satan und hatte auch noch eine lange Angelrute aus Bambus mitgebracht, in der sich passende Löcher befanden, sodass er durchpusten konnte.« Valfred genehmigte sich noch einen halben Fingerbreit aus der Flasche.

»Siehst du, draußen beim Eisloch hielt ich die Hunde ein paar hundert Meter von der Tauchstelle, zur Sicherheit. Man weiß nie, was sich die Viecher ausdenken, wenn sie einen zugebundenen Chinakoch im Wasser sehen. Wir tranken dann einige Schnäpse, um das Blut gleichsam in etwas schnellere Bewegung zu bringen, denn es war ein verdammt kalter Tag mit Eisnebel über dem Wasserloch. Und dann sprang der Chinakoch in den Zuber. Ich gab etwas Leine, und bald war er ganz im schwarzen Wasser verschwunden. Keine Blase stieg hinter ihm auf.«

Valfred rülpste ungeniert und guckte wieder betrübt auf die Flasche. »Hör, Anton, wir sollten besser morgen mit dem Brennen anfangen. Verdammte Mühe.« Er lehnte sich behaglich im Stuhl zurück und blinzelte schläfrig. »Weißt du, was dann passierte, lieber Anton? Nein, man kann wohl kaum verlangen, dass du es weißt. Ja, also, als ich einige Zeit dagestanden und ins Wasser gestarrt und mich gewundert hatte, wo der Chinakoch mit seinem Bambusstock Luft geholt hatte, da fingen die Hunde plötzlich an zu kläffen. Und diese Melodie war gut bekannt. Es war dieses hitzige Blaffen, das wirklich jeder Idiot so gut wie seine Muttersprache versteht. Ich drehte mich erschrocken um und sah, dass ich mich nicht geirrt hatte: Denn da, lieber Anton, kamen die Viecher zum Wasserloch gerannt, einem gewaltigen Bären auf den Fersen. Und wenn ich gewaltig sage, dann meine ich gewaltig. Den Bären hättest du sehen sollen. Der war so groß, dass man fast nicht alles auf einen Blick mitbekam. Wenn du zum Beispiel einen ganz normalen Bären nimmst, wie ihn Herbert im letzten Herbst geschossen hat, vielleicht hier und da ein etwas gelberes Fell, und ihn noch mit drei malnimmst, dann hast du ungefähr die Größe. Ein Teufelskerl, wenn ich ehrlich bin. Und was habe ich gemacht? Hähä, ja, das fragt man sich schon. Hier stand ich mit dem Chinakoch an der Leine, und da kommt ein hungriger Bärenteufel mit elf Hunden am Hintern. Ein vertracktes Durcheinander!«

Valfred schloss die Augen und verfiel in Gedanken. Als sein Kinn die Brust berührte, erwachte er ruckartig.

»Dieser Bär damals«, fuhr er fort, »das war ein verdrießlicher Kamerad, der keinen Winterschlaf hielt. Und diese Burschen, mein Junge, haben einen Heißhunger auf alles, selbst auf ältliche Fänger, hähä. Diesen Bären geht es genauso wie uns Menschen, glaube ich. Wenn ich den Winter nicht verschlafen kann, bin ich auch mürrisch und schwer zu ertragen. Es ist wohl das Schlimmste, was einem hier oben zustoßen kann, Tieren und Menschen, wenn sie über Winter nicht schlafen können.«

Er nahm die Flasche und rollte sie zwischen den Handflächen. »Na ja, es blieb ja nicht so schrecklich viel Zeit, um etwas zu planen. Ich klemmte das Seil zum Chinakoch zwischen einigen Eisschollen fest und warf mich zur Seite. Und das hatte der Bär wohl nicht erwartet. Oder vielleicht wurde er auch durch die Hundeviecher abgelenkt, die ihm auf den Fersen waren. Er machte einen gewaltigen Sprung und fiel genau dort zu Boden, wo ich gestanden hatte, aber er vergaß einfach, die Bremse anzuziehen, hähä. Er rutschte genauso schön ins Eisloch hinein wie der Chinakoch, sage ich dir. Die Hunde zerstreuten sich, so gut sie es mit den Leinen konnten, und einige sausten ins Wasser, wo sie herumpaddelten und von ihrem Gegner angeknurrt wurden.

Während ich die Büchse auf den Schlittenwangen postierte und eine Patrone ins Schloss einlegte, dachte ich etwas wehmütig an den

Chinakoch. Selbst wenn er jetzt vielleicht herausgefunden hatte, wie die Robben die Atemlöcher finden, so war doch die Wahrscheinlichkeit gering, dass er es jemandem erzählen konnte.

Der Bär bekam mit der Stahlkappe eins hinter die Ohren und begab sich in den Winterschlaf. Ich dachte ein bisschen darüber nach, wen ich vielleicht zuerst bergen sollte, den Bären oder den Chinakoch, aber da ja sonnenklar war, dass der Chinakoch längst diese Welt verlassen hatte und nun da unten lag mit Wasser in den Kaldaunen, da meinte ich, es wäre am sichersten, all das schöne Fleisch zuerst zu bergen. Also spannte ich die Köter vor den Petz und zog ihn aufs Trockene. Was für ein Bär, Anton. Du hättest ihn sehen sollen. Einer von den Bären, die immer wieder Rückenschmerzen verursachen, wenn man daran denkt, wie schwer er war.«

Valfred versank aufs Neue in Erinnerungen. Er fuhr jedoch fort, bevor er wieder einschlief.

»Die Hunde bekamen die Pfoten unter die Halsbänder, damit sie sich nicht am Fleisch vergreifen konnten, und dann zog ich den Chinakoch aus dem Eisloch. Das tat ich mit schwerem Herzen, du verstehst es sicher, denn er war ein feiner Mann und eine angenehme Gesellschaft.« Valfred lächelte. »Hähä, aber das kannst du glauben, dass das schwere Herz einen gewaltigen Hopser tat, als er auftauchte. Er war putzmunter, kann ich dir sagen, tauchte und schrie. Als er auf dem Eis lag, mit dem Nacken auf dem warmen Bauch des Bären, versuchte er, mir alles zu erzählen, was da drunten im Wasser passiert war. Aber seine Zähne klapperten dermaßen, dass ich kein einziges Wort verstand. Ich hielt es für angeraten, ihm das Gebiss herauszunehmen und in die Tasche zu stecken. Es kann nämlich gefährlich werden, wenn ein Mann seine Zähne nicht in der Gewalt hat, weißt du.«

Mit einem leichten Kopfschütteln blickte Valfred zu seinem jungen Arbeitskameraden hin. Anton lag da und starrte zur oberen Koje hinauf und gab durch nichts zu erkennen, dass er Valfred zugehört hatte.

»Es ist ein gewaltiger Unterschied zwischen dir und dem Chinakoch«, sagte Valfred. »Denn er war trotz allem ein zäher kleiner Bursche, der nicht so ohne weiteres aufgab. Als wir in der Hütte saßen und Bärenfleisch aßen, erzählte er mir eine ganze Menge über schwarze

Flecken unter dem Eis und von Strömung und was weiß ich. Und das Bambusrohr – Mann, das hatte er ganz einfach durch ein altes Atemloch nach oben gestochert und so während der ganzen Bärenjagd Luft geholt.«

Mit dem Daumen drückte Valfred den Korken aus der Flasche und trank die Hälfte des letzten Fingerbreits.

»Ein seltsamer Mann, das war er schon«, sagte er. »Ein Mann mit vielen Ideen. Da gab es die Sache mit den Damen, bei denen er sich nicht so richtig auskannte. Und das machte ihn so schrecklich melancholisch, dass er nichts über diese Sache wusste. Genauso wie du, lieber Anton. Du glaubst, die verstecken sich in der Sonne, was? Aber das ist gelogen, mein Freund. Das ist genau das, was ich immer gesagt habe: Bevor ihr hierher kommt, müsst ihr verdammt erst einmal auf einen Studienbesuch in ein ordentliches Freudenhaus. Guck mal, wie es dem Chinakoch ergangen ist. Mit der Zeit wurde es immer schlimmer mit ihm. Er saß nur da und klimperte auf seiner Mandoline und bearbeitete sie so, dass man kaum schlafen konnte. Und das, was mit ihm los war –, er hat nichts von dem bekommen, du weißt schon, und ich glaube, er hat es auch nie bekommen. Wenn man sich aber in dieser Sache auskennt, kann man so etwas leicht entbehren. Dann ist ein Gläschen Branntwein verdammt genauso angenehm. Aber so ein Bursche, der fantasiert herum und denkt sich eine Menge aus.«

Valfred stellte den Petroleumkocher weg. Er kramte ein wenig im Küchenschrank und fand eine Dose Sardinen. »Das hier ist etwas, das den Magen in Ordnung hält«, sagte er und stach zwei Löcher in die Dose. Die Augen auf die rußige Decke gerichtet, saugte er das Öl aus.

»Da gab es einen Tag«, fuhr er fort, »an dem es mit dem Kerl ganz verrückt war. Er nahm seine Mandoline und knallte sie auf den Herd. Pling! Plang! machte es, und für den Rest des Winters war es mit der Musik vorbei. Aber es war ja seine Sache, ich hatte mich nicht einzumischen. Aber so war es nun, er begann zu heulen wie ein mondsüchtiger Fuchs, und diese Musik mochte ich nicht. ›Zum Teufel‹, sagte ich mir, ›jetzt haben wir den Koller.‹ Ich drückte ihn auf einen Stuhl und sprach mit ihm, wie man mit einer Hündin spricht, die ihre Welpen nicht richtig zur Welt bringen kann, du weißt, so ein bisschen beruhigend. ›Was soll ich machen›, heulte er. ›Was soll ich machen, Valfred?‹ Und so ging es am laufenden Band.

Und was zum Teufel macht man, wenn man einige tausend Kilometer vom nächsten Frauenzimmer sitzt? Ich klopfte dem Kerl auf die Schulter und sagte, dass wir das bald geregelt haben würden. ›Du musst die Hose ausziehen‹, sagte ich, ›und dann musst du dich genau nach Südosten aufmachen, das Beste, was ich dir raten kann.‹ Das sagte ich ihm, Anton, und ich habe es ihm immer wieder gesagt, bis ich dann merkte, dass es bei ihm angekommen war. Denn es war das einzige Mittel, das ich kenne, das bei dieser Sache hilft. ›Auf nach Südosten‹, sagte ich, ›du bist ein Teufelskerl, wenn du zurückkommst.‹«

Valfred leerte die Flasche. »Wir müssen diesen Mist bestimmt noch einmal zusätzlich brennen«, sagte er. »Dieses Fuselgesöff können wir unseren Gästen nicht anbieten.« Er ließ den letzten kleinen Schluck über seinen harten Gaumen rieseln und seufzte selig.

»Ja, ja, lieber Anton. So kann es gehen. Einige müssen nach Südosten, andere versuchen, die Sonne zu fangen. Und wir, wir können ein bisschen aus der Flasche genießen. Wenn es nur hilft, kann es sicher auch egal sein, wonach man greift. Der Chinakoch bekam jedenfalls sein Rezept, und er verstand es auch anzuwenden. Er ließ die langen Wollunterhosen fallen und sprang zur Tür hinaus. An diesem Tag blies ein kleiner, warmer Südostwind, und als er ihn fühlte, kann es gut sein, dass er Tempo machte. Hinunter durchs Tal, über den Hundefluss und hinauf zum Fimbulberg, so gings, so schnell, dass ich ihm im Halbdunkel gar nicht folgen konnte.«

Nachdem er sein Messer sorgfältig an der Unterhose abgewischt hatte, stellte Valfred die Sardinendose zu späterem Gebrauch zurück und blies den Ruß vom Brenner des Petroleumkochers.

»Hähä, wie er lief. Er sauste davon, um das Teufelszeug aus dem Körper zu treiben. Und als er zurückkehrte, Anton, da war er so gut wie neu. Ich reparierte die Mandoline, und wenn sie auch nie wieder ihren feinen, spröden Ton hatte, so bekamen wir doch eine erträgliche Musik für den Rest der dunklen Zeit.«

Valfred streckte sich und guckte schläfrig aus dem Fenster. »Nein, dunkel, verdammt dunkel ist es draußen. Davon kann man schon deprimiert werden, wenn man kein guter Schläfer ist. Man wird ganz rappelig im Kopf, wenn man da hinaussieht.« Er drehte sich um und schlurfte zur Koje.

»Und geblasen hat es sicher den ganzen Tag, ein kleiner, flotter Südostwind, Anton.« Er seufzte. »Ja ja, es ist etwas Kluges, wenn man sein Bettgestell wieder umarmt und sich für ein paar Stunden für die Schönheit aufs Ohr legt.« Und er kroch zurück in seine Koje und legte sich unter einigen befreienden Seufzern hin. Er war fast eingeschlafen, als er die Koje seines Arbeitskameraden knacken hörte. Als er hinunterschaute, konnte er erkennen, dass Anton damit beschäftigt war, seine Hose auszuziehen.

Valfred hatte gerade eine Viertelstunde geschlafen, als Anton zurückkam. Es war ein schweigsamer und gequälter Anton, der wieder in seine Hose stieg und ins Bett kroch. Er atmete schwer und starrte verloren auf den Boden von Valfreds Koje.

»Na, hmm«, brummte Valfred, »hat es geholfen?«

»Es … jetzt ist Windstille«, entgegnete Anton mit tränenerstickter Stimme.

Valfred drehte sich auf die Seite. »So sind die Frauen, lieber Anton, man kann nicht mit ihnen rechnen.« Er schmatzte einige Male vor Wohlbehagen. »Ein verdammtes Theater.«

Alexander

Herbert dachte oft an Alexander. Er konnte stundenlang dasitzen und über dessen Verlust brüten und eine schwer lastende Einsamkeit verspüren. Am schlimmsten war es, wenn die großen Winterstürme ihn in der Hütte gefangen hielten. Dann saß er da und lauschte dem unheimlichen Heulen im Giebel und erinnerte sich an die vielen guten Stunden, die er und Alexander zusammen verbracht hatten. Er sehnte sich fast verzweifelt nach dem Kameraden.

Alexander erschien an einem warmen Augusttag in Herberts Leben. Er verließ es in einer eiskalten Vormittagsstunde im Februar. Die beiden hatten zusammen ein halbes Jahr lang auf der Guess-Grave-Station gelebt, bevor sie sich trennten. Und das war an und für sich schon ungewöhnlich. Denn Herbert hatte es noch nie eine so lange Zeit mit einem Arbeitskameraden ausgehalten. Entweder hatte der Betreffende Herbert satt, dessen Seelenleben kompliziert war und recht ermüdend, wenn man es Tag für Tag unter die Nase gerieben bekam, oder aber er war wegen der Hütte weggezogen – sie war wie ein Blasebalg, und der Bezirk Guess Grave war einer der wildärmsten an der Küste.

Die Station war alt und schlicht gehalten. Dies war eine Tatsache, die alle kannten. Wenn es aus Nordwesten blies, musste Herbert Schirme aus Keksdosen um die Stearinlichter setzen, damit sie nicht ausgeblasen wurden. Und wenn der Wind auch noch Schnee mit sich führte, war er genötigt, den Fußboden von Schneeverwehungen freizuschaufeln, und das mehrmals am Tage.

Aber Herbert liebte Guess Grave. Denn er war ein romantischer Mann mit der Seele eines Künstlers. Er sah, wofür die anderen Fänger kein Auge hatten, und er erfreute sich an kleinen Dingen, die die Jäger an der Küste als gegeben hinnahmen und deshalb auch meist gar nicht mehr bemerkten.

Guess Grave hatte eine schöne Lage. Es war ganz außer Zweifel, dass es die am schönsten gelegene Station an der Küste war. Sie befand sich an der Mündung des Silberfjords, in einer kleinen Niederung hinter einem breiten Bach. Aus dem Fenster hatte man die herrlichste Aussicht zum Fjord. Man konnte über das eisbedeckte Meer bis zu einem überhängenden Felsen sehen, Svenssons Buckel genannt, der nach Norden verlief und vor dem vorherrschenden Wind abschirmte.

Viele Jahre hatte Herbert hier allein gelebt. Einige Male hatte er Arbeitskameraden gehabt, aber diese waren, wie schon erwähnt, schnell wieder verschwunden – zu besseren Jagdgründen und weniger gesprächigen Kameraden. Aber dann geschah es, dass er Alexander bekam: Einen hübschen italienischen Hahn mit dickem, feuerrotem Kamm, zwei wippenden Schwanzfedern und orangefarbenen Ringen um die Augen.

Man hatte Alexander mit dem Robbenfänger *Veslemari* in die Arktis gebracht. Er sollte als Stimulator zum Eierlegen auf der Reise nach Ostgrönland dienen und auf der Reise zurück nach Norwegen in die Suppenschüssel wandern. Aber es sollte anders kommen.

Denn als Herbert in einem gewaltigen Rausch aus Skipper Olsens Kajüte wankte, in der Absicht, zu seiner Hütte zurückzurudern, fiel er über Alexanders Käfig, der ganz vorn auf der Back stand. Herbert guckte überrascht auf den Hahn, dieser gluckte genauso überrascht.

»Ach so, du willst reden, lieber Freund«, nickte Herbert. Er stieß etwas nach Whisky auf und setzte sich vor den Käfig. »Dann bist du, Gott seis geklagt, auch der Einzige hier an Bord, der dazu in der Lage ist«, hickste er. »Alle diese Bollwerksmatrosen da unten sind schon längst umgefallen.«

Alexander hielt den Kopf schräg und fixierte Herbert scharf. Dann gluckerte er wieder freundlich.

»Na ja, von diesem Gerede begreift man nicht allzu viel«, räumte Herbert ein. Er schüttelte den Kopf, ließ es aber schnell sein, da ihm schwindelig wurde. Er steckte einen Finger durch den Hühnerdraht und kraulte den Hahn am Hals. »Du zeigst Haltung, kleiner Kerl, du heißt bestimmt Alexander. Man kann es dir beinahe ansehen, dass du Alexander heißt, jedenfalls hast du eine Menge Alexander an dir.«

Herbert schloss die Augen und versuchte, sich zu konzentrieren. Er döste einen Augenblick ein, wurde aber ruckartig wieder wach, als der Hahn pflichtschuldig die Sonne anzukrähen begann.

»Hör mal, was ist das? Kennst du nicht die Uhr?« Herbert zog seine Taschenuhr hervor und betrachtete sie lange. Dann guckte er auf die Sonne, die im Norden stand, und nickte viel sagend. »Es ist bestimmt nicht so einfach, hier oben Hahn zu sein, das kann ich verstehen. Aber du tust deine Pflicht, Alexander, das muss man anerkennen. Du hast eine gute und treue Natur, das glaube ich.« Er blickte sich um. Dann brachte er seinen Kopf näher an den Käfig heran und flüsterte. »Es gefällt mir gar nicht, dass du in diesem dreckigen Käfig stehen musst. Das ist nichts für einen so feinen Hahn wie dich. Du bist falsch gelandet, Kamerad.« Er klinkte den Haken aus der Käfigtür. »Ich meine, du solltest mit mir nach Guess Grave kommen und in der Erde scharren und picken und mein kleiner Augapfel sein. Was meinst du?« Er öffnete die Käfigtür und nahm den Vogel heraus.

»Du bist ein seltener Hahn, das sieht man schon, ohne genau hinzusehen«, murmelte er. »Du sollst verdammt nochmal nicht dieser Truppe betrunkener Nordlandpferdchen dort unten serviert werden, kommt nicht infrage.« Herbert stopfte den Hahn unter seinen Anorak und schwankte zur Reling, wo seine Jolle vertäut lag. »Jetzt halt bloß die Klappe einen kleinen Augenblick, Kamerad, denn jetzt gehts mit dem alten Herbert nach Hause, dort auf Guess Grave wirst du etwas Einmaliges werden.«

Herbert ruderte Alexander an Land und brachte ihn in der leeren oberen Koje unter, die der Schwarze William einmal bei einem zweimonatigen Aufenthalt benutzt hatte. Das war, bevor er zu Mads Madsen nach Kap Thompson reiste.

Der Herbst verlief ganz normal. Alexander ging es prächtig. Er stolzierte vor dem Haus herum und gluckte und scharrte und hatte allmählich so viel Sonne, dass er morgens und abends krähen konnte. Natürlich vermisste er seine kleine Hühnerschar, aber er war ein vernünftiger Hahn, der schnell mit Herberts Gesellschaft zufrieden war. Er lauschte interessiert Herberts langen Darlegungen über alles Mögliche, und er lief hinter ihm her, wenn dieser draußen beschäftigt war, um nichts zu versäumen.

Und dann kam der Winter. Zuerst mit einigen kleinen Stürmen, bei denen Alexander verwundert auf der Kante seiner Koje saß und sich aufplusterte, um die Wärme zu halten. Sein dicker Kamm verblasste in der Kälte etwas, er fiel wahllos auf die eine oder andere Seite, ohne dass Alexander etwas daran ändern konnte. Aber er krähte immer noch, denn die Sonne stand weiterhin über dem Meer zur Freude und zum Segen für Mensch und Hahn.

Es begann kälter zu werden. Zuerst fror der Fjord zu, dann kam der Schnee, und danach war immer mehr Eis auf dem Meer, das allmählich zusammenfror. Herbert ging hinaus und stellte seine Fallen auf, denn jetzt begann seine geschäftige Zeit. Daher war Alexander oft allein zu Hause; doch dies machte ihm nicht so sehr viel aus. Eines Tages entdeckte Herbert, dass er schon etwas fetter geworden war.

»Das geht nicht«, schimpfte er. »Du kannst nicht einfach da oben auf dem Kojenrand sitzen und zunehmen. Bewegung muss man haben, mein lieber Alexander, wenn man in Form bleiben will.«

Und so verschaffte er Alexander Bewegung. Herbert flocht ein Halsband aus Angelleinen und fing an, mit dem Vogel spazieren zu gehen. Sie gingen, Herbert und Alexander, um Svenssons Buckel herum, wanderten über die zugefrorenen Seen im Hochland, legten sich in das niedrige gefrorene Gebüsch ganz oben und schauten auf die Fangstation hinab. Abgesehen davon, dass es Alexander kräftig kalt um die nackten Füße war und dass Herbert ihn im Hinblick auf die Hunde, die jetzt von der Hundeinsel zurückgeholt worden waren, an der Leine führte, schienen diesem die Fußwanderungen gut zu gefallen. Wenn sie so auf den Felsen lagen und hinabschauten, war Herbert immer von dem schönen Blick berührt, und seine Gefühle übertrugen sich auf Alexander, der sich liebevoll an ihn schmiegte.

»Sieh das kleine Haus dort unten, Alexander«, konnte Herbert zu seinem gefiederten Freund sagen, »das ist unser Heim. Ist das nicht ein schöner Gedanke? Wir haben ein Heim. Nicht nur vier Wände mit einem Deckel darauf, nein, ein wirkliches Heim, das für unsere Gedanken und Gefühle und Sehnsüchte Raum bietet.« Solche Gespräche bildeten oft die Einleitung für eine gewaltige Vorlesung, eine Vorlesung, der zu lauschen Alexander liebte – eine dieser vielen Vorlesungen, die damals den Schwarzen William vertrieben hatten. Alexander gluckte heiser wegen seiner kalten Füße und steckte den Kopf in Herberts Anoraktasche, wo sich oft einige Brotstückchen fanden. Sie philosophierten gerne zusammen, die beiden.

»Also, dieser Schwarze William«, erklärte Herbert. »Er war ein Norweger, genauso wie du, Alexander, aber hier drinnen hatte er nicht viel.« Er zeigte auf seinen Kopf. »Nicht dass ich über einen Fortgelaufenen Böses reden will, aber du musst mir doch Recht geben, dass William eigentlich nicht nach Guess Grave gehörte. Es ist eine Station für empfindsame Gemüter. Hier müssen Leute wohnen, die über die Dinge nachdenken und ein Auge für all diese Herrlichkeiten haben. William fehlten vollkommen all diese stillen, frei wachsenden Gedanken, wie wir beiden sie entwickeln können.« Herbert zog eifrig an seiner Shagpfeife. »Aber, wie schon gesagt. Ich darf nicht schlecht über William reden. Er wusste es eben nicht besser, der Arme, und er besaß ja auch seine kleinen Fertigkeiten. Vor allem war er flink mit den Fellen, und außerdem backte er das herrlichste Rosinenbrot, das man sich denken kann. Schade, dass er sich selbst gegenüber solch ein Pfuscher war, innerlich sozusagen.«

Mit der Zeit verging der Winter, und an der Küste verbreitete sich das Gerücht, Herbert in Guess Grave überwintere mit einem Hahn. Das Gerücht war interessant und wurde überall gern erzählt. Man hatte schon von vielen besonderen Partnern gehört, und genauso viele hatte man selbst erlebt – aber ein Hahn, der Alexander hieß, das war schon einzigartig.

In Kap Thompson, wo Mads Madsen und der Schwarze William hausten, wurde man ein wenig nachdenklich. Wenn ein Mann allein mit seinen Eigenarten lebte, so war das eine Sache. Wenn er sie aber auf einen Hahn ausdehnte, so war das etwas ganz anderes. Und wenn er obendrein mit ihm an der Leine herumspazierte und ihn Alexander nannte, war dies genug Anlass für seine Freunde, einzugreifen. Der Schwarze William, der ja unter Guess Graves Dach gewohnt hatte, verspürte eine gewisse Verantwortung, und er schlug Mads Madsen vor, sie sollten hinfahren und sehen, wie schlimm es um Herbert stehe.

Sie fuhren vier Tage durch die dunkle Winternacht bei klirrendem Frost. Sie verkürzten ihren Weg übers Romdal, wo der Wind den Schnee hart und uneben wie ein Waschbrett geblasen hatte, und sie folgten den gefrorenen Flussbetten, bis sie einige hundert Meter hinter Herberts Haus ankamen.

Alexander war eine Enttäuschung. Er blieb auf dem Kojenrand sitzen und interessierte sich nicht im Geringsten für die Reisenden. Herbert dagegen hieß sie begeistert willkommen. Er ließ sie am langen Tisch Platz nehmen, kochte Kaffee und brachte holländischen Genever auf den Tisch. Er war aufrichtig froh über den Besuch. Als sie sich eine Zeit lang über Alltägliches unterhalten hatten, ging das Gespräch zu Alexander über. Der Schwarze William zeigte mit dem Daumen über die Schulter und fragte: »Was soll das da oben vorstellen?«

Herbert ließ Kandis herumgehen und schenkte Genever in den Kaffee. »Das ist Alexander«, sagte er, »eines der begabtesten Tiere, die mir begegnet sind.«

Der Schwarze William drehte sich auf seinem Stuhl herum, um den Vogel näher zu studieren. »Meiner Meinung nach sieht er etwas dümmlich aus«, sagte er, »jedenfalls wirkt er abgestumpft.«

»Haha, dümmlich und abgestumpft, wie?« Herbert lachte etwas angestrengt. »Man kann ja darüber diskutieren, wer hier in dieser Runde diese Eigenschaften hat.« Er blickte liebevoll hinauf zu seinem Schützling. »Alexander strahlt Intelligenz aus, mein lieber William, das sieht man sofort, wenn man nicht selber dümmlich und abgestumpft ist. Was sagst du, Mads Madsen?«

Mads Madsen sagte nichts, er saß da, die Nase dicht über der Kaffeetasse, und schnüffelte die starken Geneverdämpfe.

»Alexander da oben«, fuhr Herbert fort, »hat mehr Verstand als zehn von deiner Sorte, William. Er ist ein Denker, musst du wissen: Er sitzt da oben und grübelt und philosophiert, tage- und nächtelang. Und man kann nun wirklich nicht behaupten, dass du dies jemals getan hast.«

»Ich lag da oben, weil ich schlafen und nicht weil ich spekulieren wollte«, maulte William. Er sah ein, dass es schwer werden könnte, sich in einem Wortgefecht mit Herbert zu behaupten.

»Ja, genau. Du hast da oben gelegen und geschnarcht und gegähnt, dass man deine Polypen sehen konnte. Aber Alexander, der sitzt und denkt all die Dinge durch, von denen du nichts verstehst. Denn weißt du, was Alexander hat? Nein, das weißt du nicht, denn du weißt so gut wie nichts. Alexander hat innere Werte, Kamerad, und genau die fehlen dir.«

Der Schwarze William nahm dies hin, ohne eine Miene zu verziehen. Ihm war nicht an einer Diskussion mit Herbert gelegen, denn Herbert hatte eine Art, die Worte zu drehen und zu wenden, dass einem ganz schwindelig wurde; er konnte sie bis in die Unendlichkeit kneten. William versuchte, das Gespräch in andere Bahnen zu lenken. »Ein Hahn kann die dunkle Zeit nicht überstehen«, sagte er. »Weder das Genie da oben noch irgendein anderer Hahn. Er überlebt die dunkle Zeit nicht. Und ich an deiner Stelle, Herbert, würde dem Kerl den Hals umdrehen und Suppe aus ihm kochen, bevor er völlig ungenießbar ist. Solche alten Hähne, die trocknen aus, weißt du, und sie schmecken dann wie der reinste Hühnerdreck, wenn man sie nicht rechtzeitig isst. Stimmt es etwa nicht, Mads Madsen?«

Mads Madsen grunzte in sein Glas. Ein diplomatisches Grunzen, das sowohl Herbert als auch William zum eigenen Vorteil auslegten. Der Schwarze William fuhr fort. »Man kann ja deutlich sehen, dass ihm die Sonne fehlt. Genau das ist es, was mit ihm nicht stimmt. Wenn man einem Hahn die Sonne nimmt, siecht er dahin, genauso, wie wenn man einem Menschen die Arbeit nimmt.«

»Unsinn«, fertigte ihn Herbert ab. »Alexander befindet sich im Winterschlaf. Er hat sich auf den Winter eingerichtet, ihm fehlt es an gar nichts. Er gebraucht seine Tage vernünftig, denn er nimmt sich die Zeit, alles ordentlich zu durchdenken. Übrigens gibt es gewisse andere, die es genauso halten sollten.« Er blickte viel sagend auf William, aber der war eine ungehobelte und gleichgültige Person, die diese Art Andeutungen nicht verstand.

»Und außerdem ist das Gute an Alexander«, stichelte Herbert weiter, »dass er sich nirgends einmischt. Hier im Hause kann jeder so frei und lange reden, wie er Lust hat, und er geht auf Fang, wenn es ihm passt, und macht im Ganzen genommen das, was er für gut hält. Alexander und ich, wir kümmern uns nicht um die Angelegenheiten des anderen.«

»Er überlebt den Winter nicht«, protestierte William, und ungeachtet der Argumente, die Herbert im weiteren anführte, beharrte er fest auf seiner Meinung.

Der Besuch wurde kein Erfolg. Mads Madsen und der Schwarze William übernachteten nur einmal, was weit unter dem lag, was sonst für Gäste angebracht war. Sie verließen Guess Grave in der sicheren Überzeugung, dass es mit Herberts Verstand ein schlimmes Ende nehmen würde, wenn er sich nicht von dem Hahn trennte. Auf ihrem Weg nach Norden stießen sie auf Valfred und Anton, und William ging mit Anton eine Wette über den Hahn ein; dies wiederum veranlasste die Jäger von der Fimbulhütte, ihre Schlitten in Richtung Guess Grave zu wenden. Anton hatte fünfzehn Kronen verwettet und brannte darauf, den Hahn zu sehen, dessen Leben er so wagemutig verteidigt hatte.

Beim ersten Blick auf den Vogel hatte Anton das Gefühl, dass ihm das Geld zerrinne. Dieser Vogel würde Schwierigkeiten haben, bis zur Rückkehr der Sonne am Leben zu bleiben. Allmählich aber, nachdem Herbert Alexanders zahlreiche positiven Seiten herausgestellt hatte – die prachtvolle Haltung, den Kamm, der sich bei bestimmten Anlässen immer noch mit eigener Hilfe aufrichtete, die schönen orangefarbenen Ringe um die Augen – schöpfte Anton wieder Hoffnung für seine Wette.

Valfred äußerte sich genau wie Mads Madsen weder dafür noch dagegen. Er suchte sich das beste Lager des Hauses aus, welches in diesem Falle Herberts Koje war, und legte sich unter vielem Schnaufen und viel seligem Stöhnen hinein. Die lange Reise erforderte eine lange Ruhe, weshalb er sich nur erhob, wenn gegessen wurde oder er aus einem natürlichen Bedürfnis heraus gezwungen war, nach draußen zu gehen.

Ab und zu, wenn Herbert und Anton auf die Jagd gingen, ließ man Valfred mit Alexander allein zurück. Sie sprachen nicht miteinander. Der eine saß auf seinem Kojenrand und philosophierte, der andere lag in Herberts Koje und erfüllte das Haus mit dröhnendem Schnarchen. Es herrschte ein freundliches Verstehen zwischen den beiden. Wenn Valfred erwachte, nickte er dem Vogel zu, der trotz allem ein Mitgeschöpf und ein angenehmer Stubengenosse war, und zweimal während des Besuches stieg er aus seiner Koje und gab Alexander Wasser und Brotstückchen.

Anton blühte auf in Guess Grave. Er war ein wissbegieriger junger Mann und genoss Herberts Gesellschaft. Auch wenn Herbert vielleicht kulturell nicht so gebildet war, so wusste er sich gut auszudrücken und hatte eigenwillige Gedanken. Sie gingen zusammen auf Fang, überwachten gemeinsam die Fuchsfallen, fuhren hinaus und schlachteten zwei Moschusochsen, um etwas Fleisch im Hause zu haben. Sie redeten ohne Unterbrechung: Am meisten über Alexander – er interessierte Anton, weil er ein kleines Vermögen auf dessen weiteres Befinden gewettet hatte. Sie tauschten Theorien über die Philosophie des Hahns aus, was natürlich Anlass gab, ihre eigenen zu entwickeln. Sie vertieften sich in viele schwere Themen, redeten und hörten zu und fanden sich besonders interessant. Valfred blieb zu Hause und schlief.

Als die Fänger der Fimbulhütte endlich heimfuhren, hatte sich Anton in aller Heimlichkeit entschlossen, den nächsten Winter in Herberts Gesellschaft zuzubringen. Er hatte rote Wangen bekommen und Glanz in den Augen und freute sich schon auf den Tag, an dem er fünfzehn Kronen aus der Hand des Schwarzen William entgegennehmen würde.

Alexander kam richtig gut durch den Januar. Erst gegen Ende des Monats begann er zu kränkeln. Richtig schlimm wurde es in der zweiten Februarwoche. Da legte er sich hin. »Ihm ist schwindlig«, dachte Herbert. »Er hat immer nur da oben gehockt und zu viel nachgedacht, und davon ist ihm schwindlig geworden. In diesem Hahn steckt mehr, als ein Mensch begreifen kann.«

Es war der kälteste Monat des Jahres und Tag und Nacht dunkel. Alexander konnte sein Krähen nicht loswerden, das er Morgen für Morgen, präzise wie ein Uhrwerk, geliefert hatte. Er verlor seine Laune und auch seine beiden wippenden Schwanzfedern. Er deckte seinen Körper über die nackten Füße, die mittlerweile eine Temperatur nahe dem Gefrierpunkt erreicht hatten. Hin und wieder gurgelte er mit brüchiger Stimme aus Überdruss am Dasein. Schließlich begann er die Deckfedern zu verlieren, jeden Tag entdeckte Herbert neue kahle Stellen. »Das sind die Vitamine«, erklärte er Alexander. »Hier in der dunklen Zeit ist es unbedingt notwendig, dass man die Vitamine zu sich nimmt, die man braucht. Sonst bekommt man Skorbut, und dann ists vorbei. Ich werde dir jetzt einige Leckereien mischen, und dann bekommst du deinen Winterpelz zurück.«

Herbert zerquetschte getrocknete Heidelbeeren und Tang in einer Kaffeedose und servierte es Alexander. Aber dieser hatte seinen Appetit verloren – das ist oft so bei schlechter Stimmung: Er lag in einer kleinen Vertiefung in der Seegrasmatratze, es ging ihm richtig schlecht. Herbert legte einige Fuchsfelle über ihn und nahm ihn mit in seine darunter liegende eigene Koje, wenn er zur Nacht hineinkroch.

»Es ist die Wärme, die dir fehlt«, sagte er mitfühlend. »Du bist ja nicht an die arktischen Verhältnisse gewöhnt, lieber Alexander. Es braucht seine Zeit, bis das Blut dickflüssig wird, musst du wissen. Im nächsten Jahr wird alles viel leichter, dann hast du dich daran gewöhnt. Und zum Sommer, glaube ich, werden wir beide uns das Haus ordentlich vornehmen und die größten Spalten und Ritzen abdichten.« Er drückte Alexander an seine warme, behaarte Brust.

»Ein warmer Körper ist nötig«, sagte er freundlich, »sonst steht mans nicht durch.« Er strich zart über den austrocknenden Kamm. »Du bist nicht mehr der, der du warst, mein Freund, aber das geht vorüber«, versicherte er. »Verstehst du, mit dem Frieren, das ist von Mann zu Mann ganz verschieden. Einige können eine Menge Kälte vertragen, wie zum Beispiel ich, andere vertragen fast nichts. Es sind meistens die Mageren, die frieren, und du bist ordentlich abgemagert in der letzten Zeit, lieber Alexander.«

Der Hahn gurgelte einige unverständliche Antworten und blinzelte dankbar, etwas dösig von Herberts Wärme.

Der sechsundzwanzigste Februar war ein Tag von klirrender Kälte. Es herrschte beißender Frost und es war ganz still. Die Luft war so scharf, dass es in den Lungen beim Atmen schmerzte, und die Hunde lagen in kleinen Gruppen im Schnee, ihre buschigen Schwänze über den Schnauzen, um die Atemluft etwas vorzuwärmen.

Am sechsundzwanzigsten Februar, gerade zur Mittagszeit, erhob sich Alexander mit eigener Kraft. Er kroch mühsam aus Herberts Armen hin zum Kojenrand, von dem er sich auf den Fußboden fallen ließ. Das Plumpsen weckte Herbert. Er rieb sich die Augen und guckte verwundert nach Alexander. Mit steifen Schritten war der Vogel auf dem Weg zur Tür.

»Nun sieh sich das einer an«, murmelte Herbert erstaunt, »jetzt will Alexander hinaus ins Vergnügen.« Er schwang die Beine aus der Koje und folgte dem Hahn. »Ist also doch noch Leben in den alten Gliedern«, lachte er, »das geht ja gut, Alexander, obwohl du aus der Übung bist.« Er kniete sich hin und kroch hinter dem Vogel her, um bei der Hand zu sein, sollte dieser fallen. »In einem Monat wird es etwas wärmer«, sagte Herbert, »dann können wir beide wieder ein wenig mit unseren Spaziergängen da draußen anfangen.«

Alexander ging geradewegs zur Tür, und in einer Eingebung öffnete ihm Herbert. Alexander hüpfte auf die hohe Türschwelle, legte den Kopf auf die Seite und starrte hinaus in die winterliche Landschaft. Und da, weit draußen über dem Meer, lag eine ganz stark leuchtende Sonnenscheibe, in Form und Farbe wie ein Stück Blutorange: Die Sonne war zurückgekommen.

Alexander richtete sich auf. Er legte den Kopf zurück, stellte mit einer Kraftanstrengung seinen Kamm auf, öffnete den Schnabel, holte tief Luft und krähte. Dreimal krähte er. Das erste Mal ohne Kraft, das zweite Mal mit einem brüchigen, frostigen Ton, das dritte Mal aber so klar und schön, dass Herbert die Tränen in die Augen traten. Dann überschlug sich seine Stimme, Alexander gurgelte, röchelte und hustete, als ob er alle seine Eingeweide durch den Schnabel erbrechen müsste. Er richtete sich noch einmal auf, stand steif und stramm da und ließ seine unsichtbaren Schwanzfedern wippen, dann sank er auf der Türschwelle nieder und starb.

Zu viel Glück auf einmal

In Herbert entwickelte sich ein gewaltiger Drang, eine Besuchsreise zu unternehmen. So etwas kann einen Menschen zu jedem Zeitpunkt des Jahres überfallen, trifft einen aber am häufigsten im Winter, wenn durch die Dunkelheit gleichsam draußen und drinnen der Horizont verschwindet.

Der Verlust Alexanders war zu groß und zu schwer, um ihn allein zu tragen. Die Einsamkeit nach dem Tod des Hahns war total, schien es Herbert, obgleich er doch ständig die Gesellschaft des Hundes Pjosker hatte. Er verfiel in schwere Grübeleien und bekam Herzklopfen, wenn er Geräusche hörte, die er nicht sofort einordnen konnte. Und so geschah es, dass er Gestalten sah, wo es keine gab. Er hatte das Gefühl, als ob ihn irgendein Idiot anglotzte, als ob er unter ständiger Beobachtung stehe, sobald er sich draußen sehen ließ. Eines Nachts, als er im Zelt lag, hörte er Stimmen flüstern. Es war sehr schlimm, und es gab nur ein Mittel dagegen: Besuchsreise.

Er beschloss, Lodvig in Ross Bay einen Besuch abzustatten, denn Lodvig drängte es genauso wie Herbert, lebendige Menschen zu sehen. Es war in Ross Bay kein Besucher mehr gewesen, seit Lodvig seinen fünfzigsten Geburtstag vor bald zwei Jahren gefeiert hatte. Einige vereinzelte Jäger hatten zwar ihren Weg über Ross Bay genommen, aber sie hatten Lodvig abwesend und menschenscheu vorgefunden und ihn in Frieden gelassen. Weil es nicht der ganz große Koller und Lodvig ganz ungefährlich war, sahen sie keinen Grund einzugreifen.

Skipper Olsen von der *Veslemari* hatte Herbert erzählt, dass Lodvig jedes Jahr, wenn das Schiff mit seinem Proviant ankam, in die Felsen flüchtete. Er wolle augenscheinlich mit keinem Menschen zusammentreffen, meinte der Skipper. Aber Ordnung hatte er in seinen Sachen gehabt. Die Felle aus dem Winterfang lagen akkurat gebündelt vorm Haus, und auf dem Tisch waren der Jahresbericht sowie eine ganze Flasche mit Selbstgebranntem für die Seeleute. Der Skipper erzählte auch, dass er bei mehreren Gelegenheiten gesehen hatte, wie Lodvig sich in den Felsen oberhalb der Station zu schaffen machte. Er lag dort oben und gaffte mit seinem langen Teleskopfernrohr zu ihnen hinunter.

Ja, ja, dachte Herbert. Lodvig hatte ganz bestimmt einen Besuch bitter nötig.

Und so machte sich Herbert auf den Weg. Er hatte Pech und lief direkt in einen Schneesturm aus Nordost. Aber Pjosker hielt ihn auf Kurs, denn Pjosker war Nordostgrönlands stärkster, klügster und schönster Hund. Herberts Ansicht nach. Er war groß wie ein kanadischer Wolf, weiß mit einem schwarzen Stern auf der Brust und hatte Pfoten so breit wie die Deckel der Margarinepackungen. Ein Ohr stand senkrecht hoch, das andere hing nach unten. Pjosker war Herberts einziger Hund. Die anderen hatte er kurz nach Alexanders Ableben bei einer Abfahrt auf dem Rie-Gletscher verloren.

Herbert trabte in der Spur hinter dem leichten Skischlitten her, den Pjosker zog. Das Schneetreiben wurde immer dichter, und schließlich sah er kaum noch die Glut in seiner Pfeife. Er fluchte und tobte gegen das Unwetter und brach die Eiszapfen aus seinem Bart. Er atmete angestrengt, denn der Schnee war tief und einer der Skier gebrochen. Die kalte Luft stach in der Luftröhre und biss in den Lungen. Herberts Nasenflügel wurden weiß, und er verfluchte sich selbst wegen seiner idiotischen Lust, auf Besuchsreise zu gehen.

Nach fünftägiger Fahrt erreichte er Ross Bay. Und da weinte er fast vor Freude, als er die feine, graue Rauchspirale aus Lodvigs Schornstein erblickte. Er fuhr hinauf zur Hundekette, band Pjosker an und ging zur Tür.

»Hallo da drinnen«, rief er laut. »Es sind Gäste da, Lodvig, was sagst du nun?«

Keine Antwort. Er öffnete die Tür, eine herrliche Wärme schlug ihm entgegen. »Keiner zu Hause?«, rief er munter.

Keine Antwort. Lodvig lag da, den Kopf vollständig in den Ofen des Herdes gesteckt. »Lodvig!«, brüllte Herbert. »Du hast Besuch!«

Immer noch keine Antwort. Lodvig lag wie versteinert. Sein Hosenboden glänzte Herbert blankgescheuert entgegen.

Herbert schloss die Tür hinter sich und setzte sich an den Tisch. Er zog seine Seehundstiefel aus. »Suchst du was da drinnen?«, rief er. »Hängst du vielleicht fest zwischen den Blechen?«

Kein einziges Geräusch. Lodvig ging auf die Knie, um den Kopf noch weiter hineinzubekommen.

»Hast du vielleicht etwas gegen meinen Besuch?«, fragte Herbert. »Ja, wenn es so ist, dann kannst dus doch einfach sagen, dann dampfe ich wieder ab.« Er nahm die Innensocken aus den Seehundstiefeln und zog sie als Hausschuhe an.

»Das war eine miese Reise hierher, aber andererseits, wenn du wirklich allein sein willst, dann nehme ich lieber eine unbequeme Rückreise auf mich, als dass ich dich verärgere.«

Stille. Lodvig lag regungslos mit dem Kopf im Dunkeln.

»Bist du vielleicht krank?«, fragte Herbert ängstlich. »Ist mit deinem Kopf etwas nicht in Ordnung, Lodvig, dass du ihn warm halten musst?«

Aber Lodvig blieb schweigsam. Schweiß tropfte von seinem Hals und landete mit kleinen Tropfgeräuschen auf dem Blech vor dem Herd.

Herbert saß ein bisschen traurig am Tisch. Das war nicht gerade der Empfang, den er erwartet hatte. Er dachte an die Reise, die anstrengend gewesen war, und er dachte an die Vorfreude, die ihn durch den Schneesturm getrieben hatte, und was war nun daraus geworden? Schließlich wurde er wütend. Er fing an, von Ungastlichkeit und lausiger Kameradschaft und Koller herumzubrüllen. Aber augenscheinlich reichten seine Worte nie so ganz in den Herd hinein, wo sich Lodvigs Ohren befanden. Also versuchte er, Lodvig herauszuzerren, aber Lodvig stemmte sich dagegen und wollte absolut nicht ans Licht, sondern seinen Kopf um jeden Preis im Herd behalten, das war ganz deutlich.

»Nee, nee, mein lieber Lodvig«, rief Herbert verärgert. »Jetzt reichts aber verdammt nochmal! Das geht nicht! Und wenn ich deinen Zylinder brate, du musst heraus aus dem Ofenloch.« Er entfernte die Herdringe und schaufelte Kohle in den Ofen. Dann öffnete er den unteren Schieber und legte die Herdringe wieder auf. Das gab Zug und Nahrung fürs Feuer. Es dauerte nur wenige Minuten, und man hätte Steaks auf den glühenden Ringen braten können. Und das brachte Lodvig heraus: Unendlich langsam zog er den Kopf ein, wandte Herbert seine aufgeheizten Wangen zu und bedachte ihn mit einem langen, vorwurfsvollen Blick.

Herbert nickte und lächelte: »Oho, da bist du ja. Ich hatte Lust bekommen, dich zu besuchen, vor allem deinetwegen«, sagte er. »Ich hatte das Gefühl, du hättest Gesellschaft nötig.«

Dazu sagte Lodvig nichts. Er stieß den Rauchschieber zu und setzte sich schweigend an den Tisch. Herbert setzte sich ihm gegenüber, aber Lodvig sah durch seinen Gast hindurch, geradewegs auf die grau gestrichene Wand hinter ihm.

»Ja, man ist ja selber viel allein gewesen in der letzten Zeit«, begann Herbert. »Alexander ist nämlich tot, musst du wissen. Du hast bestimmt von Alexander gehört? Wenn nicht, dann muss ich dir vielleicht erklären, dass er ein ungewöhnlich kluger und schöner Hahn war, den ich im letzten Sommer von der *Veslemari* gerettet habe. Aber, wie gesagt, er fiel tot um, als die Sonne zurückkehrte. Am selbigen Tag. Das war zu viel Glück auf einmal, so plötzlich seinen Arbeitgeber wiederzusehen, glaube ich.«

Herbert starrte mit fernem Blick auf die Wand und vertiefte sich in die Erinnerung an Alexander. Als er damit fertig war, fuhr er fort: »Und alle Hunde bis auf Pjosker gingen vor einem Monat drauf, weil ich verkehrt den Rie-Gletscher hinunterfuhr. Ein Unglück kommt selten allein, sagt man. Und da hatte ich eben die gute Idee, hierher zu kommen, um mit dir ein bisschen zu schwatzen und zu sehen, ob man sich immer noch an seine Muttersprache erinnern kann.«

Nun hatte er eine Erklärung abgegeben, und Lodvig hätte sie eigentlich entgegennehmen müssen, wenn er nicht gerade ebenso taub wie stumm war. Aber Lodvig sagte nichts. Er nickte allerdings einige Male, das erschien Herbert bedeutungsvoll.

»Ich habe ein bisschen Branntwein mitgebracht«, sagte Herbert ermunternd. »Wie wärs mit einem Glas Branntwein, Lodvig?« Ein kurzes Nicken deutete an, dass Lodvig wohl einverstanden war. Herbert holte Gläser vom Bord über dem Herd und die Flasche aus dem Schlittensack.

»Ja, dann mal Prost«, sagte er.

»Prost«, entgegnete Lodvig wortreich. Es gab offenbar Wörter, die er nicht ganz vergessen hatte.

Und dann begann Herbert wieder zu reden. Er redete viel, er redete schnell, denn es gab eine unendliche Zahl von Dingen, die er loswerden musste. Er hatte alles lange Zeit aufgespart und ließ nun allem freien Lauf. Er erzählte eingehend von seiner Zeit mit dem Schwarzen William als Arbeitskameraden, sprach in nahezu poetischen Wendungen über Alexander und verbreitete sich über seinen Fang und seine Tauglichkeit als Jäger. Lodvig gab ihm überhaupt keine Antwort. Er saß da und guckte durch Herbert hindurch und trank Branntwein dazu.

Nachdem sich Herbert durch die ganze Nacht geredet hatte und den neuen Tag begrüßen wollte, erhob sich Lodvig und nickte ihm ein Gutenacht zu. Er legte sich oben in seine Koje und fiel umgehend in Schlaf.

Es wurde ein seltsamer Besuch. Herbert hatte sich frohe Tage vorgestellt mit Kartenspiel, Gesprächen über Frauen und etwas Klatsch aus den anderen Bezirken, aber aus all dem wurde nichts. Lodvig blieb stumm. Er sagte Guten Morgen, wenn er aufstand, Gute Nacht, wenn er sich hinlegte, und Prost, wenn er trank. Dabei blieb er, und so verging die erste Woche.

Wie die Tage so vergingen, verlor Herbert die Lust, den Besuch weiter auszudehnen. Er hatte sich durch sieben Tage und Nächte geredet und war jetzt heiser und auch müde. Am achten Tag wachte er auf und fühlte, dass er jetzt leer war, jetzt gab es nichts mehr zu reden. Sein Bedarf an Einsamkeit wurde wieder dringlicher. Darum stand er auf, kroch in seine Sachen und sagte Auf Wiedersehen.

»Auf Wiedersehen?« Lodvig fuhr aus seiner Koje. »Das ist doch der Gipfel. Willst du abfahren, ohne dass ich auch nur ein einziges vernünftiges Wort gesagt habe? Was sind denn das für Manieren? Habe ich dich nicht eine ganze Woche beherbergt, Branntwein mit dir getrunken und geduldig all deinem verdammten Geschwafel zugehört? Nee, wirklich, Herbert, so leicht kommst du von Ross Bay nicht weg. Nun musst du gefälligst mir zuhören.«

Herbert setzte sich unschlüssig an den Tisch. Was ging mit Lodvig vor? Er sprach ja zusammenhängend wie ein Mensch.

Und dann fing Lodvig an zu reden. Er erzählte von seinen Fellen und von den beiden Malen, als er oben im Felsen gelegen und über die Leute der *Veslemari* gegrinst hatte. Er beschrieb seine Kindheit und Jugendzeit, berichtete über alle Mädchen, bei denen er gelegen hatte, und von seiner Mutter, die noch lebte. Er erzählte auch von all den dummen Menschen, mit denen er hier all die Jahre überwintert hatte, und verbreitete sich darüber, wie sehr er doch in eigener Gesellschaft aufblühte.

Er zwang Herbert sitzen zu bleiben und stellte fuselfreien Branntwein auf den Tisch. Und zur Sicherheit kroch er durchs Fenster hinaus und brachte außen an der Tür ein Vorhängeschloss an.

Lodvig redete den lieben langen Tag. Er kam erst nach der Nacht und dem halben nächsten Tag zum Ende. Er redete und lachte, es ging ihm prächtig, und Herbert konnte nicht verstehen, dass dies derselbe Mensch war, der vor einer Woche mit dem Kopf im Herd gehockt und den Stummen simuliert hatte.

Herbert litt. Er war so unsäglich müde von all dem Gerede und sehnte sich nur danach, wieder allein zu sein. Aber Lodvig ließ ihn nicht gehen.

»Du kannst nicht einfach abhauen und mich hier sitzen lassen«, sagte er. »Was glaubst du, was die Kameraden sagen, wenn ich ihnen erzähle, dass du nach Hause gefahren bist, sobald du dich erleichtert hast. Ich habe eine Menge hier drinnen, lieber Herbert, das muss heraus, und du wärst ein schlechter Kamerad, wenn du mir nicht zuhören wolltest. Bist du ein schlechter Kamerad, Herbert?«

Darum hörte Herbert ihm zu. Er hörte angewidert zu, er schwitzte nervös und verfluchte sich selbst dahin, wo der Pfeffer wächst für seine Lust, eine Besuchsreise zu machen.

Eines Nachts, als er nicht schlafen konnte, weil Lodvig in der oberen Koje zu röhren begann, kam ihm eine glänzende Idee. Er konnte Lodvig doch bei Bjørken und dessen Freunden abliefern. Das wäre zwar ein Umweg von einigen Tagesreisen, aber lieber das als mit Lodvig in Ross Bay eingeschlossen zu sitzen. Als er morgens Lodvig vorschlug, dass sie zusammen Bjørkenborg einen Besuch machen könnten, war dieser begeistert von der Idee.

»Das wird prima, Herbert«, sagte er, als sie ihre Schlitten packten. »Denn jetzt ist der Knoten geplatzt. Es sammelt sich viel an mit den Jahren, und es braucht viele Ohren.«

»Dort unten kannst du reden, so viel du Lust hast«, antwortete Herbert.

»Man wird ein vollkommen neuer Mensch«, lachte Lodvig. »Ich bin so froh, dass ich fast überkoche. Ich habe mächtig Lust zu tanzen.«

»Wenn du Lust hast zu tanzen, steht dem sicher nichts im Wege«, meinte Herbert. »In Bjørkenborg hat Sylte ein Grammofon, auf dem er die norwegische Nationalhymne jedes Jahr im Mai spielt. Wenn du nach der norwegischen Nationalhymne tanzen kannst, gibt es bestimmt keinen, der dich an einem kleinen Tänzchen hindern wird.«

Lodvig strahlte. »Ich kann mich erinnern«, sagte er, »dass ich einmal mit einer flotten Biene getanzt habe. Ich weiß nicht mehr, wie sie hieß. Aber sie war schwarzhaarig und hatte grüne Augen. Sie war nämlich auf der Schallplattenhülle abgebildet. Herrlich, das Mädchen, durch und durch. Ich legte sie auf den Teller und zog den Apparat auf. Und dann nahm ich sie in die Arme und tanzte mit ihr aus dem Haus bis auf die Klippen. Wenn ich die Augen zumachte, konnte ich sie richtig spüren. Sie sang mir direkt ins Ohr.« Er blickte weit übers Eis. »Was für ein Mädchen, Herbert«, flüsterte er.

Sie übernachteten in Kongeborg, das war ein kleiner Kasten mit Pritschen und Herd und mit Dachpappe ausgekleidet. Sie machten Feuer im Herd und kochten Fleisch. Danach taten sie Tee in das Kochwasser und gossen das Ganze durch eine Strickmütze, um die Teeblätter und Rentierhaare herauszufiltern.

Die ganze Nacht unterhielt Lodvig sie mit Erlebnissen, die er als junger Mensch im Westeis gehabt hatte. Interessante Dinge, denen Herbert unter normalen Umständen gerne sein Ohr geliehen hätte, aber jetzt war ein Zuhören fast unerträglich. Er war todmüde und der Worte überdrüssig. Er war so müde, dass er keiner Antwort mehr fähig war. Das Einzige, das seine Augen offen hielt, war der Branntwein, den ihm Lodvig ab und zu einschenkte.

Es war ein sehr großer Augenblick in Herberts Leben, als Bjørkenborg in Sicht kam. Er zeigte mit der Peitsche auf die Hütte, sagte aber nichts. Lodvig, der die letzten Kilometer heiter und unverständlich in seinen Bart gemurmelt hatte, nickte und blickte auf das kleine, rot gestrichene Haus, das unter Schneewehen fast begraben dalag.

Herbert versuchte, seiner Stimme einen aufmunternden Klang zu geben, als er sagte: »Das wärs dann, Lodvig. Jetzt kannst du richtig zu Ende schwatzen.«

Lodvig nickte. Er öffnete den Mund, nahm einige Male einen Anlauf und flüsterte schließlich heiser »ja«.

Aber was war denn das? Herbert sah erstaunt seinen Kameraden an. Er hatte sich so an das Gerede gewöhnt und überhaupt nicht bemerkt, dass Lodvig sich auf dem Weg von Kongeborg leer geredet hatte. Lodvig lächelte entschuldigend und zuckte bedauernd mit den Schultern: Er war ganz ohne Worte. Herbert hatte sie nun alle und noch mehr. Mit Schrecken blickte er auf Bjørkenborg und fröstelte bei dem Gedanken an all das Gefasel, das ihn dort drinnen überfallen würde.

Herbert stoppte den Schlitten. »Aii!«, rief er zu Pjosker, und der Hund blieb auf der Stelle stehen. Lodvig hielt seine Hunde ebenfalls an, die sich friedlich neben Pjosker legten. Die beiden Männer starrten mit Abscheu auf das Haus. Sie dachten vor allem an Bjørken, der philosophisch veranlagt war und die schlimme Angewohnheit besaß, Gespräche bis ins Unendliche auszudehnen.

Herbert schlug sich auf die Oberschenkel, um sich aufzuwärmen. »Na?«, sagte er fragend.

Lodvig schnappte nach einem Wort, konnte es aber nicht fangen. Er zuckte noch einmal bedauernd mit den Schultern und schnäuzte sich in den Handschuh aus Seehundfell. Er öffnete den Mund, aber er brachte kein Wort heraus. Dann schüttelte er langsam den Kopf, knallte mit der Peitsche über den Köpfen der Hunde und fuhr in einem großen Bogen weg von Bjørkenborg. Er war auf den Schlitten gesprungen, saß, den Kopf tief in die Wärme der Anorakkapuze vergraben, und genoss die Stille darin.

Herbert lächelte. Er rief »mush, mush« zu Pjosker. Das klang gut, meinte er, denn es kommt aus Kanada. Dann fuhr er in einem noch größeren Bogen nördlich um das rot gestrichene Haus und nahm Kurs auf sein Heim in Guess Grave.

Bjørken und die Weltgeschichte

»Diese Hose«, sagte Bjørken zu Lasselille, »will ich dem Arktischen Institut vermachen, wenn ich einmal die Seehundstiefel ausziehen muss. Sie soll in einer dieser Käseglocken hängen, wo die Motten ihr nichts anhaben können und die Leute für eine Krone hingehen und sich ansehen, wie arktische Hosen zu unserer Zeit aussahen. Denn in der Zeit, mein Freund, werden sowohl Hosen als auch wir schon zur Geschichte gehören, vielleicht zur Weltgeschichte.«

Bjørken saß am Tisch. Er hatte eine kleine, runde Brille auf der Nase und die Zungenspitze im rechten Mundwinkel. Bjørken war ein langer und mehlweißer Mann. Er sah mitgenommen aus, obgleich ihn keiner mehr seit der Schlägerei auf Kap Thompson vor sechs Jahren verprügelt hatte. Ein Ohr hing wie ein welkes Kohlblatt auf die Kinnlade, und seine Schneidezähne im Oberkiefer waren abgebrochen, was ihm den Beinamen »Butzkopf« eingebracht hatte.

Bjørken flickte die Hose. Er benutzte ein Stück enthaartes Seehundfell, das er sorgfältig mit kleinen Kupfernieten auf dem schwarzen Wollstoff befestigte. »In der Zeit«, verkündete er, »werden wir dann auch in die Lesebücher aufgenommen, Lasselille, genauso wie die anderen Großen.«

Lasselille nickte. »Ja, das sollte mich nicht wundern«, sagte er. »Dann werden die armen Jungen über uns lesen müssen, und wir sind nur noch eine Menge Namen und Jahreszahlen, die sich keiner merken kann. Nicht, dass ich damit rechne, mit Namen erwähnt zu werden. Aber du und Valfred und William und der Graf.«

»Du wirst sehen, auch über dich wird es ein paar Zeilen geben«, versprach Bjørken großmütig. »Es ist Platz für uns alle, denn dann, Lasselille, ist es Schluss mit der Geschichte dort unten. Dann sind sich alle so gleich geworden, dass sie in der gleichen Zeile und in einer Klammer stehen können. Sie werden geschichtslos. Denk an meine Worte, so wird es kommen. Und dann merken sie, dass die Geschichte, die Frühere vor ihnen geschrieben haben, nur noch ärgerliches Geschwafel ist, aus dem man nichts lernen kann. Dann werden sie gezwungen sein, ihren Blick auf den Norden zu richten. Das macht man nämlich immer, Lasselille, wenn man sich festgefahren hat. Denn hier oben sind die Beispiele, das musst du wissen. Ich und du und Sylte und die anderen. Wir sind die weltgeschichtlichen Beispiele.« Er ließ diesen letzten Satz frei in der Luft schweben. Aber er erreichte Lasselille dennoch nicht.

»Was verstehst du denn unter weltgeschichtlichen Beispielen?«, fragte der.

»Ich verstehe darunter akkurat das, was ich gesagt habe«, antwortete Bjørken und schickte damit den Satz wieder auf die Reise. Er tat einen gewaltigen Schlag mit dem Hammer und schlug die letzte Niete ein.

»Die da unten im Süden, das sind Pfuscher, und das sind sie schon immer gewesen«, sagte er. »Die müssen immer so viel für alle anderen regeln, dass sie ganz vergessen, ihre eigenen Angelegenheiten zu ordnen. Da gibt es das, was sie Politik nennen, und es gibt viele, die davon leben. Und die glauben, dass diese ganze Politik Weltgeschichte schreiben kann. Aber das ist ein Irrtum, Lasselille. Die Weltgeschichte, die diese Leute schreiben, sollte man auf Klopapier schreiben, dann dient sie wenigstens einem vernünftigen Zweck.« Er hielt die Hose ans Licht und nickte zufrieden. »Sie ist wirklich richtig schön geworden, fast wie neu.«

»Also, diese Weltgeschichte«, wollte Lasselille gerne wissen, »also die, die sie da unten machen, wozu brauchen sie die, Bjørk?« Lasselille war jung und daran interessiert, seine Kenntnisse zu erweitern. Er war immer noch neu an der Küste und war so eine Art Lehrling bei Bjørken und Sylte.

»Für nichts«, entgegnete Bjørken ernst. »Sie zanken und bekriegen sich und schreiben das alles nieder. Aber der Teufel soll mich holen, wenn sie etwas daraus lernen. Die Weltgeschichte, mein Freund, das sind dicke Bücher über Mord an allen Fronten und Vaterlandsliebe und Ehre und andere Idiotien. Und dann nur wenige Zeilen über dies und jenes, wie es normalen Menschen geht.« Er strich gedankenvoll über seine langen, grauen Unterhosen, die auch einige Flicken aus Seehundfell gebrauchen konnten.

»Sieh mal, Lasselille, wir hier oben, wir sind gleichsam der Anfang von allem. Wir haben uns nicht weiter von den Höhlenmenschen entfernt, die während der Eiszeit unter etwa den gleichen Verhältnissen herumsprangen, soweit wir uns das vorstellen können. Wir gehen ein wenig auf die Jagd und genießen das Leben. Wir sind die ganze Entwicklung, aber wir sind auch der Anfang. Verstehst du?«

»Nein«, antwortete Lasselille ehrlich. Er dachte langsam, Wort für Wort, ohne die Fähigkeit, Zusammenhänge zu erkennen. Als er sich Bjørkens Rede gründlich überlegt hatte, nickte er. »Jetzt glaube ich aber, dass ich verstanden habe.«

»Gut.« Bjørken steckte seine langen Beine in die geflickte Hose. »In Wirklichkeit gibt es niemals andere als uns. Wir sind die Reserve, weißt du, und wir ändern uns nicht mehr. Wenn der ganze Mist dort unten zusammenkracht, sind wir es, die den Weg weisen müssen. Dann sind die dort unten Abfallprodukte und wir die Einzigen, die völlig intakt sind.« Bjørken schüttelte nachdenklich seinen Kopf. »Politik ist für Füchse, Lasselille, dabei betrügen die Klügeren die weniger Klugen und nennen das Demokratie. Sie sind zwar immer noch Jäger dort unten, aber es ist eine unglückliche Form von Jagd, die sie betreiben. Und eine ordentliche Weltgeschichte kommt dabei nicht heraus. Wir dagegen sind genau mittendrin in der Geschichte: Wir halten Schritt mit den Höhlenmenschen. Dort unten wimmeln sie in viel zu kleinen Schuhen und mit viel zu vielen Hühneraugen herum.«

Lasselille, dem es schwer fiel, die Bilder zu begreifen, erbat sich noch einmal Bedenkzeit.

»Sag mir mal, Bjørk, diese Sache mit dem Schritthalten, wie muss man das verstehen?«

Bjørken zeigte auf seinen langen, schmalen Schädel. »Ja, wie, wie? Das kommt von innen und kann nur hier drinnen verstanden werden, mein Freund. Wir sollen uns nicht besser machen als wir sind, und die Natur ist nicht so erfreut über Abweichler. Einfach die Schnauze vorneweg und die Sülze in den Wind.«

Diese Antwort nun brachte Lasselille völlig aus dem Konzept. Er griff dankbar das Wort Sülze auf. »Wo ist Sylte?«, fragte er.

»Sylte? Ja, da haben wir ein glänzendes Beispiel für das, was ich gerade erwähnt habe«, antwortete Bjørken. Er ließ nicht so ohne weiteres vom Geschichtlichen. »Sylte war ein prima Fänger, bis er seine Brille verlor. Und da war dann auch Nacht für ihn. Die Natur lässt es sich nicht bieten, dass ein Fänger einfach seine Brille verliert.«

»Vielleicht ist er unten bei den Welpen«, sagte Lasselille.

Bjørken, der nun in seine arktische Hose gefunden hatte, ging zum Fenster. »Ja, er ist bei den Welpen mit Eingemachtem. Und da kannst du mal sehen, Lasselille. Sylte hat rechtzeitig dafür gesorgt, sich Freunde zu schaffen. Und das kann nützlich sein, wenn man so gut wie hilflos ist. Aber eines Tages, wenn er sich nicht rechtzeitig eine neue Brille besorgt, dann werfen ihn seine vierbeinigen Freunde um und fressen ihn – oder jedenfalls so viel von ihm, dass ich die Reste in einer Keksdose begraben kann. Und so sind wir wieder beim Geschichtlichen angekommen.«

Lasselille blickte hinaus in die Natur. Es war nicht viel zu sehen, denn es war die dunkle Zeit, und er konnte nur so weit sehen, wie der Lichtschein der Petroleumlampe am Giebel reichte. Er konnte jedoch Sylte bei der Kette der Welpen stehen sehen. Sylte mit einem großen, braunen Krug im Arm. Er konnte erkennen, wie Sylte über die Köpfe der jungen Hunde tastete, um herauszufinden, wen er vor sich hatte, bevor er eine Faust voller eingemachter Heidelbeeren in das aufgesperrte Maul stopfte. Sylte liebte diese Welpen. Auch als er noch seine Brille hatte und sehen konnte, hatte er sie mit kleinen Leckereien verwöhnt. Aber damals bekamen sie nur einmal in jeder zweiten Woche Eingemachtes. Als er seine Brille verloren hatte und deshalb fast blind war, gab er ihnen jeden zweiten Tag aus dem Krug zu fressen. Er hatte Lasselille dazu gebracht, Beeren zu sammeln, die er mit Zucker und Rum einlegte. Das war Eingemachtes, das kräftig und gut schmeckte, die Welpen liebten es.

»Gott allein weiß, ob er überhaupt etwas sieht ohne Brille«, wunderte sich Lasselille.

»Er kann kein wütendes Walross von einem toten Stint unterscheiden«, brummte Bjørken. »Er kann nicht einmal das Haus hier sehen, bevor er nicht die Türklinke in der Hand hat.«

»Aber warum lässt du ihn nach draußen gehen, wenn er nichts sieht?«

»Ja, warum, warum!« Bjørken starrte Lasselille irritiert an. »Man kann ihn doch nicht daran hindern, hinauszugehen, nicht? Ich kann doch den Ärmsten verdammt nochmal nicht in einem der Nebenschuppen einschließen oder ihn an seine Koje festbinden. Wenn er hinaus will, dann ist das seine und nicht meine Sache. Außerdem ist er es gewöhnt, selbst zurechtzukommen, und abgesehen davon, dass er nichts sieht, arbeitet er bei allen anderen Dingen ausgezeichnet.«

»Aber er kann doch die Lupe mitnehmen?«, schlug Lasselille vor.

»Und die auch noch verlieren, wie? Kommt nicht infrage. Die Lupe bleibt hier im Haus. Mit der Lupe kann er kochen und abspecken und sich nützlich machen.« Bjørken nahm die erwähnte Lupe vom Tisch. Es war eine Lupe, die er einmal vor vielen Jahren von einem deutschen Geologen abgestaubt hatte.

»Mit dieser Lupe hat es etwas Besonderes auf sich«, sagte er zu Lasselille, »und darum darf sie nicht verloren gehen. Jedes Mal, wenn ich sie in die Hand nehme, kommt mir wieder in den Sinn, wie ich sie damals … erworben habe, und diese Erinnerung würde vielleicht ganz verblassen, wenn sie wegkäme. Im Übrigen kann Sylte die Lupe hier drinnen überhaupt nicht entbehren. Diese Lupe hält ihn trotz allem beschäftigt. Wenn er sie nicht hätte, wäre er ein schlapper Döskopp, und ist man erst einmal so einer, dann verabscheuen einen die Freunde, weil man bei ihnen schmarotzt, und wenn einen die Freunde erst einmal verabscheuen, bekommt man Depressionen, und den Depressionen folgt schließlich der Koller. Darum muss die Lupe hier drinnen bleiben.«

Lasselille blickte Bjørken beeindruckt an. »Du kannst die Dinge richtig auslegen«, sagte er. »Es wird einem ganz schwindlig, wenn man dir zuhört.«

»Es gibt einige, die nachdenken, obgleich sie einsam wohnen«, entgegnete Bjørken. »Und wenn man das tut, dann wird man etwas. Nimms dir zu Herzen, Lasselille.«

»Wenn ich draußen nach den Fallen sehe«, erklärte Lasselille eifrig, »dann denke ich aber auch nach. Ich plane meine Gedanken gleichsam, Bjørk. Ist das nicht vernünftig? Ich fange morgens an, und während ich die Hunde vorspanne, beschließe ich, an die eine oder andere Sache zu denken, von der ich mir vorstellen kann, ihr im Laufe des Tages dann auf den Grund zu gehen.«

»Das hört sich vernünftig an«, nickte Bjørken. Er blickte wohlwollend auf seinen jungen Schüler. »Es ist sehr wichtig, dass man den Dingen auf den Grund geht, Lasselille.«

Der junge Fänger senkte den Kopf und starrte auf die Tischplatte. »Es ist bloß so schwer«, flüsterte er. »Man muss doch die Fähigkeiten dafür haben. Was mich anbetrifft, so ist das eine Sache, die mir immer wieder abhanden kommt.«

»Drück dich etwas genauer aus«, bat Bjørken.

»Ja, also, lass uns mal sagen, ich gehe und spanne die Hunde vor und bestimme, dass ich heute an das Wort ›Kaffee‹ denken will. ›Heute sollst du an Kaffee denken, Lasse‹, sage ich zu mir, ›an nichts anderes.‹ Das ist doch ein guter Anfang, nicht, Bjørk? Aber dann, bevor ich auf dem Schlitten bin, ist der Kaffee verschwunden. Ich habe mir also zuerst kleine, runde Bohnen vorgestellt, die in einer Mühle gemahlen werden, und dann fällt mir mein Onkel ein, der Müller ist und so stark, dass er einen vollen Sack Weizen unter jedem Arm tragen kann. Und dabei fällt mir dann so ein Kraftmensch ein, er hieß Ursus und war bei einem Zirkus in meiner Heimatstadt, einem Zirkus, der auch ein Karussell hatte, das wir Jungen zehnmal drehen mussten für eine Gratisfahrt.« Lasselille guckte entschuldigend hoch. »Da kannst du sehen, so komme ich weit ab von …, was war es nun …«

»Kaffee«, half ihm Bjørken.

»Ja, vom Kaffee, und ich finde nicht wieder zurück. So geht es jedes Mal.«

Bjørken zuckte mit den Schultern. »Das ist nicht ungewöhnlich bei solchen Menschen wie dir«, meinte er. »Dir fehlt die Konzentration, Lasselille. In allen Lebenslagen kommt es darauf an, sich zu konzentrieren.« Er nickte zu den Welpen hin. »Sylte dort unten, er besitzt überhaupt keine besondere Konzentrationsfähigkeit. Aber dafür etwas anderes, das ihn historisch macht und das er gründlich ausnutzt. Er ist furchtlos, obgleich er gar nicht dumm ist. Eine Kombination aus ihm und mir, die ergibt genau den richtigen Fänger. Darum haben wir auch viele Jahre zusammengehalten.«

Sie setzten sich an den Tisch und machten eine lange Pause. Lasselille dachte an Kaffee und verirrte sich dabei über die braune Farbe der Bohnen zu einer anderen braunen Farbe, die er in Scoresbysund bewundert hatte, sie hatte einer jungen Dame mit Namen Magdalene gehört. Diese braune Farbe war überall an dem Mädchen zu finden, und sie war so reizend und angenehm für das Auge, dass er praktisch nicht die geringsten Schwierigkeiten hatte, sie in seinen Gedanken festzuhalten.

Bjørken dachte wieder an die Weltgeschichte. Sie war ein Thema, das ihn zeitweilig stark beschäftigte. Sie saßen da und versanken in ihren Gedanken und warfen ihre Schatten groß und mächtig an die raue Bretterwand. Sie waren so weit weg, dass es etwas dauerte, bis sie merkten, dass die Welpen an der Kette aufgeregt zu jaulen begonnen hatten.

»Was zum Teufel, fressen sie ihn jetzt?« Bjørken sprang auf. Er lief zur Küchentür, von wo er die beste Aussicht hatte. Im Schein der Lampe konnte er die Hunde und auch Sylte erkennen. Und auch einen jungen Bären, der mit langem Hals dastand und seinen Kopf vor Syltes braunem Krug hin- und herbewegte. Durch das Kläffen der Welpen hörte er Syltes Schimpfen.

»Was bist du denn für ein Kerl. Du gehörst bestimmt nicht hierher, Kamerad.« Er zog die Hand aus dem Krug. »So ein großer Bursche, du bist bestimmt genauso naschhaft wie die Kleinen, was?« Er stopfte eine Faust in die Schnauze des Bären. »Ja, ja, Kamerad, diesmal bekommst du etwas, aber komm nicht auf die Idee, hier noch einmal zu erscheinen. Es reicht nur für die Welpen, musst du wissen.«

Der Bär fraß gierig. Er leckte vorsichtig Syltes Hand. Leckte sie blitzblank zwischen den Fingern, die Handfläche und den Handrücken.

»Du magst wohl Syltes Bonbons, was? Hähä«, lachte Sylte leise, und er gab dem Bären noch eine Hand voll.

Bjørken sprang zu seinem Gewehr. Er stopfte eine Kugel in die Kammer und legte es auf den unteren Teil der geteilten Tür auf. Während er den Bären im Visier behielt, flüsterte er zu Lasselille.

»Dies hier musst du dir hinter die Ohren schreiben, Lasselille. Denn es ist genau das, was ich eben gesagt habe. Jetzt schreibt Sylte Weltgeschichte.«

Er zielte auf den Kopf des Bären und lachte leise. »Haha, da unten können sie sich alle Schwierigkeiten machen und Erfindungen machen und sich schlagen und sonst was anstellen. Aber es gibt keinen unter diesen Scheißern, der einen Bären mit bloßer Hand füttern kann wie Sylte. Das da, Lasselille, ist verdammte Weltgeschichte, wie sie sein soll.«

Lasselille starrte mit kugelrunden Augen zum Bach. »Er glaubt sicher, dass es einer der alten Hunde ist, der sich losgerissen hat«, flüsterte er heiser.

»Sylte glaubt gar nichts«, grunzte Bjørken. Er krümmte seinen Zeigefinger und zog langsam durch. Das Krachen ließ die Welpen erschreckt aufheulen, und der Bär vollführte einige Pirouetten, bei denen er Sylte den Krug aus den Händen riss. Er sank mit einem hässlichen Husten in den Schnee und war tot.

Sylte bückte sich und suchte nach dem Krug. Ohne sich umzudrehen, rief er zum Haus hinauf: »Sehr gut getroffen, Bjørk. Der war fromm wie ein Lamm, aber er hat mir fast die Haut von den Händen geleckt.« Und zu den Welpen rief er: »Heute gibt es eine Extraration für euch kleine Burschen. Eingemachtes! Eingemachtes!«

Der Tätowierer

Herr Joenson machte bereits bei seiner Ankunft Probleme. Er ging bei Kap Thompson an Land, mit einem weichen Filzhut auf dem Kopf, einer emaillierten Kaffeekanne in der linken und einer ledernen Reisetasche in der rechten Hand. Er trug einen schwarzen Sakko, ein schwarzes Hemd und einen weißen Schlips und spitze Sandalen. Aus seinem Mund blitzten unzählige Goldzähne, sie offenbarten einen Wohlstand, wie er nördlich des Polarkreises nicht üblich war. Er war ein merkwürdiger Mann, der überhaupt nicht in den Alltag auf Kap Thompson passte.

Das kam dem Stationsleiter Mads Madsen auch so vor. Er schwor hoch und heilig, als er den künftigen Helfer angepeilt hatte: »Jetzt haben die da unten verdammt das letzte Aufgebot zusammengekratzt. Die sollen nicht glauben, dass ich einen ganzen Winter lang dasitze und auf solch einen Ölscheich glotze. Entweder geht dieser komische Kauz zurück, oder du kannst mich mit zurücknehmen.«

Skipper Olsen von der *Veslemari,* der umgehend an Land gekommen war, um zu vermitteln, guckte sich Herrn Joenson an und gab Mads Madsen Recht. Er redete Herrn Joenson gut zu und hielt ihm all die Nachteile und Unbequemlichkeiten vor, die ein längerer Aufenthalt in der Arktis mit sich bringen kann, aber Herr Joenson war unerschütterlich. Er hatte einen Vertrag mit der Kompanie für ein Jahr, und dabei sollte es bleiben. Er gehörte nicht zu denen, die einen guten Vertrag brechen. Es war sein Wunsch, das Fängerhandwerk zu lernen, und deshalb war es völlig ausgeschlossen, dass er zurückreiste. Also reiste Mads Madsen.

Der Schwarze William, der Mads Madsens Helfer gewesen war, wurde zum kommissarischen Stationsleiter ernannt, und er versprach dem Skipper, sein Äußerstes zu tun, Herrn Joenson im Laufe des kommenden Winters nicht zu erschlagen. Er übernahm die Station, und zusammen mit seinem neuen Arbeitskameraden dirigierte er die *Veslemari* von der äußersten Spitze des Kaps aus hinaus durchs Eis.

Es sollte sich zeigen, dass Herr Joenson durchaus nicht so schlimm war. Er war ein wirklich interessanter kleiner Mann. Er war in Japan und Amerika gewesen und konnte wirklich über allerhand mitreden. Er trug weiterhin sein Sakko, denn, wie er sagte, es gab bestimmte Gewohnheiten, die man nicht ablegen sollte, auch nicht in der Arktis, auch trank er nur Kaffee, der in der emaillierten Kanne gekocht war. Dies waren Eigenheiten, die überall an der Küste bemerkt wurden. Als der Herbst mit kalten, windigen Tagen kam, konnte ihn der Schwarze William immerhin dazu bewegen, die Krempe seines weichen Hutes abzuschneiden, sodass dieser unter der Anorakkapuze Platz fand. Sogar die Sandalen tauschte er gegen ein Paar von Williams tranbehandelten, holzbesohlten Stiefeln ein, und William fand, dass er einen vernünftigen und umgänglichen Arbeitskameraden bekommen hatte.

Das Besondere an Herrn Joenson war jedoch nicht so sehr seine Bekleidung, seine Berichte über die Fremde oder seine völlige Hilflosigkeit draußen in der Natur. Was im allerhöchsten Grade zu der Bewunderung beitrug und dem Ruf, den er an der Küste genoss, war seine einzigartige Fähigkeit zutätowieren. In der kleinen, grauen Reisetasche hatte er Farbflaschen, Nadeln, kleine Hämmer und anderes Gerät zum Stechen von großartigen Kunstwerken auf die Arme der Leute – oder wo sie sie auch immer angebracht haben wollten.

Es ergab sich ganz natürlich, dass er mit dem Schwarzen William anfing. Dieser hatte eine schöne glatte Haut, aber er wollte sie dennoch mit einer kleinen Tätowierung verschönern. Er erbat sich ein rotes Herz mit einem flammenden Pfeil und der Inschrift »Mutter«, ausgeführt in großen blauen Buchstaben. Der Schwarze William hatte seine Mutter nie gekannt, war aber überzeugt, dass solch ein Herz sie näher zu ihm bringen würde.

Als die Wunden nicht mehr so schmerzten, rollte er den Ärmel hoch und bewunderte sein Herz. Er dachte viel an seine Mutter, es fiel ihm jetzt leichter, sie sich vorzustellen. William war so begeistert von seiner Tätowierung, dass er schon gegen Ende September das Motorboot startete und sich mit Herrn Joenson auf die Reise begab. Sie fuhren die Küste entlang, um Freunden und Nachbarn Gelegenheit zu geben, Williams Arm zu bewundern.

Zuerst besuchten sie Magnus von Veile, der ein Adliger war und deshalb der Graf genannt wurde. Der Graf war ein Sonderling, der seit vielen Jahren versuchte, Kartoffeln und Getreide auf einem kleinen Feld anzubauen, das er vor der Station in der Grover Bay gerodet hatte. Bei ihm wurde immer mit einem Tischtuch gedeckt, und er verlangte von seinen Gästen, dass sie mit dem aufgelegten Besteck aßen und unter keinen Umständen Fangmesser bei Tisch benutzten. Da der Graf wegen seiner Landwirtschaft nicht viel Zeit für die Jagd übrig hatte, sorgte man immer dafür, selbst die Menge Fleisch mitzubringen, die während des Besuches verzehrt wurde. Dazu trank man Wein aus Beeren und Blütenblättern, Wein, den der Graf selbst komponierte und für seine Gäste aus Flaschen mit Etiketten servierte.

»Der hier«, stellte der Schwarze William nach ihrer Ankunft vor, »das ist mein Arbeitskamerad Herr Joenson. Er ist schon in Japan und Amerika gewesen, deshalb kannst du ihm nichts vormachen.«

Der Graf verbeugte sich steif und entgegnete, dass es ihm eine Ehre sei, Herrn Joenson kennen zu lernen.

»Das kannst du wohl sagen«, sagte William, »denn er ist nämlich Künstler, musst du wissen.« Er krempelte den Ärmel hoch und zeigte seinen Unterarm. »Was sagst du nun, Graf?«

Der Graf betrachtete das Herz aufmerksam. Er legte seinen Kopf auf die Seite und blies durch die Lippen. »Nett. Gar nicht schlecht. Eine sehr schöne Tätowierung, William. Woher hast du sie?«

»Herr Joenson hat sie gemacht«, antwortete der Schwarze William. »Er ist ein richtiger Künstler, meinst du nicht auch? Solch ein Herz bringt einem die Mutter gleichsam näher. Du solltest dir auch ein Bild gönnen, Graf, es würde dir gut stehen, glaub mir.«

Der Graf schüttelte den Kopf. Er liebte keinen Körperschmuck irgendwelcher Art. Außerdem hatte er sich mit anderen und wichtigeren Dingen zu beschäftigen als mit einer Tätowierung.

»Du müsstest dir eine Kartoffel oder ein schönes Roggenfeld auf die Brust machen lassen«, schlug William vor. »Das kannst du bestimmt leicht machen, nicht wahr, Joenson?«

Herr Joenson kniff die Augen zusammen und dachte über diesen Vorschlag nach. »Ich muss einräumen, dass es keines der genannten Motive in meinem Lehrbuch gibt«, sagte er, »aber mit etwas Fantasie und vor allem dann, wenn ich Modelle bekomme, kann ichs schon schaffen.«

»Da siehst dus, Graf. Herr Joenson kann das meiste. Du solltest dir ein halbes Kilo Kartoffeln machen lassen, die in einer Roggengarbe liegen. Das würde sehr schön werden, glaube ich, besonders in Farbe.«

»Ich möchte nicht so gerne«, antwortete der Graf höflich abweisend. Und so ließen sie das Thema vorübergehend fallen.

Herr Joenson und William guckten sich die Felder des Grafen an. Sie bewunderten lautstark einige Triebe, von denen der Graf schwor, dass sie zu einer Kartoffel unter der Erde gehörten, und sie gingen in einem vorsichtigen Bogen um das steinige Gelände, von dem der Graf behauptete, es wäre ein Kornfeld. Danach gingen sie zurück zum Haus, um dem Grafen bewundernd zuzusehen, wie er Kunststücke mit dem Stück Ochsenfleisch vollführte, das sie mitgebracht hatten. Er briet und schmorte und tat mehrere Stunden, und er veranlasste Herrn Joenson, den Tisch zu decken mit Tischdecke und richtigen Tellern, Gläsern und Besteck. Der Schwarze William saß am Fenster und betrachtete sein Herz. Er war in guter Stimmung. Das kleine rote Herz zeigte, dass er irgendwo herkam, er hatte eine Mutter. Eine schöne Mutter im Übrigen, breit und kräftig und mit sprudelndem Humor. Er rief zum Grafen: »Du, Graf, es gibt wirklich nichts Herrlicheres, als eine Mutter zu haben.«

Der Graf sah erstaunt von der Bratpfanne hoch. »Natürlich«, murmelte er, »sicher doch«, und William fuhr fort: »Man ist irgendwie anders, wenn man eine Mutter hat, meine ich, so etwas Kleines, Altes, das man gern haben kann und zu dem man gut ist.«

Herr Joenson pflichtete ihm bei. »Das ist völlig richtig, William. Eine Mutter sollte ein jeder Mensch haben. Und wenn man sie nicht mit hierher in die Einöde schleppen kann, dann soll man sie aber in jedem Fall auf seinem Unterarm tragen.«

Sie aßen ein Gericht, dem der Graf irgendeinen ausländischen Namen gab, das aber deshalb nicht viel besser wurde, und sie tranken

Wein aus Flaschen, auf deren Etiketten schwere Namen standen. Sie schmeckten alle gleich und schlecht, meinte William. Sie hatten keinen richtigen Biss.

Herr Joenson lobte sowohl den Wein als auch das Fleisch sehr. Er stieß oft und fast lautlos auf, dafür bewunderte William ihn. Während des ganzen Essens überlegte er sich, wie er den Grafen herumkriegen könnte: Denn natürlich musste der Graf eine Tätowierung haben. Die wäre selbstverständlich nicht gratis wie Williams, denn entweder reiste man herum und tätowierte die Leute und lebte davon, oder aber man blieb zu Hause und kümmerte sich um die Wirtschaft und bezog sein Auskommen daher. Er nippte an des Grafen hausgemachtem Clos-Vougeot und überlegte sich eine vorläufige Preisliste.

Ein Herz mit der Inschrift »Mutter« sollte ein Fuchsfell oder zwei Seehundfelle erster Klasse wert sein. Ein Zweimastschoner sollte drei Füchse oder die Felle von zwei gescheckten Seehunden kosten. Wünschte man sich ein Vollschiff, musste der Preis in diesem Falle mindestens fünf Füchse, einen halben Bären oder zehn Seehunde betragen. Dies könnte als vorläufige Grundtaxe dienen. Hatte der eine oder andere persönliche Wünsche, musste man eben von Fall zu Fall abschätzen. Herr Joenson entschloss sich, ein kleines Heft zusammenzustellen, das in den Stationen umlaufen könnte. Es sollte eine Preisliste enthalten und reich illustriert sein.

Der Graf, der lange Zeit keine Gäste gehabt hatte, war an diesem Abend angetrunken. Es geschah äußerst selten, dass er Alkohol trank, und er merkte deshalb auch nichts, bis es zu spät war. Er begann mit seinen Kartoffeln zu renommieren, die sich ja bekanntlich nicht zum Prahlen eigneten, und faselte von wogenden Roggenfeldern, Selbstversorgung und ähnlichen Wunschträumen. Der Schwarze William hatte bald keine Lust mehr, ihm zuzuhören, und er schlug vor, in die Kojen zu kriechen. Aber Herr Joenson zwinkerte quer über den Tisch seinem Arbeitskameraden zu und gab ihm zu verstehen, dass er ganz andere Pläne habe.

Er begann mit dem Grafen ein Gespräch über Magie. Und weil Magnus von Veile keinen klaren Kopf besaß, gab er Herrn Joenson meistens Recht. Herr Joenson konnte von seltsamen Menschen berichten, die er auf seinen ausgedehnten Reisen getroffen hatte, so von einem Volk in einem nicht näher bezeichneten mittelamerikanischen Staat, bei dem alle eine Kartoffel auf die Stirn tätowiert hatten. Das sollte angeblich das Wachstum fördern. Und dass diese uralte Magie nicht ohne Wirkung war, hatte er mit seinen eigenen Augen gesehen: Diese klugen Menschen bauten Kartoffeln an, von denen die kleinste von der Größe eines ausgewachsenen Kürbisses war.

Der Graf nickte betrunken. Das hatte sicher etwas für sich. Denn soweit er wusste, kam die Kartoffel aus Amerika, genauso wie der Kaugummi und die Syphilis.

Der Schwarze William und Herr Joenson setzten ihre Reise fort, lange bevor der Graf aus seinem Rausch wieder aufwachte. Sie fuhren schnell und lautlos ab und nahmen zwei gescheckte Seehundfelle mit, die der Graf vor Jahren als Geschenk von Eskimos aus dem Süden erhalten hatte. Die Felle waren über seiner Koje angenagelt gewesen, als Verschönerung der Bretterwand. Für diese ausgezeichneten Felle hatte man ihm eine makellose Tätowierung auf der betäubten gräflichen Brust hinterlassen. Sie war ein wahres Kunstwerk, der Graf hatte sie zu einem Spottpreis bekommen. Denn Herr Joenson war von den heiligen Feuern der Inspiration erfasst worden, und beim Licht der Petroleumlampe hatte er ein Meisterwerk geschaffen, das von nun an den mageren Brustkasten des Magnus von Veile schmücken sollte.

Der Schwarze William dachte mit Freuden an die Tätowierung, als er den Motor startete und das Boot aus dem stillen Fjord glitt. Eine fantastische Tätowierung – ein vornehmes Schild mit Eichenlaub und Schnörkeln, von einer rostroten Lanze durchbohrt. Links unter der Lanze erschien eine keimende Kartoffel, rechts über der Lanze lag eine Roggenähre, schwer von Körnern. In einem kleinen Rechteck unter dem Schild war mit verschnörkelten Buchstaben, die Herr Joenson gotisch nannte, das Wort »Graf« eingraviert, was ja schön und auch richtig war.

Sie fuhren in Richtung Bjørkenborg, aber der Motor streikte am Gralesund, also kehrten sie mithilfe der Ruder nach Kap Thompson zurück.

Im Laufe des Winters gab es Kundschaft unter den Fangleuten in Kap Thompson. Das Gerücht über die Tätowierung vom Grafen und von William hatte sich verbreitet und war bis in die abgelegensten Winkel gelangt. Man fuhr bei erster Gelegenheit, nachdem das Meer zugefroren war, zu Herrn Joenson, um ihn zu konsultieren.

Auf Kap Thompson aß man das Fleisch dieser Gäste, weil man selbst nicht sehr viel Zeit für den Fang übrig hatte, und man trank Selbstgebranntes und hatte es gemütlich und tätowierte unterdessen Tag und Nacht.

Einer wollte den anderen übertreffen, und es nahm kein Ende mit den fantasievollen Bildern, die den Fängern in diesem Jahr unter die Haut gestochen wurden. Einzig der alte Niels und Halvor aus Hauna waren noch nicht aufgetaucht. Von beiden hatte man seit einem halben Jahr nichts gehört, man vermutete, dass sie diesen Winter ein bisschen für sich sein wollten. Es gibt gewisse Jahre, in denen man keine Fremden sehen kann, und Niels und sein Arbeitskamerad hatten im vorigen Jahr reichlich Besuch gehabt und waren bestimmt richtig kaputt von dem Trubel.

Der eifrigste von Herrn Joensons Kunden war zweifellos Bjørken. Er bekam vier Herzen auf die Arme tätowiert, jedes mit dem Namen eines Mädchens. Das sah großartig aus, wirkte allerdings ein bisschen prahlerisch. Außerdem bekam er ein Vollschiff unter Segeln auf die Brust und einen Feuer speienden Drachen auf den Rücken. Es war richtig fantastisch, sich Bjørken anzuschauen, nachdem er dekoriert war, und er war keineswegs jemand, der sich zierte.

»Solch ein Drache«, sagte er, wenn er abends sein Unterhemd auszog, »gibt Wärme. Früher konnte man gut hier drinnen sitzen mit Unterhemd und Islandpullover, aber seit ich den Burschen auf dem Rücken habe, fühle ich mich am wohlsten mit bloßem Bauch.« Und so saß Bjørken mager und knochenbleich da und ließ sich bewundern.

Den Feuer speienden Drachen hatte er auf Kredit bekommen. Aber er versprach Herrn Joenson fünfzehn einwandfreie Fuchsfelle und einen Bären für das Kunstwerk, und weil Herr Joenson einen Zinssatz von einem Seehund pro Monat verlangte, waren sie handelseinig geworden.

Bjørkens Lehrling Lasselille, der vom Lande kam, hatte einen Pflüger hinter zwei Pferden bestellt. Im Hintergrund hätte er sehr gerne einen aus drei Gebäuden bestehenden Bauernhof mit Strohdach gehabt, aber hiervon musste er aus finanziellen Gründen absehen. Bjørken hatte die Hand auf den Fellen und war, wie schon erwähnt, bereits verschuldet. Lasselille beließ es deshalb bei einem braunen Acker und vier Möwen über einer Furche.

In diesem Jahr herrschte Friede und Eintracht an der Küste. Herrn Joensons Tätowierungen verbanden die Fänger zu einer Gemeinschaft, die fast unverbrüchlich wirkte. Sie bewunderten sich gegenseitig und freuten sich gemeinsam auf den Tag, an dem das Versorgungsschiff *Veslemari* auftauchen würde. Man würde bestimmt große Augen an Bord machen, wenn man sah, was der Winter Neues gebracht hatte. Und deshalb einigten sich alle, die *Veslemari* als gemeinsame Truppe auf Kap Thompson zu empfangen.

Es wurde Sommer. Das Eis brach und trieb zur See hinaus, und viele Motorboote nahmen Kurs auf die Thompsonhütte. Alle, die tätowiert waren, stellten sich ein, selbst der Graf, der sich im Laufe des Winters an das Schild mit Roggenähre und Kartoffel gewöhnt hatte. Im Ganzen erschienen sechzehn Männer. An dem Tag, als die *Veslemari* die äußerste Landspitze des Kaps umrundete, saßen sie, jeder auf seiner Specktonne, am Strand und winkten dem Schiff willkommen.

Skipper Olsen sah sie durch sein Fernglas. Er starrte sprachlos und spuckte aufgeregt über die Reling.

»Nun soll mich der Teufel zerreißen und zu Schanden machen«, rief er zum Steuermann. »Was zum Teufel ist das denn für eine Kunstausstellung?«

Der Steuermann nahm das Glas. »Wie Fastnachtsnarren«, grinste er. »Die haben bestimmt einen lustigen Winter gehabt.«

Mads Madsen, der genug von Europa hatte und sich deshalb für eine neue Saison verdingt hatte, nahm das Glas des Steuermanns.

»Was habe ich gesagt«, knurrte er. »Man schickt nicht ungestraft einen Schlingel mit weichem Hut und Sandalen hierher.« Er steckte das Glas in den Kasten unterm Fenster. »Da hat der kleine Scheißkerl sie aber richtig eingewickelt.«

»Warum glaubst du, dass er es war?«, fragte der Steuermann.

»Weil er der Einzige ist, der sein Hemd anbehalten hat«, grunzte Mads Madsen.

Herr Joenson reiste nach einer ertragreichen Saison in Ostgrönland ab. Er nahm einhundertfünfundachtzig Fuchsfelle, drei Seehunde, vier vollständige Eisbären und etwas Kleinkram in Form von Hermelin, gescheckten Seehunden und jungen Robben mit. Er winkte zum Abschied mit seiner emaillierten Kaffeekanne und nahm seinen weichen Hut, der jetzt an einen ägyptischen Fez erinnerte, ab und grüßte herzlich zu Mads Madsen, als dieser in die Jolle kletterte, um sich nach Kap Thompson bringen zu lassen.

Wie der Leutnant gezähmt wurde

Der Tätowierer Herr Joenson reiste mit der *Veslemari* nach Europa, und Stationsleiter Mads Madsen nahm seinen alten Platz in der Station Kap Thompson ein. Das war schon richtiger, meinten die Jäger an der Küste. Nicht, weil man etwas gegen Herrn Joenson hatte, im Gegenteil, denn dieser hatte viel Neues in die Arktis gebracht und begeisternde Kunstwerke auf mehlweißer Fängerhaut ausgeführt. Aber es war, als ob er hier oben nicht zu Hause gewesen war, ein seltener Zugvogel, der die Orientierung verloren und nur überlebt hatte, weil er eine einzigartige Anpassungsgabe besaß und zudem von hilfsbereiten Kameraden umgeben war. Mit Mads Madsen war das anders. Er fiel ganz natürlich ein und war sozusagen ein Teil des Alltags, den man nie bemerkte.

Die Jäger an der Küste hatten sich am Kap Thompson versammelt, als die *Veslemari* ankam. Teils, um Abschied vom Tätowierer zu nehmen, teils, um Mads Madsen bei seiner Rückkehr willkommen zu heißen, und nicht zuletzt, um die vielen besonderen Tätowierungen vorzuzeigen, die Blut, Schweiß, Tränen und viele Fuchsfelle gekostet hatten. Mit dem Schiff kam auch ein neuer Fänger, ein Leutnant Hansen, der eine würdige Ablösung für Herrn Joenson sein sollte.

Leutnant Hansen war ein kleiner aufrechter Mann mit einem zierlichen Schnurrbart, dessen nach oben gezwirbelte Enden er mit Pomade in Form hielt. Er hatte eine Stimme wie ein Rasiermesser, kleine schwarze stechende Augen und trug Reitstiefel und Reithosen. Leutnant Hansen hatte den jütländischen Dragonern angehört, hatte Kriegskunst in Fredericia studiert und stammte aus einer guten Familie. Mads Madsen ließ seine zahlreichen Freunde wissen, dass er das Schlimmste befürchtete.

Schon am ersten Tag auf Kap Thompson zeigte Leutnant Hansen, dass er voller großartiger Ideen steckte. Bevor die Sonne im Westen stand, hatte er eine Zusammenkunft vor dem Haus arrangiert, an einer Stelle, die er fortan als Appellplatz bezeichnete. Hier breitete er vor den verblüfften Fangleuten seine Lebensaufgabe aus.

»Ich bin neu in der Polargegend«, legte er dar, »ich bin unerfahren in dem Gebiet und seinen Verhältnissen.« Die Fänger nickten. Das klang vernünftig und bescheiden. Der Leutnant fuhr fort. »Das ist allerdings bedeutungslos, weil ich mich auf erfahrene Männer stützen kann.« Er erhob seine dünne, metallische Stimme. »Wir müssen eine Einheit bilden, wir müssen auftreten wie eine geballte Faust, eine Faust aus Stahl, die mit verschwenderischer Kraft zuschlägt.«

»Wen sollen wir schlagen?«, fragte Bjørken interessiert.

»Den Feind«, erklärte der Leutnant. »Ich habe die Befugnis der Fangkompanie, eine militärische Einheit in diesem Gebiet aufzubauen, natürlich im Einverständnis mit den hiesigen Kriegsmächten und mit entsprechender Zusammenarbeit.«

»Verdammt nochmal.« Valfred schüttelte nachdenklich den Kopf. »Herrscht wieder Krieg da unten?«

»Noch nicht, aber der Krieg kommt«, entgegnete Leutnant Hansen. »Der Krieg steht immer direkt vor der Tür. Kommt er hierher, dürfen wir nicht unvorbereitet sein, und darum habe ich die Befugnis, hier oben eine Einheit aufzustellen und zu drillen.«

»Wie willst du das anfangen, Hansen?«, fragte Herbert.

»Leutnant Hansen«, wies ihn der Leutnant zurecht. »Ja, ich will einen Verteidigungskern aus dem vorhandenen Material und Personal aufbauen, einen unüberwindlichen Kern, der blitzschnell, wo auch immer, gegen wen auch immer, eingesetzt werden kann und den Eindringling vernichtet.«

»Was denn für einen Eindringling?«, fragte Lasselille, der nicht sehr viel von dem ganzen verstanden hatte.

»Es ist der Feind, junger Mann. Der Feind, der überall ist. Noch unsichtbar, aber nichtsdestoweniger gegenwärtig. Ich habe Strategie studiert und weiß einiges von der unterirdischen Arbeit des Feindes. Wir müssen dieses Land verteidigen.« Er richtete sich auf. »Für Nation und König«, sagte er feierlich.

»Und für die Grönländer«, fügte Valfred hinzu.

Bjørken nickte gedankenvoll. »Ja, ja, das klingt alles vernünftig«, sagte er. »Und wenn du aus diesem Grund hierher gekommen bist, können wir uns sicher kaum verweigern. Wenn du keinen mit deiner Verteidigung störst, werden wir uns auch nicht quer legen.«

»Ihr werdet den Kern bilden«, rief der Leutnant. »Ihr allein könnt dieses gewaltige Gebiet verteidigen. Meine Aufgabe ist es, euch zu schulen, um euch zu Nordostgrönlands Elitesoldaten zu machen.«

»Dauert das lange?«, fragte der Schwarze William. Er dachte sorgenvoll an den Robbenfang im Herbst.

»Das hängt von eurem Willen und eurer Lust zu lernen ab«, antwortete der Leutnant.

Nun ist es in der Arktis so, dass man nie sofort eine Idee ablehnt. Zum Einen konnte sich eine Idee bei näherem Hinsehen als ganz interessant erweisen, zum anderen gab sie Anlass zu langen Diskussionen und lehrreichen Gesprächen unter den Fängern. Darum lehnte man auch nicht sofort den Verteidigungsplan Leutnant Hansens ab, sondern ließ ihm Zeit, diesen Plan in den folgenden Tagen darzulegen, während man untereinander gleichzeitig das Für und Wider beredete.

Keiner hatte es sonderlich eilig, von Kap Thompson wegzukommen. Der Sommer war noch lang und das Zusammensein mit den Kameraden wie ein Geschenk. Besonders nach der Ankunft des Leutnants Hansen. Man ließ den Leutnant seine abendlichen Vorlesungen über Kriegskunst halten, und man stellte sich gutmütig auf dem Appellplatz zu einem bisschen Exerzieren auf, wobei man unter seiner kundigen Anleitung mit den alten 89ern jonglieren lernte, Kehrtwendungen auf den Hacken der Seehundfellstiefel machte und sich auf den Bauch fallen ließ, wenn es der Leutnant befahl.

Es war erst an dem Tag, als der Leutnant eine Samstagsparade verlangte – zu der jeder die Pflicht hatte, sich sauber gewaschen, gekämmt und mit gut geputzter Waffe aufzustellen –, dass man meinte, es wäre nun wohl doch genug. Die Männer redeten alle darüber, was zu machen sei, um die Gedanken des Leutnants vom Krieg auf das Fanggeschäft zu lenken. Natürlich war es eine Zeit lang lustig gewesen, Soldat zu spielen, aber es gab doch Grenzen, was man einem erwachsenen Fänger zumuten konnte. Man war sich einig, dass man Hansen wohl Lebensart beibringen müsse und schickte ihn hinunter zur Fimbulhütte. Der Leutnant sollte bei Valfred überwintern, der allein war, nachdem Anton zu Herbert gezogen war.

Eines Morgens nach dem Appell sagte deshalb Mads Madsen. »Hör mal, Herr Leutnant, nun haben wir gelernt, die Büchse herumzuwerfen und auf den Hintern zu fallen und vieles mehr: Wäre es nicht eine Idee, wenn wir ein bisschen ins Gelände gingen?«

Der Leutnant spazierte eine Weile auf und ab vor der Reihe Soldaten. »Ausgezeichnet, Madsen. Die Idee ist hervorragend und könnte von mir sein. Morgen gehen wir ins Manöver.«

»Wenn ich etwas sagen darf«, sagte Bjørken, »dann würde ich eine kleine Tour hinauf ins Inlandeis vorschlagen. Es ist doch klar, dass der Feind aus dieser Ecke kommt.«

»Erklären Sie näher«, fuhr ihn der Leutnant an.

»Ja, also, es kann keiner aus Osten kommen. Das kann jeder Idiot begreifen. Denn da liegen die großen Eismassen wie eine Sperre. Und wenn sie nicht aus dem Osten kommen können, dann müssen sie aus dem Westen kommen, da Nord und Süd aus geografischen Gründen ausscheiden.«

»Klar«, räumte Leutnant Hansen ein. »Sie zeigen Klugheit und auch Scharfsinn, Bjørk, und sollten bald zum Korporal ernannt werden.«

»Vielen Dank, Herr Leutnant.« Bjørken legte seine Hand militärisch an seine Strickmütze und grinste schmierig.

Sie brachen sehr zeitig auf. Es waren die drei von Bjørkenborg und Herbert, Valfred, Mads Madsen und sein Kollege, der Schwarze William. Und dann noch Siverts und Lause, Lodvig und der junge Anton. Und natürlich der Leutnant. Sie nahmen einen Schlitten mit Vorräten mit, er wurde von acht sommerträgen Hunden gezogen.

Nachdem sie hinauf durch das Skaervedal gestapft waren, begann der Aufstieg zum Eis beim Tomands-Fluss. Der Aufstieg war hier ganz leicht. Das Eis lag eben, und die Steigung war nicht sehr groß, die Hunde konnten den Schlitten allein ziehen.

Leutnant Hansen ging an der Spitze. Er schritt rasch aus und war schnell außer Atem. Bevor man die Hälfte des Weges geschafft hatte, befahl er einen Halt. »Nun sollten wir das Land sorgfältig rekognoszieren«, sagte er und setzte das Fernglas an die Augen. Die Linsen des Fernglases vereisten schnell durch das heftige Ausatmen des Leutnants, trotzdem blickte er angestrengt hindurch.

Die Fänger setzten sich auf den Schlitten und betrachteten den Chef. »Wie wärs, wenn wir etwas Kaffee kochten«, schlug Herbert vor. Er nahm die Kasserolle vom Schlitten und füllte sie mit Schnee.

»Dann werde ich inzwischen ein Nickerchen machen«, murmelte Valfred und legte sich zurück auf die Schlittenladung.

Der Leutnant, der sich nun davon überzeugt hatte, dass keine feindlichen Truppenbewegungen in Sichtweite festzustellen waren, sagte brüsk. »Keinen Kaffee und kein Ausruhen, Jungens. Wir gehen weiter.«

Als sie sich ganz oben auf dem Inlandeis befanden, meinten die Fänger, dass sie weit genug weg waren. Sie einigten sich daher stillschweigend, sich vom Leutnant so schnell zu trennen, wie es sich machen ließe.

Mads Madsen trabte neben den Befehlshabenden und vollführte eine nachlässige Befehlsbezeigung mit seiner Anorakkapuze. »Wenn es mir gestattet ist, Herr Leutnant, möchte ich vorschlagen, dass Herr Leutnant sich eine Leine um den Leib bindet«, sagte er.

»Was in aller Welt soll ich mit einer Leine um den Leib, mein guter Madsen?«

»Ja, sehen Sie, Leutnant, hier oben auf dem Eis gibt es einige heimtückische Spalten, die vom Schnee verdeckt sind. In die kann man ganz leicht hineinfallen, besonders wenn man als Leutnant die Vorhut leitet.«

»All right«, entgegnete der Leutnant bereitwillig. »Dann kommen Sie mal mit einer Leine, Madsen.« Der Gedanke schien ihn nicht zu kümmern, dass er in eine Gletscherspalte fallen könnte und die Leute dadurch ihren Anführer verlieren würden.

Ein paar kräftige Hundeleinen wurden zusammengebunden und ein Karabinerhaken an Leutnant Hansens Hose befestigt. Und dann zogen sie weiter. Mads Madsen hatte den sichersten Weg bis zu einigen Felszacken ausgesucht, die aus dem Inlandeis in einigen Kilometern

Entfernung herausragten. Von diesen kleinen, nackten Felsklippen hatte man einen freien Blick nach allen Seiten, und es war des Leutnants Absicht, dort einen Beobachtungsposten einzurichten.

Es dauerte lediglich fünf Minuten, bis Leutnant Hansen verschwand. Sie wussten alle, dass er verschwinden würde, aber trotzdem war es eine Überraschung, als er plötzlich nicht mehr zu sehen war. Ohne ein Geräusch brach die Schneebrücke unter Hansen ein, und bevor er auch nur einen Pieps von sich geben konnte, war er weg.

Bjørken, der den Schlitten fuhr, stoppte die Hunde, doch nicht eher, als bis sich der Leutnant zwei volle Leinenlängen in der Tiefe befand. Sie konnten ihn dort unten wild herumkommandieren hören, und sie nickten sich zu.

»Tja, jetzt ist es wohl Zeit, dass wir den Schluck Kaffee bekommen«, sagte Herbert mit einem kleinen Lächeln.

»Nur, wenns der Leutnant erlaubt«, grinste der Schwarze William. »Aber ich glaube schon, dass ers erlaubt.«

»Wenn ich meine aufrichtige Meinung sagen soll, dann gibt es gerade im Augenblick keine Grenzen für das, was der Leutnant zulässt«, sagte Valfred. »Und wenn ihr sonst nichts dagegen habt, würde ich mich ein paar Minuten aufs Ohr legen, denn es war ein schrecklich ermüdender Fußmarsch hier herauf.«

»Du bist für die Nation und den König getrabt«, erläuterte ihm Mads Madsen.

»Das ist schon möglich.« Valfred legte sich auf die Seite, die zusammengelegten Hände unter den Kopf. »Das ist gut möglich, und jetzt muss ich schlafen für ganz Europa und für alle Könige, die in diesem Teil der Welt leben.«

Sie setzten sich auf den Fahrpelz, ganz nahe an die Gletscherspalte, und bauten eine kleine Schutzmauer aus Schnee um den Petroleumkocher herum. Sie horchten interessiert auf das, was der Leutnant zu sagen hatte, und kommentierten besonders geglückte Passagen mit kurzem Nicken und breitem Lächeln.

Als das Wasser kochte, gaben sie Kaffeebohnen hinein und ließen es noch einmal aufkochen. Und dann setzten sie sich, die warmen Kaffeebecher in den Händen, und begannen, sich zu unterhalten.

Sie redeten über alles Mögliche. Über das vergangene Jahr, ein hervorragendes Jahr, wenn man alles in Betracht zog, und sie sprachen über Kameraden, die abgereist waren oder jetzt in einem Steinsarg lagen oder im Meer. Dann redeten sie übers Essen, ein Thema, das sie mehr als eine Stunde beschäftigte. Bei dieser Gelegenheit wollten sie natürlich nicht den Grafen auslassen, der Küchenarbeit vorgetäuscht hatte, um vom Manöver freigestellt zu werden. Dann entstand eine Pause nach all dem Gerede, sie saßen und horchten auf den Leutnant, der immer noch nicht aus seinem Loch hochgekrochen war und schlimmer als je zuvor fluchte.

»Sagte er nicht Kriegsrecht?«, fragte Herbert erstaunt.

»Es klang irgendwie so.« Anton grinste. »Ist das nicht etwas mit Schießen und Verbannung aus dem Lande?«

»Ich kann nicht verstehen, warum er nicht herauskriecht«, sagte Siverts. Er beugte sich über die Spalte und starrte hinunter zum Leutnant.

»Hör mal, Meister, kommst du nicht bald herauf? Uns frieren die Hinterbacken ab, wenn wir hier noch viel länger sitzen müssen.«

Einige dumpfe Laute kamen aus der Tiefe.

»Was sagt er?«, fragte Lause.

»Könnt ihr ihn nicht bitten, seine Klappe zu halten«, brummte Valfred vom Schlitten, »man kann ja überhaupt nicht schlafen bei all dem Lärm.«

Siverts zog den Kopf zurück. »Ich will nicht wiederholen, was er sagt«, meinte er. »Ich habe einfach keine Lust, diese Worte in den Mund zu nehmen. Der Leutnant ist nicht gerade ein sittsamer Mensch, glaube ich.« Er guckte Bjørken an. »Bist du sicher, dass er sich nicht mit den Armen hochziehen kann?«

»Ganz sicher«, entgegnete Bjørken. »Ich habe Wasser auf die Leinen gegossen, sie sind glatt wie eine Schlittschuhbahn.«

Mads Madsen seufzte tief. »Es gibt Menschen, die es nicht ertragen, wenn man sie mit den Verhältnissen vertraut macht«, sagte er ruhig. »Es ist manchmal richtig schwer, solche Leute zu erziehen. Im Übrigen können wir uns eigentlich genauso gut auf die Socken machen. Was der dort unten zu erzählen hat, ist wirklich nicht weiter erbaulich.«

Sie packten die Kaffeebecher ein und das Schlittenfell zusammen, schlugen einen stabilen Eisenpflock ins Eis und machten Leutnant Hansens Leinen daran fest. Und dann gingen sie hinunter aufs Eis, wobei sie diskutierten, wie lange der Leutnant wohl noch an seinem Offiziersrang festhalten würde. Valfred schlief fest beim gesamten Abstieg und wachte erst auf, als er das Resultat der Anstrengungen des Grafen roch.

»Meint ihr nicht, dass er dort oben friert?«, fragte Lasselille besorgt. Sie saßen draußen vor dem Haus und genossen die ruhige Nacht. Das Meer bewegte sich schwer unter der Dünung, matt und glatt wie Glyzerin, und die Eisberge trieben weit draußen langsam südwärts. Das Wasser tropfte von den am Strand liegenden Eisschollen, und in der kleinen Bucht hinterm Haus schrien einige Seeschwalben über eine Sturmmöwe, die ihnen einen Fisch stibitzt hatte.

»Glaubt ihr nicht, dass er friert«, beharrte Lasselille. Die Männer blickten ihn träge an.

Mads Madsen raffte sich auf und antwortete. »Tja, das wird der wohl.«

»Kann er erfrieren?«, fragte Lasselille. Er war jung und tat sich schwer mit der wundervollen Stille der Nacht.

Mads Madsen legte sich zurück ins Heidekraut und blickte in den gewaltigen blauen Himmel. »Ja, das kann schon sein«, antwortete er.

Bjørken drehte sein Gesicht zur Sonne und genoss die Wärme. »Ein aufgeregter Mann erfriert schon nicht«, behauptete er. »Denn wenn man so richtig durchgedreht ist, dann dampft man gleichsam vor Wärme. Es ist genauso gut, richtig durchgedreht zu sein, wie einen Feuer speienden Drachen auf dem Rücken zu haben, müsst ihr wissen.« Er wies hiermit ganz leise auf die fantastische Tätowierung auf seinem Rücken hin.

Valfred, der einige Stunden tief geschlafen hatte, richtete sich auf den Ellbogen auf.

»Zum Teufel mit dem Gegacker«, knurrte er. »Man könnte glauben, dass man mitten in einem Haufen Weiber liegt. Worüber habt ihr geredet?«

»Über den Leutnant«, antwortete Lasselille.

»Ach ja, der Leutnant.« Valfred grinste vergnügt. »Der wird bestimmt ein feiner Arbeitskamerad. Hähä. Das war verdammt gut, dass wir ihn ins Loch gestopft haben, sonst hätten wir dort oben noch lange manövriert.« Er schmatzte behaglich, wie ein Mensch, der vorläufig ausgeschlafen hat. »Ich kannte einmal so einen Kerl«, sagte er, »der auch eigene Ideen hatte. Er hatte viele Jahre im Staatsgefängnis in Horsens gesessen, und das konnte er nicht vergessen. Jeden Morgen machte er einen Hofgang vor der Hütte. Ging herum im Kreis mit den Händen auf dem Rücken, während er vor sich hinmurmelnd mitzählte, wie viele Runden er gelaufen war. Nach hundertzwanzig Runden war er klar zum Frühstück. Ein seltsamer Kerl.«

Lasselille beugte sich interessiert vor. »Was ist aus ihm geworden, Valfred?«

»Tja, das kannst du wohl fragen.« Valfred kratzte seine Knollennase und blickte den jungen Menschen mit seinen blauen, unschuldigen Augen an. »Ich hab ihn wohl totgeschlagen«, sagte er ruhig.

»Totgeschlagen?« Lasselille guckte den alten Jäger entsetzt an. »Warum, Valfred?«

»Ja, sieh mal, er hatte ein Grammofon mit da oben, der Trottel. Und das hätte er niemals haben dürfen. Es war so ein schwarzer Kasten mit Handgriff und so, und wenn der aufgezogen war, spielte er eigentlich ganz gut. Aber die Sache war die, dass dieser Dämlack nur eine Platte mitgebracht hatte. Er hatte zu lange gesessen, als dass aus ihm ein halbwegs guter Mensch geworden wäre. Jedenfalls war er ganz wild auf Klassik, wie er das nannte, und die Platte war von einem Pilgerchor oder so ähnlich. Nun habe ich ja nie etwas gegen Pilger gehabt. Meinetwegen können die wandern und singen, so viel sie wollen, wenn ich sie nur nicht sehen und hören muss. Aber das ging nicht. Die Platte lief von morgens bis abends und auch noch ab und zu nachts. Und als ich diese Pilger immer dasselbe Lied singen hörte, und das ein paar tausend Mal, da hatte ich genug. Jedes Mal, wenn er die Platte auflegte, wachte ich auf, und davon wird man nervös. Darum nahm ich eines Tages die Platte, ging vors Haus, steckte sie aufrecht in den Schnee, ging zwanzig Schritte weg und erschoss den Mist mit meiner Schrotflinte. Das war ein Jux.«

»Aber das konnte doch deinen Kameraden nicht umbringen«, beharrte Lasselille. »Es war doch die Platte, die du erschossen hast, Valfred.«

»Ja, ja, ich meinte das ja auch mehr im übertragenen Sinne«, sagte Valfred. »Aber als ich die Platte erschossen hatte, war der Kamerad so gut wie tot. Es ging ihm mit der Platte wie mit seinem Hofgang. Etwas, auf das er nicht verzichten konnte.«

»Hat er sich selbst erschossen?«

»Nein, er erhängte sich. Er nahm die Rentierkeule ab, die wir immer unter die Decke hängten, und hängte sich selbst an dieser Stelle auf. Als ich von den Fallen heimkam und ein Stück zum Essen abschneiden wollte, hätte ich beinahe eine Arschbacke des Herrn Zuchthäusler abgesäbelt. So ein Theater, Lasselille. Man muss immer vorsichtig sein, wenn man mit Leuten zu tun hat, die Ideen haben. Genauso wie mit dem Leutnant da oben.«

»Ich mag es nicht so gerne, dass er dort hängt und am Hosengürtel baumelt«, sagte Lasselille.

»Das mag der Leutnant sicher auch nicht«, grinste Herbert. Valfred schüttelte den Kopf und dachte ein bisschen besorgt daran, dass er es ja war, der Hansen den ganzen Winter am Halse hatte.

»Ich hoffe, wir bringen ihm ein bisschen Lebensart bei, bevor wir heimreisen«, seufzte er. Die Männer nickten. Sie verstanden Valfreds Seufzer. Denn es war wirklich kein Vergnügen, einem langen Winter in der Gesellschaft eines halb verrückten Militärs entgegenzusehen. Der Graf unterbrach weitere Diskussionen über dieses Thema, indem er seinen Kopf aus der oberen geteilten Tür steckte und verkündete:

»Meine Herren, eine kleine Mitternachtserfrischung ist gleich serviert.«

Valfred wischte die tristen Grübeleien augenblicklich beiseite und kam überraschend schnell mit dem Hintern hoch. »Was gibts denn, Graf?«

Die Augen des Grafen leuchteten stolz, als er antwortete: »Zwei Flaschen Wein der Sorte Chateau Lafitte sowie kleine, süße Kuchen, die ich gerade gebacken habe und die ich ›Leutnantsherzen‹ nenne.«

Es war später Vormittag, als die Männer zum Eis zurückkehrten. Sie waren guter Stimmung und freuten sich darauf zu sehen, wie Zeit und Gletscherspalte für sie gearbeitet hatten.

Valfred, der ja mit diesem Menschen den Winter verbringen sollte, war der Erste, der den Kopf in die Spalte steckte und in die Tiefe rief.

»Hallo da unten, ist da jemand?«

Nach einigen halb erstickten Schnaufern antwortete eine unsichere Stimme: »Helft mir heraus.«

»Ist dort Hansen?«, wollte Valfred wissen.

»Ja«, war zu hören. »Helft mir heraus.« Das Metallische in Hansens Stimme war ganz verschwunden, sie klang etwas heiser.

»Fänger Hansen?«, fragte Valfred, um ganz sicher zu sein.

»Ja«, hörte man.

»Und was macht Fänger Hansen in einer Gletscherspalte?«, wunderte sich Valfred.

»Ich bin hineingefallen«, klang es furchtsam.

»Kann man Nation und König und die Grönländer von da unten verteidigen, Hansen?«

»Nein.« Fänger Hansen hatte noch ein wenig Wut im Balg, die er zu unterdrücken suchte. Aber es war offensichtlich schwerer, als er dachte. »Helft mir heraus, zum Teufel«, explodierte er.

Valfred fuhr unbeirrt fort. »Im Grunde müssen wir wohl diese Verteidigung an den Nagel hängen, mein lieber Hansen, und uns um nützlichere und mehr alltägliche Dinge kümmern, nicht wahr?«

»Meinen Plan hat die Leitung genehmigt«, tobte Hansen. »Helft mir heraus, das ist ein Befehl.«

»Hu ha, schlimm.« Valfred zog den Kopf zurück. »Er braucht wohl noch etwas mehr Zeit«, sagte er zu seinen Freunden. »Ich glaube nicht, dass er schon reif genug ist – es ist wie mit einer geräucherten Lammkeule, je länger sie hängt, desto besser wird sie.«

Mads Madsen gab Valfred Recht. »Jedes Ding braucht seine Zeit«, sagte er, »lass Hansen doch bekommen, was er braucht. Wir habens nicht eilig.« Er wandte sich an Herbert. »Wie wärs mit etwas Kaffee, Herbert, man bekommt einen faden Geschmack im Maul von diesen Leutnantsherzen, scheint mir.«

Sie kochten Kaffee und gaben ihm den letzten Schliff mit einem Schuss Schnaps. Es war ein starker, wohlschmeckender Schnaps, Bjørken hatte ihn mitgebracht, er war in einem langen und komplizierten Prozess hergestellt, den nur Bjørken und Sylte kannten. Es verging so noch eine Stunde, die sie dem Leutnant gaben, um alles zu durchdenken.

Nach dem Kaffee lagen sie herum und ließen den Schnaps mit dem Blut durch den Körper rinnen und genossen die herrliche Szenerie. Das Eis glitzerte und blinkte im Sonnenlicht, und die lange Eiszunge, die sie beim Aufstieg benutzt hatten, leckte in das grün gekleidete Tal. Sie konnten die spitzen Säulen der Küstenberge sehen und das Meer, das ebenfalls grün war und einer Weide zur Frühlingszeit ähnelte. Valfred war eingeschlafen und hörte nicht, als die Stimme aus der Tiefe jammerte.

»Ich gebe auf, Valfred, ich gebe auf.«

Die anderen Jäger weckten Valfred. Er war es, der mit Hansen den Winter verbringen musste, also kam es auch ihm zu, die Verhandlungen zu führen. Valfred kroch vom Schlitten und legte sich an die Spalte.

»Hast du was gesagt, Hansen?«

»Ich gebe auf«, wiederholte der Fänger Hansen.

»Was gibst du auf?« Valfred legte eine Hand hinters Ohr und horchte gespannt.

»Ich gebe die Verteidigung auf«, japste Hansen. »Ich stelle meine Tätigkeit ein.«

»Du wirst also ganz gewöhnlich, genauso wie wir anderen?«, fragte Valfred.

»Ganz gewöhnlich«, versprach Hansen.

»Möchtest du gerne heraus?«

»Ja, gerne, Valfred.«

Sie zogen den steifgefrorenen Fänger Hansen hoch ans Licht und gaben ihm einen ordentlichen Schnaps, um sein Inneres zu wärmen.

Hansen hatte etwas Unbestimmtes in den Augen. Sie huschten hierhin und dorthin, ohne irgendwo zu verweilen. Es war so etwas wie sanfte Resignation in seinem Blick. Der alte scharfe, stechende Blick musste ihm in der Spalte abhanden gekommen sein.

Nach dem zweiten Schnaps begann er aufzutauen. Mads Madsen rubbelte seine Gliedmaßen mit seinen großen Fäusten, Bjørken und Sylte bearbeiteten seinen Rücken und Magen mit kräftigen Stößen. Lodvig, der ein herzensgutes Gemüt besaß, knetete sein Gesicht mit einem Rest Schnaps, was ein deutlicher Beweis dafür war, dass man sein Bestes wollte.

»Jetzt lass uns mal sehen, Fänger Hansen«, sagte Lodvig, »ob diese Kur nicht doch geholfen hat. Ich glaube, du bist so gut wie neu, innen und außen.«

Hansen nickte. Er konnte kaum denken. Er war todmüde vom Hängen am Hosengürtel und hätte sich am liebsten auf den Schlitten gelegt und geschlafen. Aber da lag schon Valfred.

»Also, lasst uns gehen«, verkündete Bjørken. Er nahm Hansen um die Schulter und half ihm hoch. »So, Kamerad, das Leben ist hart für einen Fänger, kann ich dir versichern.«

Und halb im Schlaf, mit schlappen Armen und hängendem Schnurrbart trottete der Fänger Hansen mit seinen Kameraden vom Inlandeis ins Tal.

Ein feierliches Begräbnis

Jalle starb am 1. November, und das war ganz einfach unverschämt. Woran er starb, wusste Lodvig nicht, aber dass es etwas Inneres war, wurde ihm bald klar, denn äußerlich war an Jalle nichts zu erkennen. Es passierte vor der Frühstückspause, Jalle war auf dem Weg zum Haus mit einem großen Eisblock auf dem Buckel. Er hatte zum Monatswechsel gerade die Küchenarbeit übernommen, und deshalb war Lodvig wütend. Er stand vorm Haus und wollte ein Probeschießen mit seiner 89er machen, bei der er am Abend zuvor am Korn gefeilt hatte, da hörte er Jalle röcheln, sah ihn schwanken und sich mit dem Eisblock auf dem Bauch in den Schnee legen.

»Nee, mein guter Freund, das gilt nicht«, rief Lodvig. Er war hungrig und wollte sein Frühstück haben. »Hoch mit dir, Kamerad.«

Aber Jalle wollte nicht hoch. Auch nicht, als ihn Lodvig mit seinem holzbesohlten Fellstiefel anstieß. Er lag im Schnee und war tot.

»Also, das geht nicht«, knurrte Lodvig. »Du bist mit dem Tischdecken an der Reihe, also kannst du nicht daliegen und mittendrin abkratzen.«

Jalle blieb ihm die Antwort schuldig. Er war weit weg und außerhalb der Hörweite. Lodvig zog ihn an den Armen hoch zum Haus und bugsierte ihn ins Warme.

»Jetzt musst du nur auftauen«, sagte er, »und dich dann ans Frühstück machen. So führt sich kein ordentlicher Fänger auf, das muss ich dir sagen.« Er legte Jalle in die untere Koje, die eigentlich seine eigene war, und zog ihm die Fausthandschuhe und Fellmütze aus.

Nachdem Jalle eine halbe Stunde so gelegen hatte, dämmerte es Lodvig, dass er wohl an diesem Tag kein Frühstück bekommen würde, wenn Jalle es machen musste. Er stellte den Topf mit Robbenfleisch auf den Herd und zündete das Herdfeuer an. Während er darauf wartete, dass das Fleisch kochte, setzte er sich an den Tisch und schimpfte auf Jalle.

»Du bist mir vielleicht ein schöner Fänger, du«, sagte er verbissen.

»Zuerst frisst du einen ganzen Monat, in dem ich an der Reihe bin, und dann kratzt du ab, gerade, wo du an der Reihe bist. Ist das vielleicht anständig, wie?« Er blickte zornig zu dem Entschlafenen hin.

»Und was soll ich mit dir anstellen? Dich vielleicht vergraben? Draußen in der verdammten Kälte stehen und in die Steine hacken, wie?« Er schlug mit der Faust auf den Tisch. »Du bist mir ein schöner Kollege. Es kommt verdammt ungelegen, mitten im Winter die Holzschuhe wegzustellen, Kamerad. Aber du konntest nicht warten, weil du wohl den Küchendienst vermeiden wolltest, alter Fuchs.«

Lodvig schlug verärgert mit den Knöcheln auf die Tischplatte und guckte von Jalle weg auf den Fleischtopf.

»Das ist doch eine verdammte Sache«, murmelte er. »Gerade hat man sich daran gewöhnt, einen neuen Arbeitskameraden zu haben. Zum Teufel mit diesem Durcheinander.« Er schüttelte bedauernd den Kopf. »Es ist so, wie ich immer gesagt habe. Diese färöischen Pumpen taugen auch zu nichts, denn es gibt doch keinen Zweifel, dass es die Pumpe war, die kaputtgegangen ist.«

Lodvig saß eine Stunde und starrte auf den Topf mit dem kochenden Fleisch. Die Gedanken schwirrten in seinem Kopf herum wie die Bienen im Korb, denn es gibt immer viel zu bedenken, wenn sich ein Arbeitskamerad so ohne weiteres verabschiedet. Nachdem das Fleisch eine halbe Stunde gekocht hatte, nahm er den Topf vom Feuer und stieß den Rauchschieber zu. Er setzte sich an den Tisch und begann zu essen. Zwischendurch schaute er auf den Toten, der in seiner Koje lag und zufrieden zu gähnen schien.

»Ja, du gähnst, du«, sagte Lodvig gereizt. »Aber glaub ja nicht, dass du deshalb mit Beefsteaks gefüttert wirst. Es ist ja leicht für dich, dazuliegen und behaglich auszusehen und mich alles regeln zu lassen. Nicht, weil ich etwas dagegen habe, wieder allein zu sein, dass musst du nicht glauben, aber was zum Teufel soll ich mit dir anfangen?«

Da es ja irgendwie ein Gedenktag war, stand Lodvig auf und holte die Branntweinflasche aus dem Schrank. Er goss sich einen ausgewachsenen Schnaps ein und erhob das Glas zum bleichen Jalle. »Ja, ja, du Grashüpfer, also trinken wir auf deinen Abgang.« Er trank. »Und auf weitere gute Gesundheit im Jenseits.« Er trank noch einmal.

Der Branntwein stimmte Lodvig etwas milder. Obgleich es schlimm genug war, dass Jalle sich in anderen Jagdgefilden befand, so konnte er doch auch bestimmte Vorteile erkennen: Nun konnte er die acht Liter Branntwein allein trinken, die von der Ration noch übrig waren, und er war für alle Zeiten von Jalles Gewäsch über die kleinen Inseln draußen im Atlantik, wo er herkam, verschont. Außerdem brauchte er nicht länger um die drei Dosen Schweinebraten zu fürchten, die er zum eigenen Genuss in einem der Nebenschuppen versteckt hatte. Und vor allem konnte er jetzt ungehindert Jalles neue Büchse benutzen, eine blankläufige Remington mit Zielfernrohr. Nun galt es lediglich noch, den Kameraden ordentlich einzumieten.

»Siehst du, Jalle«, erklärte er dem Toten, »wenn man sich im November bereitmacht, muss man sich mit einem einfacheren Begräbnis abfinden. Du musst nicht glauben, dass ich Steine unter dem Schnee hervorwühle, um dich damit zuzudecken. Ich muss mich jetzt um die Küchenarbeit und die Fuchsfallen kümmern, also erwarte nichts Großes. Aber einen Leichenschmaus wird es geben, das gehört sich, egal, wie man stirbt.« Er zog seinen Stuhl zur Koje. Der Tote lag und starrte leer vor sich hin und sah ziemlich dumm aus, fand Lodvig.

»Schön warst du ja nie«, sagte er fast freundlich. Er hatte die Branntweinflasche mitgenommen und liebkoste sie. »Und man kann nicht behaupten, dass du nach diesem Pumpenstillstand viel schöner geworden bist. Es wäre vielleicht eine gute Idee, dich etwas herauszuputzen, bevor wir herumreisen und zum Begräbnis einladen.« Jalle gab keine Antwort, aber Lodvig hatte auch gar keine erwartet. Er hatte etliche Jahre allein in der Ross Bay gelebt und war Selbstgespräche gewöhnt.

»Wir sollten besser die Klappe hochbinden, bevor du ganz steif bist«, nickte er, »und vielleicht ist es am besten, wenn wir die Augen wegen des Anblicks schließen.« Er stand auf und machte sich an die Arbeit. »Und dann musst du in die richtige Façon gebracht werden, denn sonst stürzt du mir vom Schlitten. Vielleicht ist es am klügsten, dich eine Zeit lang draußen in die Kälte zu setzen, du kannst auf einem Stuhl ganz zum Fenster hin sitzen, damit du reingucken kannst, wenn es dir zu einsam wird.«

Nachdem Lodvig sich einige Male gestärkt hatte, fing er ernsthaft an. Er band einen Gewehrriemen um Jalles Kopf, um den Unterkiefer oben zu halten, entdeckte dabei aber, dass etwas nicht stimmte. »Die Pfeife, natürlich. Du musst deine Pfeife mit haben, das ist doch klar.« Und er steckte die Pfeife, die Jalle aus dem Mund gefallen war, als er stürzte, zwischen dessen Zähne und band den Unterkiefer wieder hoch. Das sah natürlich aus. Die Augen wurden zugedrückt, und er trug den Toten hinaus in die Natur, wo er ihn auf einen Esstischstuhl setzte, leicht gestützt von einem Seil hier und da. Der Stuhl stand im Schnee ganz unter der Dachtraufe, sodass Jalle, wenn er Lust und die Fähigkeit dazu gehabt hätte, in die Stube sehen konnte, und Lodvig konnte ein Auge auf ihn haben, damit sich die Füchse nicht an ihn heranmachten.

Als diese praktischen Vorkehrungen getroffen waren, ging Lodvig in die Stube und dachte ein wenig an Jalle, der da draußen saß. Und dann schlief er ein.

Zuerst besuchten Jalle und Lodvig Bjørkenborg. Es wurde ein interessanter Besuch, weil die Bjørkenborger Jalle mit wirklicher Bewunderung betrachteten: Dieser saß festgezurrt auf der Schlittenladung, die Pfeife im Mund und die Augen fest zusammengepresst. Sylte studierte ihn durchs Vergrößerungsglas und lobte Lodvig für die Kameradschaft und Fürsorge, die er dem Verstorbenen erwiesen hatte.

»Jalle war ein feiner Mann«, sagte Lodvig bescheiden. »Er kam von den Färöern und hat das Beste verdient.«

»So eine Rundreise zu Freunden würde man sich selbst wünschen, wenn man einmal dahin muss, wo Jalle sich jetzt aufhält«, sagte Sylte still. »Es ist eigentlich so, dass er ein Lebewohl auf die richtige Art und Weise bekommt: von den Kameraden und den Tieren und der ganzen Natur. Das ist ein sehr schöner Gedanke, Lodvig.«

Lodvig wurde leicht verlegen und lenkte das Gespräch rasch in ein neutrales Gewässer, das alle interessierte.

»Ich habe ja über die Sache mit dem Leichenschmaus nachgegrübelt«, sagte er. »Nicht, weil ich selbst etwas Besonderes im Hause habe, denn Jalle hatte mich sozusagen überhaupt nicht auf so etwas vorbereitet, und er war außerdem ein durstiger Mann, der von seiner Ration zu

Hause kräftigen Gebrauch machte.« Er nahm die Fellmütze ab und wischte sich mit ihr übers Gesicht. »Aber wenn wir alle zusammen etwas beisteuern, dann kann es vielleicht eine feine kleine Feierlichkeit werden, trotz allem. Eine Festlichkeit, die Jalle angemessen ist.«

»Wir spendieren fünf Flaschen Schnaps und ein halbes Fass Bier«, rief Bjørken aufgekratzt. Natürlich wollte man Jalle ordentlich auf seinem Weg begleiten.

Bei Herbert wurde ihnen ein etwas geringeres Quantum versprochen, aber dafür spendierte er sechzehn Bretter für einen Sarg. Die Bretter waren für den Bau einer Fanghütte im Romdal gedacht, aber jetzt, da Jalle unbedingt ein letztes Logis benötigte, mussten sie geopfert werden. Herbert wollte sofort mit dem Zimmern des Sarges anfangen und ihn bis zur Beerdigung nach Ross Bay bringen.

Halvor und Niels besuchte man nicht, weil man den Eindruck hatte, dass die beiden in diesem Jahr am liebsten für sich bleiben wollten, und darum fuhr man hinauf zu Valfred und Anton, die glücklicherweise gerade mit dem Brennen des Bedarfs an Schnaps für die nächsten Monate fertig waren. Sie stellten das ganze Lager zur Verfügung und fuhren mit zum Grafen, der zwölf Flaschen seines etikettierten Weines zusagte sowie fünfzehn Liter Bier.

Die Karawane der Schlitten war so lang wie eine Midgardschlange, als Lodvig und Jalle zurück zur Ross Bay fuhren. Jalle saß unerschütterlich mit der Pfeife zwischen den zusammengepressten Lippen auf dem Schlitten und war tot. Er hatte bleiche Wangen bekommen und einen Streifen kleiner Frostbeulen am Bartrand. Aber sonst sah er sich im Großen und Ganzen noch ähnlich.

Lodvig forderte alle zum Eintreten auf, und als die Männer ihre Hunde angekettet und mit Trockenfisch gefüttert hatten, stampften sie ins Haus. Jalle musste draußen auf dem Stuhl vor dem Fenster bleiben, weil der Sargtischler noch nicht angekommen war.

Kurz vor Mitternacht kam Herbert endlich. Er hatte einen Sarg aus den sechzehn Brettern angefertigt, einen Sarg, wie man ihn noch nie hier in Nordostgrönland gesehen hatte. Er war ungewöhnlich schön in seiner Form, und Lodvig wies darauf hin, dass er sehr einem Prahm für die Entenjagd ähnelte, er hatte einmal einen besessen. Herbert erklärte, dass es im Grunde solch ein Kahn mit Deckel sei, den er angefertigt habe, denn vielleicht wäre Jalle ja eines Tages ganz vergangen, und dann wäre es doch eine Verschwendung, sechzehn Bretter nutzlos herumliegen zu lassen. Valfred fragte nach dem gewölbten Deckel, und Herbert sagte, dass er diesen im Hinblick auf Jalles dicken Bauch so gemacht hätte. Alle waren sich einig, dass Herbert geschickte Hände hatte, und so setzte man sich zu Tisch.

Jalle wurde aus der Kälte hereingeholt und an das Tischende gesetzt. Er saß da mit der Pfeife im Mund, und das Eis im Bart taute langsam auf und tropfte über seine Brust hinunter. Er saß gut auf dem Stuhl. Steif und aufrecht und tiefgefroren.

Bjørken schlug an sein Glas und stand auf. Er als der größte Spender zum Fest hielt sich für berechtigt, die Leichenrede zu halten. Aber er hatte sich verrechnet. Bevor er den Mund aufgetan hatte, rief Lodvig:

»Wir warten mit dem Gerede, Bjørk. Zuerst müssen wir etwas Wärme haben, so hätte es Jalle sicher auch gehalten.«

Bjørken fügte sich. Lodvig war immerhin der Erfinder dieses Festes und des Hauses eigentlicher Wirt.

Sie prosteten sich feierlich zu, fast schwedisch: erst mit der Leiche und dann untereinander. Dann rülpsten, schmatzten, grunzten sie und wischten zuletzt den Mund mit dem Handrücken ab. Sie besahen sich Jalle, bei dem sich kleine Wasserperlen auf der Stirn bildeten.

»Vielleicht ist es am besten, wenn wir ihn am Stuhl festzurren«, schlug der Schwarze William vor. »Sonst fällt er hinunter, wenn er auftaut.«

»Wenn die Festlichkeit länger dauert, worauf vieles hindeutet«, sagte Mads Madsen mit einem Blick über die aufgetischten Flaschen, »dann ist es sicher am besten, wir pökeln ihn ordentlich ein, damit er nicht verdirbt.«

Lodvig leckte sich die Lippen und labte sich am Branntweingeschmack. »Nichts da mit Festzurren«, sagte er bestimmt. »Jalle war mein Arbeitskamerad, und er wird nicht in Fesseln gelegt. Jalle soll auf seinem Stuhl sitzen und die ganze Festlichkeit genießen, und er wird weder gepökelt noch festgezurrt.«

»Aber wenn er taut, fällt er auf den Boden«, gab der Schwarze William zu bedenken. »Erst kippt er auf den Tisch, und dann fällt er auf den Fußboden.«

»Wenn Jalle anfängt zu schwanken, wird er noch mal hinaus in den Schnee gestellt. Dann wird er wieder steif und aufrecht wie ein lufttrockener Fuchsbalg«, sagte Lodvig. Und so wurde es gemacht.

Die Stunden vergingen. Zuerst holte man sich das bisschen Wärme, die in Herberts Flaschen war, dann bereitete der Graf eine Bouillabaisse, eine Suppe, die angeblich gut schmecken sollte, und dann entfernte man die Wärme aus Bjørkens zahlreichen Flaschen. Jalle kam hinaus, wenn er anfing zu schwanken, und wurde wieder hereingetragen, wenn er richtig durchgefroren war. Die Stimmung stieg, Mads Madsen bekam rote Rosen auf den Wangen und schlug ein Kartenspiel vor, denn soweit er sich erinnerte, war dies eine Beschäftigung, von der Jalle sehr viel hielt.

Aber Bjørken meinte, dass nun die Leichenrede gehalten werden sollte. Er stand wieder auf und rief. »Ruhe. Respekt vor dem Toten.« Man gab Ruhe. Mit normaler Stimmlage fuhr Bjørken fort.

»Ich hatte eine hervorragende Rede für diese Gelegenheit vorbereitet, aber sie ist mir entfallen.«

»Gott sei Dank«, klang es aus einigen Ecken.

»Jalle war ein feiner Mensch, und jetzt bin ich es wirklich leid, ihn ständig durch diese Tür hin- und herfahren zu sehen. Jetzt ist es an der Zeit, dass wir Jalle in diese Einzimmerwohnung da mit Schraubdeckel legen und ihn in Frieden lassen.«

Weil mehrere protestierende Stimmen laut wurden, hob Bjørken die Stimme und brüllte. »Hinunter mit Jalle, sage ich. Er ist müde vom Sitzen und auf euch Starren und genauso müde, da draußen zu sitzen und zu frieren. Jalle kommt in den Sarg, sage ich, und das auf der Stelle.«

Es war etwas in Bjørkens Stimme, das der Versammlung klar machte, dass, wenn nicht geschah, was er wollte, er die Absicht hatte, den Schnaps zurückzuhalten, der ihm noch gehörte. Also tat man, was Bjørken wünschte.

Man war in der glücklichen Situation, dass Jalle sich gerade im Zustand fortgeschrittenen Auftauens befand und deshalb leicht aufgerichtet und in den Sarg gelegt werden konnte. Er paßte haargenau und lag da und sah richtig nett aus mit seinen über dem dicken Bauch gefaltenen Händen und der Pfeife, die im Bart ruhte. Alle waren sich einig, dass man solch eine friedliche Leiche wirklich noch nie gesehen hatte. Sie standen und schauten auf Jalle und fühlten sich feierlich und mochten sich gar nicht so recht bequemen, den Deckel zu schließen.

»Ist es nicht gräulich finster in solch einer Schachtel«, flüsterte Lasselille. »Das wäre nichts für mich, da drinnen zu liegen.«

Lodvig guckte Bjørken bittend an. »Es ist natürlich Jalles Fest«, versuchte er, »es ist nicht leicht herauszufinden, was er selbst möchte, wenn er nicht für sich selbst antworten kann.«

Aber Bjørken blieb unbeugsam. »Nun liegt er da drinnen, und da bleibt er auch liegen«, sagte er. »Aber wenn ihr meint, müssen wir den Deckel ja nicht zunageln.« Er legte den Deckel quer über den Sarg, sodass Jalle ein kleiner Streifen Licht übers Gesicht fiel. »Und jetzt zurück zu den Karten«, sagte er.

Sie spielten ein harmloses Kartenspiel, das Jalle immer sehr gerne gespielt hatte. Sie tranken Markenwein und Branntwein und selbst gebrautes Bier und wurden heiß und erregt. Als Bjørken unter den Tisch gefallen war – was erstaunlich schnell ging und daher kam, dass er die Sachen gemischt hatte, bevor er sie in sich hineinschüttete –, setzte man Jalle ohne viel Aufhebens wieder auf seinen Platz am Tischende. Er war der Ehrengast und sollte auch den Ehrenplatz einnehmen. Man vermied den Tiefgefrierprozess diesmal dadurch, dass man ihn zurückgelehnt auf den Stuhl setzte und seine Beine mit den jeweiligen Tischbeinen stützte. So saß Jalle lange. Er saß unter seinen Freunden, mitten im Lärm und den Tabaksrauchschwaden, die Pfeife im Mund und Ruhe im Gesicht. Seine Freunde hoben die Gläser ihm zu Ehren und tranken auf ihn, erzählten ihm, dass dies ein Leichenschmaus sei, an den man sich bis ans Weltenende erinnern würde. Sie fingen an, mit ihm zu reden, als ob er noch lebte, und nach einer Zeit gab es keinen mehr unter ihnen, der sich noch daran erinnerte, dass er jemals tot gewesen wäre.

Als eines von Jalles Beinen seinen Stützpunkt verlor, rutschte er ganz still unter den Tisch, und dies wurde von den Anwesenden als normales Verhalten registriert. Jalle rutschte hin und wieder unter den Tisch.

»Jalle hat Schwierigkeiten mitzuhalten«, hickste Mads Madsen. »Er wird alt und klapprig.«

»Mit den Inselbewohnern ist nicht viel los«, kicherte Lodvig. Er hing ziemlich schlimm auf dem Stuhl, schielte fürchterlich und konnte die Herzen nicht mehr von Pik unterscheiden.

Das Fest dauerte ununterbrochen eine Nacht und einen Tag. Der Graf hatte sich zu einem frühen Zeitpunkt weggestohlen: Er war vom Tisch weggekrochen und hatte sich in Jalles Sarg gelegt, der mit Säcken ausgefüttert und Betttuchleinen überzogen war. Hier lag er weich und gut und schnarchte leicht und vornehm. Keiner wusste mehr, warum man eigentlich feierte, das war an und für sich auch gleichgültig, solange das Fest fröhlich war.

Es war Mads Madsen, der den Sarg wiederentdeckte. »Hört mal, ist jemand tot?«, rief er.

»Wer ist tot?«, schrie Lodvig.

»Hier steht ein Sarg, also muss doch irgendein Idiot tot sein«, stellte Mads Madsen fest.

»Liegt jemand im Sarg?«, fragte Herbert.

Mads Madsen ging näher heran. »Es ist der Graf, er ist tot«, erklärte er der Versammlung. »Wir sollten ihn besser begraben, bevor er fault.« Er stolperte über den Deckel, legte ihn ordentlich auf den Sarg.

»Auf, ihr Trunkenbolde«, rief er. »Wir haben einen Toten im Hause. Respekt vor dem Toten.«

Die Truppe kam auf die Beine. Sie schwankten und torkelten mit dem Sarg und brachten ihn unter großer Mühe nach draußen in den Schnee. Hier ging es besser. Der Sarg rutschte gut, und sie schoben ihn hinunter zur Eiskante. Sie schoben und zogen und sangen und riefen und erreichten schließlich durch eine gnädige Fügung die nackten Klippen am offenen Wasser. Hier stellten sie sich auf, die Fellmützen in den Händen, standen und stützten sich gegenseitig, während Sylte etwas murmelte, von dem keiner auch nur ein Wort verstand. Als Sylte fertig gesprochen hatte, schoben sie den Sarg mit vereinten Kräften ins Wasser und rannten ins Haus, um sich Wärme zu holen.

Irgendwann war der Leichenschmaus vorbei. Das war ernst, denn aus dem gleichen Grund begannen die Gäste wieder klar zu sehen. Zuerst Bjørken. Er wachte auf und entdeckte, dass er mit dem Kopf auf Jalles einem Arm lag.

»Was denn nun«, sagte er, »ist Jalle nicht begraben?«

Mads Madsen, der schlaftrunken am Tisch saß, hob den Kopf von den Armen. »Jalle?«, sagte er. »Aber es war doch der Graf, der tot war.«

Bjørken kroch wieder unter den Tisch und untersuchte Jalle. »Jalle ist es, der tot ist«, erklärte er, »aber wo ist der Sarg?«

Lodvig öffnete ein Auge. Er lag in seiner Koje neben Valfred.

»Wo ist der Graf?«, fragte er. Auf dem Weg hinaus zu den Klippen flüsterte Bjørken Mads Madsen zu: »Er war sonst ein guter Mann, der Graf, ein angenehmer Mann hier an der Küste. Schade, dass es ihm so ergangen ist.«

Mads Madsen nickte traurig. »Wir kriegen nie mehr einen richtigen Grafen hier oben. Seltsam, dass wir uns so geirrt haben.«

Es war eine triste Truppe, die übers Eis schlurfte. Eine Schar mit Kopfschmerzen und schmerzenden Gliedern und einem üblen Geschmack im Mund. Lasselille umkreiste die Gruppe leise weinend, und Sylte hielt sich an Herberts Gürtel fest, um nicht abhanden zu kommen. Sie konnten den Nebel sehen, der vom offenen Wasser aufstieg, und plötzlich rief Herbert:

»Er schwimmt, hab ich mirs nicht gedacht, er schwimmt.«

»Wer schwimmt?«, brummte Mads Madsen.

»Der Sarg, du Idiot«, lachte Herbert hingerissen. Und er lief zu den Klippen.

Und da lag er und schwamm. Der kleine Kahn für Entenjäger mit den fein geschwungenen Linien und dem großen, hochgewölbten Deckel. Mads Madsen bekam den Bug zu fassen, und gemeinsam zogen sie ihn aufs Eis. Sie öffneten den Deckel und starrten in den Sarg.

Der Graf setzte sich auf. Er blinzelte und gähnte ungeniert.

»Guten Morgen«, sagte er zu der überraschten Gruppe. »Das war wirklich ein feierliches Begräbnis, meine Herren.«

Eine absolute Bedingung

Laurits Evaldius brachte die Zivilisation mit in die Arktis. Er hatte viele Bücher in seinem Koffer, davon mehrere in fremden Sprachen, und er brachte Tennisschläger, kurze Hosen und einen Tropenhelm aus Kork mit, Sachen, die sich jedoch alle als nicht verwendbar erweisen sollten.

Laurits oder auch Lause – er ließ es zu, so genannt zu werden – verließ die *Veslemari* nach einer ereignislosen Reise; ereignislos deshalb, weil er sie in seiner Koje zugebracht hatte, von Seekrankheit befallen und nicht in der Lage wahrzunehmen, was um ihn herum vorging. Er ging an Bord des Motorbootes der Blaesehütte, um sich von seinem zukünftigen Arbeitskameraden Siverts ins Blaesedal verfrachten zu lassen.

Siverts war rothaarig und galt als einfältig. Er war ein herzensgutes Gemüt, ein friedfertiger Mann, der für fast alles eine Entschuldigung parat hatte. Nun sollten die beiden einen ganzen Winter miteinander auskommen, und alle an der Küste waren gespannt, wie es wohl laufen würde.

Lause nahm die Station in Augenschein. Er hatte seine Gesundheit wiedergewonnen und ging herum wie ein Stabsfeldwebel auf Inspektion und wies auf Mängel und Missstände hin. Siverts trottete hinter ihm her und entschuldigte alles. Als das Innere der Station besichtigt war, fuhren sie mit der Umgebung fort.

»Es wäre vielleicht praktisch«, sagte Lause, »wenn Sie mir zeigen würden, wo sich die Toiletten befinden.« Er war zivilisiert und deshalb nicht mit jedem per Du.

»Tja, hä, hä«, lachte Siverts ein bisschen verschmitzt. »So einen richtigen Maschinenlokus können wir ja nun nicht bieten.« Er zeigte hinunter zu den Hunden. »Wir nehmen normalerweise einen der Raumpfleger dort unten und gehen mit ihm ein wenig abseits.«

Lause blickte seinen Hausgenossen mit Ekel an. »Das ist doch unappetitlich«, sagte er, »diese Vorgehensweise müssen wir umgehend ändern.«

Und so wurde sie geändert. Lause baute eigenhändig einen der drei Nebenschuppen ab und fing an, sich aus den Brettern einen Lokus zu bauen. Es schien ein stattlicher Lokus zu werden, mit Tür und Fenster und gehobeltem Sitzbrett. Er schmückte die Wände innen mit Bildern aus Illustrierten, die er mitgebracht hatte, und als er fertig war, hatte man die Möglichkeit, draufzusitzen und das Leben in London zu Dickens' Zeit zu studieren oder sich das Rezept für einen Hummersalat anzulesen oder Kreuzworträtsel zu lösen.

Anderthalb Monate dauerte es, bis Lause das Haus fertig gebaut hatte. Aber dann war es auch der einzige und schönste Lokus in Nordostgrönland. Er strich es in leuchtendem Orange, das so durchdringend war, dass man das Haus auch im schlimmsten Schneegestöber nicht verfehlen konnte.

Der Lokus wurde sorgsam mit Jutefasern abgedichtet, auf den Boden kamen Sand und kleine Steine. Außerdem wurde er in Hinblick auf die kommende dunkle Zeit mit einer kleinen Petroleumlampe ausgestattet. Lause war so froh über seinen Abtritt, dass er mehrere Wochen lang darüber redete, ob Gardinen vor die Fenster gehängt werden sollten, aber es blieb dann doch beim Reden.

Siverts mischte sich nicht ein. Er blieb dabei, einen Hund an der Kette zu holen, wie er es immer gemacht hatte, und er hatte noch keine Sehnsucht, Lauses Haus auszuprobieren. Er war ein bisschen traurig, dass der Nebenschuppen nun abgerissen war, denn hier konnte man vorher Skier und Hundeleinen aufbewahren. Aber andererseits musste man sich wohl einem Mann fügen, der ausländische Bücher las und Tennis spielte und einen Tropenhelm besaß. Lause kam aus geordneten Verhältnissen und musste natürlich seinen Lokus haben.

Nach einiger Zeit hatte sich Siverts nicht nur mit dem orangefarbenen Haus abgefunden, sondern war auch bereit zuzugeben, dass es zum Vorteil der Station war. Vor allem, wenn man es von der Auffahrt am Strand sah. Es zeugte davon, dass hier zivilisierte Menschen wohnten, deren sanitäre Verhältnisse in Ordnung waren. Siverts dachte immer häufiger an das Haus. Er sah Lause hineingehen und stellte sich vor, wie dieser drinnen windgeschützt saß und das Geschriebene an der Wand las und sich die Bilder dazu anguckte. Besonders an kalten, windigen Tagen guckte er lange nach dem Haus. Es war kein Vergnügen, in den Felsen zu sitzen, einen steifen Wind auf dem Hintern und einen bissigen Hund um sich herumlaufend.

Die Sehnsucht, das Haus auszuprobieren, kam allmählich und schleichend. Sie wurde immer stärker und eines schönen Tages ein Bedürfnis. Siverts legte die Sache Lause vor, der kopfschüttelnd begann, auf und ab zu schreiten. »Das ist schlimm«, sagte er ein übers andere Mal. »Mir gehört die Toilette, und eine Toilette sollte man für sich allein haben. Das müssen Sie zugeben, Siverts. Aber auf der anderen Seite müssen wir hier im Haus ein ganzes Jahr miteinander auskommen, und das am besten ohne Missstimmungen, deshalb kann ich Ihnen wohl schlecht den gelegentlichen Zugang zum Haus verwehren.«

Und so bekam Siverts den Schlüssel. Er sprang aus der Hütte, als ob er Feuer im Hintern hätte.

Es wurde ein überwältigendes Erlebnis. Siverts ging es mit dem Lokus wie mit dem Branntwein: Er konnte nichts stehen lassen. Natürlich musste man jedes Mal um den Schlüssel bitten, was beschwerlich und demütigend war. Aber wenn er dann erst dort oben saß und aus dem kleinen Fenster guckte, vergaß er alle Verdrießlichkeiten. Dann fühlte Siverts, dass er jemand war, dessen Wurzeln trotz der vielen Jahre in der Arktis immer noch irgendwo dort unten in der Zivilisation waren. Er dachte mit Bedauern an die Fänger ringsumher, die ständig draußen hocken mussten, bei jedem Wetter, und er fühlte sich anders und auch besser: Er war ein Mann auf dem Lokus. Er war in diesem seligen Augenblick der einzige Mann in Nordostgrönland, der auf einem Lokus hockte – ein nahezu Schwindel erregender Gedanke.

Lause hatte die Zivilisation mitgebracht. Und wenn man viele Jahre ohne die Freuden und Sorgen der Zivilisation gelebt hat, kann man schon neugierig werden, sie wieder auszuprobieren, wie es in der Zeit vor der Arktis war. Die Kunde von Lauses Haus verbreitete sich, und zum Winter kamen die Leute zur Blaesehütte, um zu sehen, wie ein solches Haus denn eigentlich funktioniert.

Zuerst erschien der Schwarze William. Er war allein gereist und deshalb rasch vorwärts gekommen. Die Reise galt einer kleinen grönländischen Siedlung in der Nähe der Gänseinsel, wo er vor vielen Jahren ein Mädchen getroffen hatte, das er nicht vergessen konnte. Der Weg zur Gänseinsel führte über Siverts Fangstation.

William erzählte seinen Wirtsleuten von dem Mädchen, das er besuchen wollte. Er erzählte in einer für ihn einzigartig gemäßigten Sprache, da Lause ihn völlig überrumpelt hatte, als er ihn mit »Herr« und »Sie« anredete. Als William sich über die Schönheit des Mädchens verbreitet hatte, klopfte er sich besorgt auf den Bauch. »Die Erwartung sitzt hier drinnen«, erklärte er. »Man fühlt sich immer etwas seltsam im Bauch, wenn man auf dem Weg zu einem tollen Mädchen ist. Der Bauch arbeitet sozusagen etwas zu viel, wenn ihr versteht, was ich meine.«

Lause nickte, sagte aber nichts. Der Schwarze William stand auf. »Sag mal«, fragte er, »gibt es einen Schlüssel für euer Haus?«

Lause nickte wieder. Er fummelte unter dem Halsausschnitt seines Isländers und zog die Schnur mit dem Schlüssel hervor. »Ich trage den Schlüssel bei mir«, sagte er ruhig.

»Man könnte ihn vielleicht für einen kurzen Besuch ausleihen?«, bat William. »Mein Magen ist nicht ganz in Ordnung, musst du wissen.« Er nahm seine Mütze und streckte die Hand aus.

»Nein«, antwortete Lause.

William stutzte. »Nein?«, wiederholte er erstaunt. Er ließ den Türgriff los. »Sagtest du Nein? Ist es vielleicht gar nicht erlaubt, dass Reisende euren Lokus benutzen?«

»Meinen Lokus«, berichtigte Lause. »Nein, es ist nicht erlaubt. Sie können irgendeinen Hund von der Kette nehmen, welchen auch immer, aber der Lokus bleibt abgeschlossen.«

Siverts bewegte sich unruhig. Dies war die gröbste Übertretung der Regeln der Gastfreundschaft, die er je erlebt hat. »Aber er ist unser Gast«, protestierte er schwach. »Meinst du nicht, wir sollten unseren Gästen bestimmte Rechte einräumen?«

»Nein«, entgegnete Lause. »Das Haus gehört mir und bleibt deshalb abgeschlossen.« Er blickte Siverts kalt an. »Ihre Sympathien interessieren mich nicht.«

»Aber man kann die Gäste doch nicht ... ich meine, wenn wir solch ein Haus haben«, stammelte Siverts.

»Wenn Ihnen meine Entscheidung nicht passt, Siverts, dann können Sie in Zukunft ja auch wieder von den Hunden Gebrauch machen«, schnitt Lause seinem Hausgenossen das Wort ab.

Siverts bemühte sich zu schlichten. »So war es nicht gemeint, überhaupt nicht«, erklärte er. Auf keinen Fall wollte er sein Anrecht verlieren.

Der Schwarze William, der mit steigender Erregung dem Wortwechsel gelauscht hatte, schnaubte.

»Das ist doch wirklich eine verdammte Gastfreundschaft. Bloß weil man einen etwas verkorksten Magen hat und um den Schlüssel für das Haus bittet, gibts Krach.« Er starrte Lause an. »Was glaubst du denn, wer du bist? Bist du vielleicht sauberer und feiner als gewöhnliche Leute, bloß weil du einen Lokus hast?«

»Wenn man einen Lokus hat, ist man wer«, entgegnete Lause. »Haben Sie denn einen Lokus, Herr William?«

Das saß. Der Schwarze William stand da und bebte vor Wut. Eine solche Behandlung hatte er bisher noch nicht erlebt. Was soll man mit einem Menschen anfangen, der den Schlüssel für das stille Örtchen nicht herausrücken will?

»Ich bleibe nicht eine Minute länger bei solchen Hornochsen«, schrie er wütend. Und stampfte durch den Windfang hinaus und knallte die Tür hinter sich zu.

Siverts stand auf und guckte beschämt dem Schlitten hinterher, der am Ufer entlangsauste mit einem fluchenden William, der zwischen den Kufen lief. Lause saß unbeeindruckt am Tisch und beschäftigte sich mit der Zeichnung eines Spülsystems, das er einbauen wollte, wenn der Fluss einmal eisfrei sein würde.

Es kamen andere Jäger zur Blaesehütte. Gäste, die dieselbe große Erwartung wie der Schwarze William hegten. Aber keiner von ihnen erhielt Zutritt ins orangefarbene Haus. Der Schlüssel hing an einer Schnur um Lauses Hals, und da blieb er auch. Die Besuche wurden weniger und hörten nach Weihnachten ganz auf.

Siverts und Lause hatten die Pflichten der Station unter sich nach Kenntnissen aufgeteilt: Siverts war unbestritten der tüchtigste Fänger, also kümmerte er sich um die gestellten Fallen und betrieb Jagd. Lause, der ganz häuslich war, besorgte alle Arbeiten im Haus: Er bereitete Essen, machte sauber und lernte verblüffend schnell, die heimgebrachten Füchse zu enthäuten.

Als eine Art Bezahlung dafür, dass er das orangefarbene Haus benutzen durfte, musste Siverts allerdings einmal im Monat den vollen Eimer leeren. Das war eine Arbeit, die eigentlich zu den häuslichen Arbeiten gerechnet werden müsste, aber Lause beharrte unbeugsam auf seiner Forderung.

Es war eine unangenehme Pflicht, die Siverts auferlegt war. Nicht, weil ästhetische Gründe dagegen sprachen, sondern weil es wintertags ungemein schwierig war, den Inhalt aus dem Eimer zu bekommen: Der war natürlich gefroren. Praktisch konnte man den Inhalt nur mit der Herdwärme in der Stube so weit von Boden und Seiten lösen, dass er aus dem Haus und hinunter zum Strand getragen werden konnte, wo das Eis ihn dann mit sich hinaus aufs Meer nahm.

Also trug Siverts jeden Monat den Eimer in die Hütte, heizte dem Herd gut ein und stellte den Abfall des Monats zum Auftauen auf den Herd. Eines Tages passierte es bei dieser Arbeit, dass die Hunde vom Fluss, wo sie angebunden waren, wie rasend kläfften. Siverts hatte gerade den Eimer auf den Herd gesetzt und war auf dem Weg hinaus, um den Schlitten zu holen, mit dem er den Klumpen wegbringen wollte.

Das waren die Geräusche eines Bären, kein Zweifel. Siverts vergaß den Schlitten, schnappte ein Gewehr und sprang zur Tür hinaus. Lause, der bis zu diesem Zeitpunkt noch keinen lebendigen Bären gesehen hatte, griff sich seinen Fotoapparat und spurtete hinter seinem Kollegen her.

Sie erblickten den Bären und folgten ihm ein Stück hinaus in den Fjord, wo es den Hunden schließlich gelang, ihn zu stellen. Es war ein großer und fetter Bursche, der brüllte, sich wie verrückt gebärdete und am liebsten auf die beiden Jäger losgegangen wäre, wenn die Hunde nicht dazwischen gestanden hätten.

Siverts lud sein Gewehr mit einer Patrone und erlegte den Bären mit einem eleganten, lässigen Schuss. Lause lichtete den toten Bären achtmal ab, wechselte den Film und ließ Siverts auf den Auslöser drücken, während er selbst mit dem Kopf des Bären im Schoß posierte.

Sie zogen ihm auf dem Eis das Fell ab und holten den Schlitten, um das Fleisch zur Hütte zu bringen. Die Hunde bekamen die Eingeweide an Ort und Stelle, und der Rest des Bären wurde zum Trocknen auf ein Gestell am Strand gelegt. Es war eine glückliche Jagd gewesen, und es waren zwei hochgestimmte Jäger, die zur Hütte hinaufgingen.

Als sie eintraten, stand der Lokuseimer auf dem Herd und brodelte. Es bullerte anheimelnd in dem großen Eimer, der Inhalt kochte über und lief langsam außen hinunter und verdampfte auf den glühenden Herdringen. Unnötig, den Gestank zu beschreiben, der das Haus erfüllte.

Diese kleine Vergesslichkeit entzweite Siverts und Lause. Siverts bestand darauf, dass es Lauses Arbeit war, im Hause sauber zu machen, und Lause schwor bei allem, was ihm heilig war, dass der Eimer – und welche Nachteile auch immer damit verbunden sein mochten – Siverts Sache war.

Es endete damit, dass Siverts seinen Schlafsack aus Rentierfell nahm und sich im Freien unter offenem Himmel auf einen der Schlitten legte. Er hielt sich so weit entfernt vom Haus, dass der Gestank ihn nicht erreichte.

Lause, der einen solchen Schlafsack nicht besaß und dem auch sonst nicht daran gelegen war, im Freien zu liegen, weil die Zivilisation ihn immer noch kräftig im Griff hatte, setzte sich eine Klammer auf die Nase, öffnete Fenster und Tür und kroch fluchend unter die Decken. So vergingen zwei volle Tage. Am dritten Tag ging Siverts auf die Jagd, Lause gab sich geschlagen und entfernte die braune Schmiere.

Als Siverts zurückkam, strahlte das Haus. Auch wenn es noch etwas kräftig roch, war es doch möglich, sich wieder in der Stube aufzuhalten, ohne dass einem schlecht wurde. Die beiden Hausgenossen redeten nicht miteinander. Sie kochten jeder sein Essen, jeder hatte seine Lampe, und sie gingen zu verschiedenen Zeiten schlafen. Das Schlimmste war, dass Lause Siverts nicht mehr den Schlüssel für das Häuschen anbot, und Siverts war natürlich zu stolz, um darum zu bitten.

Es wurden schwere Zeiten für Siverts. Er, der es geliebt hatte, in dem kleinen Abtritt zu hocken, verzweifelte fast vor Sehnsucht, endlich wieder das feine gehobelte Brett unterm Hintern zu spüren. Zwischendurch dachte er ernsthaft daran, Lause zur Vernunft zu prügeln und ihm den Schlüssel gewaltsam abzunehmen. Aber bevor er diese Untat beging, kam ihm eine ganz andere Idee.

Er riss einen der beiden übrig gebliebenen Nebenschuppen ab und fing an, sein eigenes Häuschen zu bauen. Er baute es dicht an Lauses und als eine treue Kopie. Er baute schnell, denn er hatte geschickte Hände. Er stand mitten im kalten Januar unter Nordlicht und Sternenhimmel und zimmerte seinen Lokus mit einer Axt.

Es wurde ein beinahe extravagantes Haus, weil er es mit zwei richtigen Fenstern ausstattete: Eins zum Fjord hin, wodurch er Aussicht bis aufs Maria-Kap hatte, und das andere Lauses Fenster zugewandt. Außerdem führte er eine Verbesserung ein, wodurch er sich die Mühe mit dem Eimer ersparte: Er schlug eine Öffnung in die Hinterwand des Hauses, ein Loch, das gerade so groß war, dass ein Hund hineinkriechen und sich um die Entsorgung kümmern konnte.

Lause betrachtete das Werk verdrießlich. Er sagte immer noch nichts, denn man redete ja nicht mit solch einem Dummkopf wie Siverts. Aber er guckte böse und fing an, sich verschiedene Anschläge auf das neue Haus auszudenken.

An dem Tage, als Siverts sein Örtchen einweihte, saß Lause bereits auf seinem Platz in seinem. Sie saßen beide auf ihrem gehobelten Brett und glotzten sich durch die beiden kleinen Fenster böse an. Siverts schnitt Gesichter, um Lause zu ärgern, aber Lause, der ja ein zivilisierter Mensch war, blickte nur kalt zurück. Sie saßen, bis sie vor Kälte zitterten, und sahen sich stur in die Augen.

Und so ging es dann weiter. Wenn der eine aufs Häuschen ging, folgte ihm der andere. Es artete allmählich zu einem Krieg aus, in dem alle Mittel recht waren. Siverts fing im Kleinen an, indem er gegen Lauses Wand trat. Diese Frechheit quittierte Lause umgehend mit dem Aufbrechen vom Vorhängeschloss an Siverts Tür. Dieser Übergriff veranlasste Siverts, einen Stein durch Lauses Fenster zu werfen, ein Vandalismus, dem umgehend begegnet wurde, indem Lause Siverts beide

Fensterscheiben mit dem Ellbogen einstieß. Da saßen sie nun einige Tage und knurrten sich an – in einem hundsgemeinen Luftzug.

Eines Morgens fand Siverts seinen Hausgenossen damit beschäftigt, Feuer vor dem neuen Häuschen anzuzünden, und er wurde so wütend und verprügelte den dreisten Pyromanen dermaßen nachdrücklich, dass er ihm danach in die Koje helfen musste.

Seit diesem Morgen gingen sie bewaffnet aufs Örtchen. Türen und Fenster wurden repariert, und sie konnten wieder ohne Zugluft sitzen und sich anstarren, jeder auf sein Gewehr gestützt.

Erst im März änderte sich das gespannte Verhältnis. Denn im März fiel ein Föhnwind vom Inlandeis ein, und er riss beide Häuschen ein: erst Lauses, dann Siverts. Er hob die Häuschen hinunter zur Eiskante, schlug sie auf die Eisbänke und blies die Bretter dann hinaus in den Fjord.

Lause und Siverts standen hilflos am Fenster der Blaesehütte und sahen zu.

»Mein Lokus«, jammerte Lause verzweifelt.

»Und was ist mit meinem?«, brüllte Siverts. »Was zum Teufel soll das bedeuten?«

»Ein Teufelsland«, weinte Lause.

»Ein Teufelssturm«, ergänzte Siverts.

Sie guckten sich an. Das gemeinsame Unglück machte einen Strich unter den Ärger der letzten Monate. Lause ging zum Herd. »Sind Sie nicht hungrig, Siverts?«, fragte er. »Ich kann schnell etwas zu essen machen, wenn Sie Hunger haben.«

»Kommt nicht infrage, das kann ich schon selbst.« Siverts ging zum Herd.

»Schnickschnack.« Lause schubste ihn auf einen Stuhl. »Ich sorge für den Haushalt, bring das nicht durcheinander. So war die Aufteilung.«

Siverts nickte. »Wie du willst.« Er zog sein Messer heraus und fing an, einige Speckflecken von der Hose zu kratzen. »Wenn dieser Sturm vorbei ist, müssen wir sehen, dass wir wieder zu den Fallen kommen. Die sind bestimmt alle zugeschnappt.« Er schielte zu Lause hin, der die Schlacke aus dem Herd zog.

»Es ist schon so lange her, dass ich den letzten Fuchs enthäutet habe, ich kann mich kaum erinnern, wie man das macht«, sagte Lause.

Sie aßen ein kleines Moschusochsensteak, es war geschmort und schwamm in einer herrlichen Preiselbeersoße. Dazu tranken sie selbst gebrautes Bier; danach spielten sie Karten, und Lause servierte Kaffee und Branntwein. Es wurde ein richtiger Festabend.

»Du, Lause«, sagte Siverts, als sie die Karten zur Seite gelegt hatten und dasaßen und dösten. »Es ist doch eigentlich keine große Sache, einen neuen Lokus zu bauen.«

Lause blickte überrascht auf. »Einen neuen Lokus, sagen Sie? Ja, natürlich müssen wir einen neuen Lokus haben, selbstredend. Ein Lokus ist ganz einfach eine absolute Bedingung, um hier oben zu überleben. Wir nehmen den letzten Nebenschuppen und führen uns wie zivilisierte Menschen auf.«

Siverts legte seinen Bart auf die Brust und seufzte resigniert. Er saß und dachte daran, wie leicht alles gewesen war, bevor der Lokus nach Nordostgrönland kam. Und er dachte daran, dass es schon eine lange Zeit braucht, bis man wieder gelernt hat, mit einem zivilisierten Menschen umzugehen.

Das Schwein

Der alte Niels und sein Kamerad kauften ein Schwein. Es war nur ein kleines Schwein, als es mit der *Veslemari* ankam, aber allmählich im Laufe der Monate wurde es größer und fetter.

Es war ein richtig freundliches Schwein. Und sollte man auf das hören, was der alte Niels sagte, dann war es auch ein schönes Schwein. Es hieß König Oscar – nach dem Fjord, an dem sie wohnten.

König Oscar bekam sein eigenes Haus. Ein Kohlenschuppen wurde mit Grassoden abgedichtet und ein alter Herd mittendrin aufgestellt. So hatte es König Oscar warm und schön. Natürlich lagen die Kohlen jetzt draußen auf dem Eis, und obgleich sie zusammenfroren und zuschneiten, war es die Mühe wert. Das meinte jedenfalls der alte Niels. Wenn es dem Schwein nur gut ging und es gedieh.

Es sollte nicht allzu viel Zeit vergehen, bis König Oscar Angewohnheiten entwickelte: Er schrie, wenn er Hunger hatte, und das war fast immer der Fall, und er schrie, wenn er Gesellschaft brauchte – was sehr oft der Fall war. Der alte Niels liebte das Schwein, und sein Partner, der Halvor hieß, konnte es nicht ausstehen.

Niels und Halvor waren nicht fleißig. Sie versorgten natürlich die Fallen, die sie aufgestellt hatten, aber das war schnell erledigt, denn sie befanden sich dicht an der Fangstation in Hauna. Sie waren weder fleißig noch ehrgeizig, denn sie hatten keine Pläne, nach Europa zurückzureisen, und hielten es deshalb nicht der Mühe wert, zu viele Felle anzusammeln. Wenn sie hungrig waren, schossen sie ein paar Moschusochsen, von denen es immer noch genug in den Talstrecken hinter der Hütte gab, und hatten sie auf etwas Besonderes Appetit, dann gab es Schneehühner in den Felsen, kleine Fjordrobben und Austern auf den Sandbänken bei Niedrigwasser. Mit den Fellen, die sie mit den Fallen erbeuteten, konnten sie Kohlen, Petroleum, Schnaps und andere Bedarfsartikel eintauschen.

Allmählich wuchsen der alte Niels und König Oscar immer mehr zusammen. Man kann fast sagen, dass drei Personen auf der Fangstation in Hauna lebten. Und drei Personen in derselben Hütte sind nie gut. Niels war zufrieden mit dem Schwein, und das irritierte Halvor grenzenlos. Nicht, dass er auf König Oscar eifersüchtig war, das war er bei weitem nicht, denn eigentlich fühlte er sich am wohlsten, wenn der alte Niels und er jeder seiner Wege ging – nein, er war lediglich wütend über all die Fürsorge, die der alte Niels an das Schwein verschwendete.

Es konnte passieren, dass König Oscar satt war, aber trotzdem schrie. Also ging der alte Niels hinüber ins Schweinehaus und holte ihn. Er trug ihn in die kleine Stube der Fanghütte, und dort konnte er stundenlang sitzen, das Schwein auf dem Schoß, und es hinter den Ohren oder an der Wurzel des Ringelschwanzes mit seiner Pfeifenspitze kraulen. Dann schmatzte und grunzte König Oscar vor Wohlbehagen direkt ins Ohr seines Gönners. Die beiden hatten es gut miteinander.

Und je öfter der alte Niels und sein Schwein zusammen waren, desto wütender wurde Halvor. Nicht genug, dass er täglich die Stube mit Niels teilen musste, aber dass dessen verfluchtes Schwein auch dabei sein musste, das war doch stark. Er schimpfte und meckerte und schlug mit der Faust auf den Tisch, aber wie auch immer, es half nichts. Niels und Oscar guckten ihn nur an und blinzelten verständnislos.

Eines Tages war das Schwein so groß geworden, dass der alte Niels es nicht mehr tragen konnte. Also versuchte er, ihm ein Hundehalsband anzulegen und es hinüber ins Haus zu ziehen. Aber das ging nun überhaupt nicht. Das Schwein war zu stark und sträubte sich heftig. König Oscar wollte nicht an der Leine geführt werden. Also nahm der alte Niels eine Petroleumlampe und seinen Stuhl und setzte sich hinüber ins Schweinehaus. Dort saß er und las in einem der beiden Bücher des Hauses: entweder in »Anleitung, Seemannschaft und Segeln in Südgrönland« oder im Alten Testament. Er saß und las, während er König Oscar zerstreut am Hinterteil kraulte. Manchmal sprach er mit dem Schwein über das, was er gelesen hatte, oder er zitierte einige Zeilen aus dem Alten Testament, von denen er fand, dass sie für ein Paar Schweineohren geeignet wären.

Halvor litt. Halvor war einer dieser unglücklichen Menschen, die dazu verdammt waren, immer zu leiden. Zuerst litt er an der Gesellschaft mit Niels und Oscar, denn der alte Niels war ein Schweinigel, der sich nie wusch, und König Oscar glich in dieser Hinsicht seinem Herrn und Meister aufs Haar. Und dann litt Halvor, weil Niels in einem fort über seine eigene kleine Welt redete, die seltsam war und in vieler Hinsicht ganz unverständlich für Halvor. Am meisten aber litt Halvor, als sich Niels zum Schwein hinüber in das Schweinehaus setzte. Er litt, weil es nichts mehr gab, was ihn ärgerte und weil er sich einsam fühlte. Es war die dunkle Zeit, gerade die Zeit, wo ein Mensch Gesellschaft braucht.

Als Halvor fast einen Monat so verbracht hatte, fing er mit Verlockungen an. Er backte feine, weiße Weizenbrötchen und lud den alten Niels zu Mokka mit Kandis ein. Doch es half nichts. Niels blieb beim Schwein.

Dann braute Halvor Imiaq, ein grönländisches Bier, und er destillierte Branntwein, der nicht ganz ohne Fusel war, aber doch Durst machte. All dies stellte Halvor an, weil er es nicht mehr aushielt, jeden Abend allein zu sitzen. Er brachte das Bier und den Branntwein hinüber ins Schweinehaus und stellte beides vor dem alten Niels und dem Schwein hin, und sich selbst platzierte er hinter dem Herd, um zu sehen, wie sie auf seine Geschenke reagieren. Aber die beiden, Niels und Oscar, bemerkten ihn kaum. Diesen Eindruck hatte er jedenfalls. Sie redeten miteinander, als ob Halvor überhaupt nicht anwesend wäre, und erst als er gegangen war, bedienten sie sich der Getränke.

Der alte Niels hatte schon immer getrunken. Aber jetzt fing Oscar auch damit an. Das Schwein bekam Bauchgrimmen, und der alte Niels flößte ihm Branntwein ein, was nach seiner Erfahrung meistens half. Der Bauch kam zur Ruhe, und König Oscar veränderte seinen Charakter: Er wurde, wie der alte Niels dem unglücklichen Halvor rundheraus erklärte, ganz menschlich.

Zu diesem Zeitpunkt begann Halvor zu hassen. Er hasste Niels und er hasste Oscar. Am meisten hasste er sich selbst. Er saß allein in der stillen Stube und pflegte seinen Hass. Er besoff sich jeden Abend und aß dazu Weizenbrötchen. Der alte Niels fand, dass Halvor sonderlich wurde, tröstete sich aber damit, dass dieser immer schon so gewesen sei. Anfangs waren diese Eigenheiten zwar verborgen, aber schließlich wurden sie immer deutlicher. Eines Tages begann Halvor zu flennen und sagte, dass er von einer Frau in Versuchung geführt worden wäre.

»Ach ja«, entgegnete der alte Niels gutmütig. Er war in seinen jungen Jahren auch von ähnlichen Alpträumen geplagt worden. »Ach ja«, sagte er noch einmal, »dann ist es bestimmt das Beste, wenn du den Branntwein einige Tage stehen lässt, mein lieber Halvor. Du brauchst Erholung, glaube ich.«

Aber Halvor schwor, die Wahrheit zu sagen. »Sie versuchte mich übermäßig«, schluchzte er, verbarg seinen Kopf in den Armen und fing an, laut zu heulen.

»So, na, na«, tröstete ihn der alte Niels. »Das darfst du nicht so schwer nehmen, Halvor. Das ist etwas, was drinnen in einem umgeht, solange man jung ist.« Er nahm die Branntweinflasche, die vor Halvor stand, und stellte sie leise in König Oscars Fresskorb.

»... ganz übermäßig«, schluchzte Halvor. »Es war ein widerlich altes Weib mit einem Rüssel und einem Ringelschwanz.«

Der alte Niels ließ ihn in Ruhe. Er ging hinüber zu König Oscar und erzählte ihm, wie es um seinen Kameraden bestellt war.

»Hähä, ich glaube fast, er hat es mit einer deiner Bräute, lieber Oscar«, grinste er und kratzte das raue Ohr des Schweines mit dem Pfeifenstiel. »Was sagst du dazu, mein Freund?«

Niels setzte sich auf seinen Stuhl und schlug das Buch auf. »Heute Abend, glaube ich, sollten wir uns ein Stück des Hohenlieds gönnen«, sagte er. Und langsam begann er zu lesen. »Sechzig Königinnen, achtzig Nebenfrauen und unzählige Zofen ...« Er blickte auf. »O je, Gott behüte, das war ja eine entsetzliche Menge Frauenzimmer, die der Salomon sich zugelegt hatte. Gut, dass Halvor das nicht hört.«

Mitten in der dunklen Zeit schien es, dass Halvor munterer und frischer wurde. Er begann, auf lange Fangtouren zu gehen, und kam mit roten Backen und Füchsen im Sack zurück. Aber seine Augen glänzten wie blanke Knöpfe, und es war deutlich, dass er jetzt nicht nur zu Hause, sondern auch draußen Branntwein trank. Wenn Halvor auf

Fang ging, ergab es sich ganz natürlich, dass der alte Niels zu Hause blieb. Er hatte ja das Schwein zu versorgen und musste außerdem die Füchse enthäuten und den Haushalt führen.

Es passierte einige Male, dass Halvor ganz aufgelöst heimkam: Das erste Mal, weil dieses alte Weib auf seinem Schlitten mitfahren wollte, das andere Mal weil Qubaia, ein seltsamer Kerl, halb Mensch, halb Tier, ihm bis zur Tür gefolgt war. An solchen Abenden, wenn der alte Niels sehen konnte, dass sein Arbeitskollege noch nicht lange von einer großen Tour zurück war, wurde ein extra Stuhl hinüber ins Schweinehaus gebracht, und so saßen die beiden Männer am warmen Herd mit dem Schwein zu ihren Füßen. Niels las. Halvor lauschte, König Oscar schlief. An solchen Abenden fühlte sich Halvor nicht verlassen. Aber sobald der schlimmste Schrecken sich gelegt hatte, kehrte das alte Weib zu den beiden ins Schweinehaus zurück, und er zog sich in die Fanghütte und die Einsamkeit zurück.

Der Dezember kam, und König Oscar war so fett wie noch nie. Halvor schärfte sein Fangmesser jeden Tag und freute sich auf den Augenblick, wo ein Schnitt in die Kehle dem Leben des Schweines ein Ende bereiten würde. Er war ganz sicher, dass dann alles wieder wie früher werden würde. Niels würde ins Haus zurückkommen, und sie würden die Abende wieder mit Kartenspielen und Diskussionen über die mannigfaltigen Seiten des Lebens verbringen können.

Eines Abends sagte Halvor zu Niels: »Ja, dann ist es wohl bald so weit.«

»Was ist so weit, Halvor?«

»Das Weihnachtsessen herzurichten.«

»Ach ja, bald ist ja Weihnachten.« Niels nickte. »Wir schießen sicher einen Ochsen wie im letzten Jahr?«

»Ich habe an etwas ganz anderes gedacht«, antwortete Halvor mit einem grimmigen Lächeln.

»Schneehühner? Es gibt zu dieser Jahreszeit keine Schneehühner, lieber Halvor, und wir haben keine eingefroren, soviel ich weiß. Ich bin für einen Ochsen.«

»Und ich für Oscar«, sagte Halvor. Er konnte den Jubel in seiner Stimme kaum verbergen.

»Oscar!« Niels guckte ihn bestürzt an. »Du glaubst wirklich allen Ernstes, dass Oscar unser Weihnachtsessen werden soll?«

»Das war der Grund, weshalb wir ihn hierher geschickt bekamen«, entgegnete Halvor.

»Ja, ja, aber das war damals. Seit dem Herbst hat sich doch alles geändert«, protestierte Niels.

»Wir haben ihn gekauft, damit er Weihnachten verzehrt wird. So war es und so bleibt es«, stellte Halvor fest.

»Kommt nicht infrage, nicht Oscar.«

Halvor schlug mit der Hand auf den Tisch. »Dieses Jahr will ich Schweinebraten auf dem Tisch haben. Die Sache ist klar, Niels.« Er zog sein Messer heraus und befühlte die Schneide. Niels blickte seinen Kameraden unglücklich an. »Das meinst du doch gar nicht, Halvor. Du magst Oscar genauso gerne wie ich. Wie könnten wir dieses Schwein töten?«

»So«, antwortete Halvor: Er zog die stumpfe Seite des Messers quer über seine Gurgel. »So, alter Niels, da ist nämlich kein Knochen.«

Aber jetzt wurde Niels wütend. »Du fasst Oscar nicht an«, schrie er. »Verdammt, als ob ich Oscar los sein wollte.«

»Ich bin mit der Hälfte am Schwein beteiligt, vergiss das nicht!«

»Dann kaufe ich deine Hälfte.«

»Die ist nicht käuflich«, lachte Halvor triumphierend.

»Du bekommst meinen Teil des jährlichen Fuchsfanges dafür«, lockte Niels.

»Ich will Fleisch haben, sagte ich doch. Die Hälfte von Oscar, auf den Tisch.«

Sie brüllten sich immer lauter an, und schließlich war keiner mehr in der Lage, den anderen zu verstehen. Da sprang der alte Niels zur Tür hinaus und schmiss sie krachend hinter sich zu. Halvor lachte laut und hysterisch, fuchtelte lebensgefährlich mit dem Messer über seinem Kopf herum und schrie: »Die Hälfte von Oscar auf den Tisch, Niels, hörst du!«

Der alte Niels zog jetzt ganz zu König Oscar. Er schleppte seinen Schlafsack und sein Gewehr hinüber und quartierte sich im Schuppen ein. Er vertraute Halvor nicht mehr, war ein bisschen bange vor dessen blanken Augen und verriegelte deshalb die Tür von innen, wenn er sich schlafen legte.

Am Abend vor Heiligabend stellte sich Halvor vor die Tür des Schweinehauses und rief: »Schließ auf, Niels, ich komme, um meine Hälfte zu holen!« Und lachte, dass es Niels schauderte.

»Den Teufel holst du, wenn du hier hereinkommst«, heulte Niels zurück. Er riss das Gewehr an sich und betätigte einige Male den Verschluss, dass Halvor hören konnte, wie ernst es ihm war.

Halvor ging zurück zur Hütte und holte eine Axt. Er schlich zum hinteren Giebel des Schweinehauses, und hier schlug er mit einigen gewaltigen Schlägen etliche Bretter ein. Niels, der einen Angriff aus dem Hinterhalt nicht erwartet hatte, drehte sich schnell und feuerte in Richtung des Loches. Und das nun brachte König Oscar in Bewegung: Mit einem erschreckten Quieken sprang er auf, sauste durch das Loch, das Halvor mit der Axt geschlagen hatte, und rannte genau zwischen die Beine des Schlachters, der mit Gewehr und Axt bereit stand. Halvor rollte zu Boden, und König Oscar sauste los in Richtung des großen Tals, das zum Inlandeis hinaufführte. Der alte Niels fuhr wie eine Rakete durch das Loch und raste seinem geliebten Schwein hinterher.

»Oscar«, heulte er, »komm zurück, lieber Oscar, komm zurück!« Aber Oscar hatte andere Pläne. Er rannte hinauf ins Tal, dass der Schnee nur so staubte.

Halvor lachte so, dass ihm die Tränen in den Augen standen. Er war ganz krumm vor Gelächter und konnte kaum sein Gewehr ruhig halten, als er auf das Schwein schoss. »Jetzt nehme ich mir meine Hälfte, ob es dir passt oder nicht, Niels«, japste er. »Da«, schrie er hingerissen. Er sah, wie das Schwein sich wie ein Kreisel um sich selbst drehte und einen Luftsprung vollführte. »Das ist verdammt das reinste Ballett, das da«, lachte er. »Das war deine Abendandacht, mein lieber Oscar.«

Halvor saß mehr als einen Tag allein in der Fanghütte. Dann kam der alte Niels zurück. Er war arg erschöpft und schlürfte den starken Branntwein in sich hinein, als sei es Milch.

»Na, Niels«, sagte Halvor, »nun ists ja so, wie ich es haben wollte. Und jetzt reden wir auch nicht mehr darüber, meine ich.« Er versuchte nicht zu triumphieren, denn das lag überhaupt nicht in seiner Natur. Er war einfach nur froh, dass Niels heimgekommen war, denn jetzt würde alles wieder so werden, wie es früher gewesen war. Seinetwegen konnte Niels gerne wieder die häuslichen Beschäftigungen aufnehmen, im Warmen, während er die kalten Touren zu den Fallen übernahm. Wenn sie es an den Abenden nur wieder so nett und gemütlich haben würden, wie sie es vor diesem verdammten Schwein gehabt hatten.

Aber Niels war ein anderer geworden. Er hatte etwas Ausweichendes im Blick, und es schien fast, als hätte er die Lust an allem verloren. Abends aß er, was ihm vorgesetzt wurde, und er trank gehorsam von dem selbst gebrannten Schnaps, wenn ihn Halvor dazu aufforderte. Er war träge geworden und schlief viel. Halvor dachte, dass der Verlust des Schweines sich legen würde, und er gab sich damit zufrieden, dass Niels jetzt trotz allem wieder im Haus gegenwärtig war.

Aber der alte Niels fand seine gute Stimmung nie wieder. Als das Frühjahr kam, war er noch immer merkwürdig, und Halvor konnte ihm nicht helfen. Es war, als wollte er mit seinem Kummer allein sein, und Halvor, der in Wirklichkeit ein guter Kamerad war, ließ ihn in Ruhe. Er gab ihm zu essen, damit er nicht völlig vom Fleisch fiel, und er versorgte ihn mit Bier und anderem lebenswichtigem Bedarf. Natürlich wunderte sich Halvor, dass die Sehnsucht nach einem Schwein einen Mann so hart treffen konnte, aber keinen Augenblick bereute er den Mord an König Oscar. Das Schwein war in seinen Augen eine unpassende Gesellschaft für Niels.

Im Großen und Ganzen nahm Halvor auf den alten Niels in diesem Frühjahr sehr viel Rücksicht. Er verrichtete die meisten der Arbeiten draußen und auch drinnen und gab sich Mühe, über Dinge zu reden, von denen er wusste, dass sie Niels Freude machten. Bis zuletzt hoffte er, dass er es schaffen würde, den guten, gemütlichen Niels wiederzubekommen.

Das Eis verschwand zeitig, schon Anfang Juli. Halvor und Niels fingen an, jeden Tag zu den Felsen zu gehen und nach dem Schiff Ausschau zu halten. Sie gingen schweigend den Berg hinauf, setzten sich schweigend und spähten aus und gingen schweigend wieder zurück zur Hütte. Tag für Tag. Aber es war jetzt nicht so schlimm, meinte Halvor, denn trotz allem war es im Winter schlimmer gewesen, als Niels sich ganz seinem Schwein gewidmet hatte.

Eines Tages kam dann das Schiff. Halvor schoss mit seinem Gewehr in die Luft und schwang seine Mütze. Es war herrlich, wieder das Schiff zu sehen. Ein Schiff bedeutete gutes Essen, Tabak und Alkohol und neue Gesichter. Er feuerte noch einige Schüsse ab und sprang hinunter zur Hütte, um dem alten Niels die Neuigkeit zu berichten. Niels saß vor dem Haus in der Sonne und blickte träge auf den Fjord hinaus.

»Jetzt kommt, Niels«, rief er außer Atem. »Die *Veslemari* liegt draußen!«

Die beiden Kameraden gingen hinunter zum Strand. Halvor redete und gestikulierte, der alte Niels blieb stumm und verschlossen wie eine Auster.

Die *Veslemari* drehte den Bug seewärts und ließ den Anker fallen. Sie hörten die Kette durch die Klüse rasseln, und sie hörten, dass der Skipper die Maschine stoppte. Es waren liebe und wohl bekannte Laute.

Halvor verfolgte aufgeregt, wie eine Jolle zu Wasser gelassen und bemannt wurde. Er konnte nicht ruhig bleiben und sprang ungeduldig ans Wasser.

Zuerst begrüßte man sich mit Handschlag, erst den Skipper, dann die anderen. Dann wurde das Beiboot hoch genug auf den Strand gezogen, und alle gingen hinauf zur Hütte.

»Na, Halvor«, sagte Skipper Olsen, »bei euch sieht es ja normal aus. Habt ihr einen guten Winter gehabt?«

»Ausgezeichnet«, entgegnete Halvor glücklich. Es war schön, wieder Menschenstimmen zu hören. »Ein herrlicher Winter mit gutem Fang.«

Der Skipper lachte. »Ja, das ist schon ungewöhnlich hier in Hauna. Wo hast du den alten Niels versteckt?«

»Er sitzt dort oben.« Halvor wies auf den alten Niels, der oben am Strand saß und vor sich hinmaulte.

»Wo?« Skipper Olsen starrte angestrengt in die Richtung.

»Dort oben.«

»Das da?«

»Haha, ja, er ist etwas sonderbar geworden, der Alte. Aber das geht jetzt, da ihr gekommen seid, vorüber«, lachte Halvor.

»Willst du mich veralbern?«, knurrte der Skipper. »Soll das Schwein da der alte Niels sein?«

»Hahaha.« Halvor schlug sich auf die Schenkel. »Der Witz ist gut. Besonders sauber ist er ja nie gewesen, der Niels.«

»Das da ist ein Schwein«, beharrte der Skipper.

»Das ist Niels«, entgegnete Halvor leicht irritiert.

»Verdammt noch mal.« Der Skipper stampfte wütend auf. »Wenn ich sage, es ist ein Schwein, dann ist es auch ein Schwein.«

Halvor brüllte zornig. »Und wenn ich sage, dass es Niels ist, dann ist es Niels. Das Schwein habe ich vor Weihnachten erschossen.«

Skipper Olsen stand wie vom Donner gerührt. Er griff Halvors Arm und blickte ihm forschend ins Gesicht.

»Halvor«, flüsterte er. »Wenn das dort hinten der alte Niels ist, wo ist dann das Schwein?«

Halvor lächelte breit und guckte den Skipper mit Augen an, die wie blanke Knöpfe glänzten.

»Das Schwein, Olsen? Das haben wir doch zu Weihnachten gegessen«, antwortete er.

Eine gut erhaltene Leiche

Lause und Leutnant Hansen duellierten sich im Januar, und einige Zeit danach nahm sich Lause das Leben – er steckte sich den Gewehrlauf in den Mund und drückte ab. Die Scham über das verlorene Duell war mehr, als er ertragen konnte, und die logische Konsequenz aus diesem Elend war, wie Bjørken es ausdrückte, ein »ante diem« – Auffahrt ins Himmlische.

Die Unglücksnachricht ging via Funker Mortensen drahtlos nach Kopenhagen, und der Direktor der Fangkompanie gab sie mit tiefem Bedauern und Trauer weiter an Lauses Angehörige. Im selben Monat empfing Mortensen einen Funkspruch, in dem der Direktor seine Jäger ersuchte, die Leiche unterzubringen und bis zur Ankunft des Schiffes zu erhalten, da die Hinterbliebenen für den Toten ein christliches Begräbnis in seiner Heimat wünschten.

Es wurde heftig in den kleinen Hütten diskutiert, inwieweit eine solche Überführung in Lauses Sinne wäre. Er war ein Mann von ganz ungewöhnlichem Format gewesen – mit einer gewichtigen Würde, die an der ganzen Küste bewundert und respektiert worden war.

Mads Madsen erklärte, dass eine riesige Steinbake oben auf dem Fimbulfelsen ein würdigerer Begräbnisplatz für Lause wäre als die zu erwartenden zehn Zoll Erde auf dem Friedhof von Sollerod, ganz ohne Aussicht. Funker Mortensen, der in östlichen Meeren zur See gefahren war, hielt ihm die zahlreichen Vorteile der indischen Leichenverbrennung entgegen, die er seinen Freunden mithilfe von fünf Litern Petroleum und einem bisschen Heidekraut leicht demonstrieren könnte.

Bjørken stimmte sowohl Mads Madsen als auch Mortensen zu. Lause verdiente wirklich ein besseres Schicksal. Er sollte unter einer halben Tonne Brandungsgeröll ruhen, oder, wie Mortensen vorgeschlagen hatte, seine Asche sollte in einem arktischen Sturm ausgestreut werden. Er war groß als Lebender gewesen und sollte groß als Toter in Erinnerung bleiben. Doch laut Volmersen, der ja Anwalt war, war es leider so, dass Verstorbene durch ihren Tod Verzicht auf ihr weiteres Schicksal leisten. Wenn die Familie seine Überführung wollte, war nichts dagegen zu machen. Man musste den Anordnungen des Direktors haargenau Folge leisten. Bjørken schlug deshalb vor, Lause nach Bjørkenborg zu bringen, das war der erste Punkt, den die *Veslemari* anlief, und er wollte persönlich dafür einstehen, dass die Leiche unbeschadet und wohlbewahrt blieb.

Weil man den Wunsch der Familie nicht umgehen konnte, wurde es so gemacht. Leutnant Hansen, der sich indirekt für den Selbstmord schuldig fühlte, brachte Lause auf seinem Schlitten von Fimbul nach Bjørkenborg. Die Leiche wurde bei der Ankunft aus den Wolldecken gewickelt, schweigend betrachtet und dann auf eine Waschbank in dem Nebenschuppen gelegt, wo man unter vielem anderen auch das Roggenmehl aufbewahrte.

Lasselille, der Bäcker der Station, war derjenige, der am häufigsten nach Lause schaute. Er holte zweimal im Monat Roggenmehl und hatte nichts dagegen, dass Lause im Lager war. Jedenfalls nicht, solange dieser gefroren war. Lasselille ehrte die Toten, und er sagte immer einige nette Worte zu Lause, während er das Roggenmehl in seinen Eimer schaufelte.

Dann kam die Zeit, dass die Maisonne Tag und Nacht auf die schwarze Dachpappe des Nebenschuppens brannte. Und da veränderte sich Lause. Zuerst war Lasselille so verwirrt, dass er »Guten Morgen« zu Lause sagte, weil dieser die Augen geöffnet hatte und starr an die schräge Decke blickte. Vierzehn Tage später meinte Lasselille, dass Lause ihm irgendwie etwas zugerufen hätte. Jedenfalls hatte er jetzt den Mund offen, man konnte ihm tief in den Rachen gucken. Lasselille versuchte so zu tun, als ob nichts wäre. Er versuchte sogar, Lause vom guten Frühlingsanfang zu erzählen, aber ihm blieben die Worte im Halse stecken. Dann ergriff ihn plötzlich Panik, er sprang aus dem Nebenschuppen mit nur einem halben Eimer Roggenmehl und rannte hinein zu Bjørken.

»Ich weiß«, antwortete Bjørken, als er Lasselilles Stammeln entwirrt hatte, »ich hab die ganze Zeit gewusst, dass es kommen würde.«

Dass der Stationsleiter über die Verwandlung im Nebenschuppen Bescheid wusste, beruhigte Lasselille. »Und er wird dick wie eine Trommel«, sagte er. »Viel dicker, als er vor zwei Wochen war. Was kann das sein, Bjørk?«

»Er steht vielleicht auf und isst von deinem Roggenmehl«, grinste Sylte.

»Glaubst du?« Lasselille guckte ungläubig in seinen halb vollen Eimer. »Ich will da auf keinen Fall mehr hinein, Bjørk. Kannst du nicht diesmal das Roggenmehl holen? Ich kann es da drinnen nicht aushalten, es riecht so eklig.«

Bjørken spitzte die Lippen und kratzte sich im Nacken. »Ich vermute«, sagte er ruhig, »dass jetzt die Zeit gekommen ist.«

»Wofür?«, fragte Sylte.

»Um eine Veränderung des Status quo vorzunehmen«, antwortete Bjørken. Er hatte mit dem letzten Schiff einen Taschenkalender mit Fremdwörterbuch geschickt bekommen und hatte sich während des Winters gewisse Ausdrücke zur Ausschmückung der Muttersprache zugelegt. Er schob die Hand ins Hemd, um im Vollschiff herumzukratzen, das zwischen seinen Brustwarzen dahinjagte.

»Was bedeutet das?«, fragte Lasselille.

»Das bedeutet, mein Freund«, entgegnete Bjørken, »dass wir den Zustand der Dinge ändern, damit wir ihn wohlbehalten Skipper Olsen übergeben können.«

»Bei Lause können wir doch nichts ändern«, wandte Sylte ein. »Er ist tot, und die Toten sind nun einmal so.«

»Du hast Recht, mein Freund.« Bjørken nickte seinem alten Jagdgefährten gnädig zu. »Aber wie bekannt, kann selbst der Zustand von Toten unterschiedlich sein. Es gibt frische Leichen, es gibt angegangene Leichen.«

»Was meinst du mit ›angegangen‹, Bjørk?«, fragte Lasselille. Er setzte sich gegenüber Bjørken an den Tisch und hoffte auf eine lange, wissenschaftliche Erklärung.

»Tja, das ist eigentlich dasselbe wie verrotten. Und eine Verrottung bedeutet ein ständig gesteigertes Wachstum von Mikroorganismen in und um das, was verrottet. Und was Lause betrifft, vergrößert er sich, weil all diese Verrottung Gas und solche Sachen erzeugt«, erklärte Bjørken.

»Gas? Aber das kann ja gefährlich werden, Bjørk.« Lasselille guckte seinen Lehrmeister ernst an. »Man kann ja vergiftet werden von diesem Zeug.«

»Richtig«, antwortete Bjørken. »Gas ist besonders gefährlich und sehr tückisch. Es kriecht überall hinein und vergiftet oder sprengt in die Luft. Es ist nämlich sehr brandgefährlich, mein Freund.«

»Quatsch«, protestierte Sylte, »das Gas in Lauses Kaldaunen kann doch gar nicht brennen. Warum erzählst du dem Kerl einen solchen Unsinn, Bjørk?«

Bjørken guckte ihn nachsichtig an. »Ein bisschen seltsam, dass solche Einwendungen gerade von dir kommen«, sagte er kühl.

»Was meinst du damit?«

»Ich meine, mein Freund, dass das, was in Lause im Augenblick sich bildet, ständig in dir anwesend ist. Ab und zu bist du für deine Umgebung eine Pestilenz, was mein junger Freund hier bezeugen kann.«

»Ja, das ist richtig«, nickte Lasselille eifrig. Er gab Bjørken sicherheitshalber immer Recht. »Warum ist er das, Bjørk?«

Bjørken lehnte sich zurück und sah Lasselille mit leicht zusammengekniffenen Augen an. »Wenn du dir eines Tages die Mühe machen und eine brennende Stearinkerze in die Nähe von Syltes Hintern halten würdest, könntest du feststellen, wie die Flamme unnatürlich größer würde – wegen gewisser Undichtigkeiten. Und sollte die Flamme während einer seiner explosionsartigen Verpuffungen gerade zur Hand sein, wirst du zu deiner Bestürzung eine Stichflamme sehen, so lang wie mein Arm. Und daraus wirst du ableiten können, dass selbst Syltes sicher doch unschuldige Winde aus einem besonders feuergefährlichen Stoff bestehen.«

Sylte schauten den Stationsleiter sauer an. Er sagte nichts, denn er war sich über die Belästigungen durch seinen Darm wohl im Klaren.

Bjørken klopfte mit einem Fingernagel nachdenklich an seine Schneidezähne. »Es ist nur der Unterschied«, sagte er, »dass Sylte eine

Art Ventil hat, mit dem er halbwegs den Druck vermindern kann, wo hingegen unser Freund draußen im Nebenschuppen sozusagen bis zu beiden Enden ganz aufgeblasen ist. Er hat jetzt eine Phase in seiner Entwicklung erreicht, die für uns unerträglich wird. Wir müssen die Verwesung stoppen.«

Sylte nahm seine Brille ab und begann sie zu putzen. »Das kannst du nicht in dieser Jahreszeit, Bjørk«, sagte er. »Bald haben wir Tag und Nacht Plusgrade. Können wir die Roggenmehlsäcke nicht einfach hinaustragen und ihn da liegen lassen, wo er nun liegt?« Er guckte kurzsichtig zu Bjørken hin. »Der Schuppen ist doch ziemlich groß«, fuhr er fort, »und einmal ist sicher eine Grenze erreicht, dass er nicht weiter aufquillt.«

»So ist es«, entgegnete Bjørken, »und diese Grenze sollten wir möglichst nicht erreichen. Passiert es doch, sind wir übel dran. Denn dann platzt er und wird ganz schlimm stinken.« Er schloss die Augen, saß einen Augenblick da und mummelte vor sich hin. Lasselille betrachtete ihn gespannt, und Sylte seufzte und rechnete mit dem Schlimmsten. Als Bjørken die Augen wieder aufschlug, lächelte er schwach.

»Ja, ich habe den ganzen Verlauf zeitlich bestimmt«, teilte er mit. »Es sieht so aus.« Er hielt die Finger einer Hand hoch und bog einen nach dem anderen um, so, wie er nacheinander die Phasen beschrieb. »Erst war er etwas angesäuert, das begann schon Ende April, ohne dass es einer von euch bemerkt hat. Dann begann der Verwesungsprozess, was nun endlich Lasselille beobachtet hat. Und schon Mitte Juni können wir damit rechnen, dass er platzt. Den ganzen Juli dann wird er allmählich zusammenfallen, im August/September wird er austrocknen, und um den ersten Oktober herum wird er hart und steif wie eine Fassdaube sein.«

»Aber dann kann er doch gut bis September so liegen«, meinte Sylte, »Olsen kann ihn dann doch mit nach Hause nehmen?«

Bjørken schüttelte nachdenklich den Kopf. »Als ausgetrocknete Leiche wird er nicht sonderlich präsentabel für seine Verwandten sein«, sagte er. »Der arme Teufel wird auf seine halbe Größe geschrumpft sein und im Ganzen ein verheerendes und ungesundes Aussehen haben. So können wir ihn wirklich nicht abliefern.« Bjørken ließ sein

Vollschiff einen Augenblick ungestört segeln und trommelte auf die Tischplatte.

»Wir müssen jetzt handeln«, sagte er entschlossen, »denn selbst wenn unser Freund da draußen ein bisschen angeschwollen ist, vermittelt er immer noch den Eindruck, dass er gut erhalten ist. Der Prozess muss umgehend gestoppt werden, und deshalb müssen wir Lause einpökeln.«

»Aber die Gase«, gab Lasselille zu bedenken, »glaubst du, das Salz zieht sie heraus, Bjørk?«

Bjørken guckte seinen Schüler anerkennend an. »Eine vernünftige Frage, mein Freund. Das Salz wirkt auf die Gase leider nicht ein, aber es hemmt das Wachstum der besagten Mikroorganismen und wirkt wassertreibend. Darum müssen wir Lause zuallererst punktieren.« Er atmete geräuschvoll und zufrieden Luft durch die Schneidezähne ein und stieß sie einen Augenblick danach wieder aus, angereichert mit Kautabak. Der Strahl landete auf dem inneren Herdring und verzischte sofort. Dann stand er auf und kommandierte: »Wir fangen sofort an. Lasselille springt auf den Dachboden und holt ein paar Säcke Salz, Sylte und ich rollen ein paar leere Fässer zum Nebenschuppen.«

Lause war gewaltig groß geworden. Die Hosen spannten über seinem Bauch, und der Isländer hatte sich so geweitet, dass das graue Unterhemd durch die Maschen schien.

»Ich sehe schon, dass wir im richtigen Augenblick kommen«, murmelte Bjørken. Er zog Lause mit einiger Mühe die einengenden Kleider aus. »Siehst du, mein Freund, jetzt wirst du nur ein bisschen in den Wanst gepiekst, und dann wirst du in Lake gelegt, bis Olsen zu erscheinen beliebt.«

Die Entlüftung wurde mit einem Korkenzieher vorgenommen, und die Gase entwichen langsam aus Lause. Lasselille entfernte sich ein Dutzend Meter und klopfte seine Pfeife aus.

»Da kann man mal sehen«, sagte Bjørken und klatschte vergnügt in die Hände, »jetzt bist du dir wieder ähnlich, Lause.« Er drückte leicht auf den Wanst, um den gesamten Ballon zu leeren. »Jetzt schließen wir nur noch die himmelblauen Augen, so, und binden den Unterkiefer mit einem Riemen hoch. Siehst du, das hat geholfen. Jetzt kann man ja kaum noch erkennen, ob du tot oder lebendig bist.«

Sie stopften Lauses Kopf und Oberkörper in die eine Tonne, Beine und Unterkörper in die andere. Und bevor sie die Tonnen miteinander verbanden, füllten sie diese mit Salz. Sylte befestigte ein Stück schweres Segeltuch um die ganze Doppeltonne herum – mit acht schmalen Verstärkungsrippen, die von einem dicken Stahldraht gehalten wurden. Schließlich wurden zwei Planken auf die Seiten genagelt, deren vier Enden über die Tonnenböden hinausragten, sodass für den Transport vier Handgriffe zur Verfügung standen.

»Soll er wieder in den Nebenschuppen?«, fragte Lasselille. Er hatte nichts dagegen, wenn Lause dort drinnen in verpacktem Zustand lag.

Bjørken guckte ihn leicht vorwurfsvoll an. »Du bist so völlig ohne Fantasie, Lasselille, man kann nicht umhin, dich zu bedauern.« Er lächelte leicht. »Du bist ein ausgezeichneter Fänger geworden, das räume ich ohne weiteres ein, aber sobald sich eine Situation ergibt, die dir fremd ist, versuchst du geradezu verzweifelt, nach altem und erprobtem Muster zu handeln. Du bist ein Mensch, der sich zu sehr an Historisches anlehnt, Lasselille, und das solltest du dir abgewöhnen. Fantasie und Handeln, Fantasie und Spontaneität, darum gehts.« Bjørken setzte sich auf die Tonnen, und Sylte gab einen tiefen, mitleidigen Seufzer von sich.

»Natürlich könnten wir ihn zurück in den Nebenschuppen legen«, fuhr Bjørken fort, »und das ist eine Möglichkeit, ihn in der Lake frisch zu halten. Aber es gibt auch noch die Möglichkeit, dass er weiter fault und somit alle unsere Anstrengungen vergebens sind.« Er schlug ein Bein übers andere und wippte mit dem holzbesohlten Stiefel.

»Dein Vorschlag hat seinen Ursprung in etwas früher Erprobtem und muss darum als eine historische Wiederholung von etwas Einfältigem angesehen werden – was an und für sich nicht ungewöhnlich für einen bestimmten Menschentyp ist; eine Behauptung, die bestätigt wird durch die Kriege in der Geschichte, die Wiederwahl von Ministerpräsidenten, den Platz der Frauen in der Gesellschaft, die Macht der Kirche über Wankelmütige und so weiter und so weiter. Das alles sind historische Wiederholungen, wiederholte Dummheiten. Du musst dich von der Geschichte befreien, mein Freund, klar bleiben und neu und aus deinen augenblicklichen Eingebungen heraus handeln.«

»Das hört sich schwer an«, sagte Lasselille resignierend.

»Es ist schwer«, räumte Bjørken ein, »denn zuerst musst du dich von deiner ganzen Kindheit befreien, deinen Eltern, deiner Schulzeit, von deiner Sprache, die du sprichst, und den Gedanken, die du denkst.«

»Dann ist, verdammt noch mal, nicht mehr allzu viel in seinem Schädel«, sagte Sylte.

»Ja, und so ist es auch am besten«, antwortete Bjørken. »Denn so ist er leer geblasen und kann aus Eingebungen heraus handeln, die im Augenblick auftauchen. Wie zum Beispiel jetzt im Zusammenhang mit dieser Tonne. Ich habe zeitlich alles bestimmt, am Tisch, wie ihr gesehen habt. Der Prozess war weit fortgeschritten, und ich habe angefangen, das Problem zu lösen, ohne frühere Beispiele auszugraben. Also musste ich mich ausschließlich auf die momentanen Eingebungen stützen – genauso, wie man reagiert, wenn einem von einer großen Eisscholle ein Bär auf den Schlitten fällt. Man reagiert, ohne zu denken.«

»Hm.« Sylte kraulte seinen Bart. »Und welche Eingebungen hast du denn im Augenblick?«, fragte er neugierig.

»Ein Eisschrank«, antwortete Bjørken prompt. »Ein Eisschrank, der fiel mir sofort ein, als du fragtest.«

»Meinst du, wir sollten einen Eisschrank bauen?« Sylte guckte seinen Stationsleiter besorgt an. »Das ist eine Arbeit, ihn mit zerstoßenem Eis in Gang zu halten.«

Bjørken schüttelte den Kopf. »Dreh dich doch um, Mann, und guck dir die Menge Eisschränke an, die da draußen liegen.«

Sylte und Lasselille drehten sich um und blickten über den Fjord. Die Eisdecke war anderthalb Meter dick, und innerhalb der Reihe Klippen, Arthurs Tor genannt, lag eine Menge gestrandeter Eisberge.

»Genau«, nickte Bjørken. Er erhob sich. »Einer dieser Eisberge wird sich für unsere Zwecke ausgezeichnet eignen. Und jetzt kann Lasselille eine Kiste Dynamit holen, zehn Meter Lunte und ein langes Seil, dann gehen Sylte und ich schon mal hinaus und suchen einen geeigneten Eisberg.«

Den ersten Eisberg konnten sie unmöglich besteigen. Er war gut fünfzehn Meter hoch, wie ein viereckiger Kasten mit glatten und perfekten Kanten. Der nächste lag etwas weiter draußen im Fjord und wurde auch verworfen. Zwar konnte man ihn leicht besteigen, aber Bjørken fand keine geeigneten Risse und Löcher, und außerdem hielt er ihn für zu schmutzig für den pingeligen Lause, denn er war mit Erde und Sand durchsetzt.

Der dritte Eisberg war sowohl hoch als auch von kolossalem Umfang. Sie bestiegen ihn mit gegenseitiger Hilfe und gelangten auf eine breite Fläche, in deren Mitte sich aus Schmelzwasser ein kleiner See gebildet hatte. Bjørken untersuchte die glatten Seiten und fand eine lange, schwarze Spalte, die am Eisberg hinunter verlief.

»Dieser Riss da, Sylte, sieht richtig sympathisch aus«, sagte er. »Wenn wir ihn etwas erweitern, glaube ich fast, dass wir einen Liegeplatz für Lause haben.« Er steckte einen Arm in den Riss. »Tief ist er«, brummte er, »tiefer noch, als ich hineinreiche.« Er setzte seinen Mund an den Riss und stieß ein dröhnendes Gebrüll aus.

»Etwas über vier Meter, meine ich.«

»Woher zum Teufel weißt du das?«, fragte Sylte.

»Och, ich berechne nur das Echo des Gebrülls im Verhältnis zur Geschwindigkeit des Schalls«, antwortete Bjørken leichthin. »Das Resultat sind etwa diese vier Meter.«

»Donnerwetter.« Sylte schüttelte den Kopf. Er blickte hinaus übers Eis, wo Lasselille mit einer Kiste Dynamit auf der Schulter angestürzt kam. Er hatte das Gebrüll auch gehört und glaubte, es gelte ihm.

Bjørken stopfte eine Stange Dynamit nach der anderen in die Spalte. Als die Kiste leer war, rollte er die Lunte aus, befahl seinen Freunden, in Deckung zu gehen, hielt ein Streichholz an die Lunte und rannte um sein Leben.

Er erreichte Sylte und Lasselille genau in dem Augenblick, als die Detonation geschah. Sie hoben die Köpfe und sahen, wie sich eine große Eisscheibe von der rechten Kante der Spalte löste und eine lange Zunge aus Feuer und Rauch und Eisstücken aus dem Loch herausfuhr.

»O, ja, großartig«, rief Lasselille.

»Ich glaube, das war eine perfekte Sprengung«, sagte Bjørken. »Lasst uns hingehen und nachsehen.«

Die Spalte war etwas breiter geworden und konnte nach Bjørkens Berechnung ganz genau die Tonnen aufnehmen.

»Wir bringen ihn morgen zeitig her«, sagte Bjørken, »denn dann scheint die Sonne in das Loch und erleuchtet alles.« Er machte den krummen Rücken gerade, so gut es ging. »Jetzt haben wir ein richtiges Tageswerk vollbracht und uns einen Extraschnaps zum Essen verdient«, lächelte er seinen Freunden zu.

Am folgenden Morgen wurde Lause einstweilen beigesetzt. Sie zogen ihn hinaus auf dem leichten Schlitten, hievten die Tonnen mithilfe eines Flaschenzuges hoch und ließen ihn vorsichtig hinunter in die Spalte. Dann schlugen sie ein großes Stück Klareis aus dem kleinen See und verschlossen damit und mit breiigem Eis die Spalte. Als die Arbeit getan war, luden sie Hacken, Flaschenzug und Blöcke, Eispickel und die leere Dynamitkiste auf den Schlitten und trabten zurück nach Bjørkenborg.

Der Mai verging, der Juni kam und auch der Juli, bevor man sich versah. Die Frühlingsmonate vergehen so rasch, dass man kaum Schritt halten kann. Die Jagd auf Robben ist hektisch, und große Vogelzüge von Enten und Gänsen streichen niedrig übers Eis und bitten gleichsam um ein Ausdünnen.

Schon Mitte Juli hatte man im Wesentlichen die Fleischvorräte fürs nächste Jahr gelagert. Die Robben waren zerlegt und in lange Streifen geschnitten, die auf den Klippen in der Sonne getrocknet wurden, die Vögel hatte man zu einem großen Teil gegessen, und die Haie, die man gefischt hatte, waren gleichfalls getrocknet und für Hundefutter vorgesehen. Der jährliche Fang an Fuchsfellen hing draußen zum Lüften und Bleichen in der Sonne, das Boot war sauber gekratzt, kalfatert und gemalt und wartete nur darauf, dass das Eis im Fjord verschwand.

Dann kam schlechtes Wetter. Ein Föhnwind fiel übers Inlandeis. Er begann als eine kleine, unschuldige, linsenförmige Wolke weit im Westen und wuchs sich aus mit einer Geschwindigkeit, die jeder vernünftige Mensch für unmöglich gehalten hätte.

Die Bjørkenborger konnten die ausgehängten Fuchsfelle bergen, alles Aufrechtstehende festzurren und gerade noch ins Haus gelangen, bevor die Hölle losbrach. In gewaltigen Stößen warf sich der Sturm aufs Haus, und sie konnten spüren, wie der ganze Felsboden bebte.

»Wenns nur hält«, sagte Lasselille. Er schielte nervös zu den knarrenden Dachsparren und auf die Lampe, die wie ein Pendel hin- und herschwang.

»Haha, halten«, lachte Bjørken. Er lag auf den Knien und war damit beschäftigt, die Tischbeine an den Fußboden zu nageln. »Ich wars ja, der es gebaut hat, mein Freund, vergiss das nicht.« Er rüttelte an einem Tischbein. »So, jetzt gibts kein Herumrennen mehr in der Stube, Kameraden.« Er stand auf und legte seinen Arm um Lasselilles Schulter. »Dieses Haus hält schon einiges aus«, sagte er, »entspann dich einfach. Dazu gehört mehr als ein kleiner Frühjahrssturm, um Bjørkenborg umzuwerfen.«

Und Bjørkenborg hielt. Es krachte und ächzte und rüttelte unter den Böen, die Fenster klirrten, Lasselille konnte nicht schlafen. Gegen Morgen begann der Wind nachzulassen, und als Bjørken und Sylte aus einem guten Schlaf erwachten, war es ganz still.

Bjørken stand auf und guckte aus dem Fenster. Das Eis war verschwunden. So weit er sehen konnte, war offenes Wasser.

»Na, meine Freunde, was sagt ihr jetzt.« Er rieb sich zufrieden die Hände. »Jetzt sollten wir Kap Thompson einen kleinen Besuch machen, meine ich.«

Sylte nickte. Er guckte ebenfalls aus dem Fenster, aber mehr anstandshalber. Er konnte kaum die Jolle erkennen, die umgewendet am Strand lag, hundert Meter vom Haus entfernt.

Lasselille drückte die Nase an der Scheibe platt und starrte hinaus. Es war acht Monate her, dass er das letzte Mal offenes Wasser gesehen hatte. »Du, Bjørk?«, rief er plötzlich.

»Ja, mein Freund.«

»Also dieser Eisberg mit Lause, du weißt doch.«

»Was ist denn damit?«

»Er ist nicht mehr da.«

»Was?« Bjørken sprang zurück zum Fenster und guckte hinaus. »Nee, der ist tatsächlich weg. Wo zum Teufel ist Lause?«

Sylte strengte seine Augen an. Er sah Lauses Eisberg nicht. »Das hätte ich nicht geglaubt«, murmelte er, »denn dieser Eisberg lag dort fast zwei Jahre auf Grund. Er muss weggeschwommen sein, Bjørk.«

Bjørken starrte ihn böse an. »Was du nicht sagst! Du hast einzigartige Fähigkeiten, Schlüsse zu ziehen.« Er suchte sein Ölzeug aus der Bank unter der Koje zusammen.

»Zieht euch an«, kommandierte er, »wir fahren gleich.«

»Fahren wir heute zu Mads Madsen?«, wunderte sich Lasselille.

»Idiot«, knurrte Bjørken. »Wir müssen sehen, dass wir Lause finden, bevor Olsen kommt.« Er zog sich verbissen die langen Seestiefel an. »Keine Tour nach Kap Thompson, bevor wir nicht Lause geborgen haben.«

Sie fuhren mit dem Boot nach Osten, Norden und Süden. Und sie begegneten vielen Eisbergen, die Lauses Eisberg ähnelten, aber wenn sie näher kamen, stellten sie fest, dass es nicht der richtige war. Sie lagen im Eis fest, vier Tage lang, etwas nördlich von der Bondwalinsel, vier bitterkalte Tage und Nächte mit Eisregen und starkem Wind vom Meer. Aber Bjørken machte unverdrossen weiter. Lause musste gefunden und in gut erhaltenem Zustand abgeliefert werden.

Nach einigen Wochen vergeblicher Suche fuhren sie zu Mads Madsen, um Unterstützung bei der Suche zu holen. Es gelang ihnen, Herbert und Anton, Lodvig, Fjordur sowie Valfred und Leutnant Hansen zu benachrichtigen.

In diesem Jahr geschah es, dass zu Kapitän Olsens Verblüffung keiner sein Schiff in Empfang nahm. Überall, wo er an Land ging, waren die Hütten leer, die Herde kalt und die Boote weg. Die gesamte Bevölkerung tuckerte mit ihren Booten in der Grönlandsee herum, innerhalb und außerhalb der Klippen, und suchte Lause.

Olsen deponierte mit einigem Bedenken die Vorratslieferung in Bjørkenborg, ein gutes Stück oberhalb der Hochwassermarke. Er gab Signal mit der Dampfpfeife und schoss Signalraketen ab, aber sah nicht den Schatten eines Fängers. Er fuhr wieder aufs Meer hinaus, außerhalb des Packeises, und setzte seinen Kurs auf Scoresbysund, wo er Passagiere und Fracht abholen sollte.

Den ganzen August befuhren die Fänger die See zwischen dem 73. und 77. Grad Nord. Ohne Ergebnis. Funker Mortensen telegrafierte auf Bjørkens Geheiß seinem Kollegen in Scoresbysund. Dieser erhielt eine genaue Beschreibung des verschwundenen Eisbergs und heuerte auf Bjørkens Kosten drei Ostgrönländer an, die auf Kap Tobin Ausschau halten sollten. Denn lieber, so sagte sich Bjørken, den Verdienst eines ganzen Jahres für die Untersuchungen opfern, als mit leeren Händen dastehen, wenn Olsen zurückkommt.

Aber Lause war und blieb verschwunden. Er trieb langsam dahin im Bauch des großen, gastlichen Eisberges; dieser passierte Kap Tobin und die ausgeschickten Späher in einem Abstand von einer Dreiviertelmeile, wobei die Späher ganz damit beschäftigt waren, eine Herde Narwale zu jagen. Mit dem großen Sockel tief im Wasser und seinen hohen Gipfeln trieb der Eisberg in einem Bogen um die zerklüfteten Berge an der Blossevilleküste, weiter hinunter in die Dänemarksstraße, vorbei an Angmagssalik mit einer durchschnittlichen Geschwindigkeit von fünfzehn Kilometern am Tag. Spät im Herbst setzte er seinen schweren Fuß auf eine Klippe außerhalb des Umanak-Fjords und bereitete sich auf eine Überwinterung vor.

Mit Bjørken geschah im Laufe des Sommers eine Veränderung. Er wurde schweigsam, verfiel in Melancholie, gab ganz falsche Antworten und verlor vollständig seine Autorität.

Er war verwirrt wie ein Huhn, als er Kapitän Olsen gegenüberstand und zu erklären versuchte, dass Lause verschwunden war.

»Verschwunden«, knurrte Olsen. »Wie zum Teufel kann ein toter Mann verschwinden, Bjørk?«

»Ja, also, er verschwand mit einem Eisberg«, stammelte Bjørken. »Eines Nachts, als wir schliefen. Es war ein furchtbares Wetter, das das Eis vertrieb.«

Olsen schüttelte den Kopf. Er hatte all die Jahre auf seinen Fahrten in Ostgrönland viel gesehen und gehört, aber dass eine Leiche mit einem Eisberg verschwand, war neu.

»Ja, ja«, sagte er schließlich, »dann müssen wir das wohl zu Hause mitteilen, wenn du nicht mehr zu sagen hast.«

»Er war gut erhalten«, murmelte Bjørken, »denn wir haben ihn gründlich eingepökelt.«

Olsen biss in seinen Pfeifenstiel. Er guckte Sylte an, der bestätigend nickte, und er guckte Lasselille an, der dastand und ihn blöde angrinste. »Na ja, wenn er weg ist, dann ist er eben weg, und daran kann ich nichts ändern«, beschloss er das Gespräch, »und ihr habt ja wohl getan, was ihr konntet.«

Um diesen Bericht beenden zu können, müssen wir die grönländischen Gefilde verlassen.

Bootsmann Bowing, Mitglied der U.S. Coastguard, hatte immer Stielaugen, wenn er im Ausguck Wache schob. Er stand voll hinter dem Motto der Organisation – »semper paratus«, allzeit bereit, und er war es dann auch, der Lauses weißes Transportmittel entdeckte. Er warnte den Skipper, und dieser studierte sorgfältig den Feind.

»Größer, als sie sonst in diesen Breiten zu sein pflegen«, sagte er zum Steuermann. »Dieser da kann eine Gefahr für die Schifffahrt um 45 Grad Nord werden. Macht die Kanonen klar.«

Der dreihundertdreißig Fuß lange Kutter *Camper* lief einige Male um den Eisberg herum, um dessen Schwachpunkte zu finden. Der Skipper entdeckte einen breiten Riss, der von der Spitze einer der Spieren hinunter bis unter die Wasseroberfläche verlief. Er gab Befehl an die Kanoniere, und diese feuerten eine Serie Sprenggranaten auf den Riss ab. Der Eisberg schwankte etwas unter den Explosionen, spuckte ein bisschen zerquetschtes Eis aus und trieb unverdrossen weiter.

»Der ist noch nicht morsch genug«, belehrte der Kapitän seine Untergebenen, »ist vermutlich erst einige Jahre unterwegs. Wir müssen ihn fürs Erste markieren, ihm folgen und seine Position aussenden.«

Seltsamerweise entdeckte Bootsmann Bowing nicht die doppelte Tonne, die aus dem Loch herausrollte, das eine der Granaten am Sockel des Eisberges gerissen hatte – vielleicht deshalb nicht, weil seine Falkenaugen nach größeren und gefährlicheren Dingen Ausschau hielten.

Die Tonne lag schwer im Wasser. Sie rollte einige Male um ihre

Längsachse, bis sie das Gleichgewicht fand und langsam hinter dem Eisberg im kalten Labradorstrom hertrieb. Vor Neufundland geriet sie in den Golfstrom, der sie vom Land weg nach Osten ins offene Meer trieb. Drei Tagesreisen von New York entfernt wurde sie von einem Trawler aufgefischt. Die Fischer entfernten neugierig das Segeltuch und zogen die Tonnen auseinander. Und mit Entsetzen starrten sie auf den eingepökelten Lause.

Der Tonnenmord wurde eine Weltsensation. Über den Fund wurde selbst im entlegensten Provinzblatt mit fetten Lettern berichtet, und fantasiebegabte Journalisten beschrieben mit grausamen Details, wo der Mord begangen worden war, und auch die raffinierte Verpackung. Dass der Ermordete eine angesehene Persönlichkeit war, darüber herrschte kein Zweifel.

Auch in Trondheim schrieb man über die Tonnenleiche. Ein Bild der zusammengesetzten Tonnen war so auffallend präsentiert, dass es sogar Kapitän Olsen bemerken musste.

»Hm, das da sind ja nur ein paar Specktonnen«, brummte er, »merkwürdig, dass sie in die Zeitung kommen.« Er setzte seine Brille auf und las den Artikel. Als er ihn zum zweiten Mal gelesen hatte, ließ er die Zeitung sinken und blickte grübelnd auf den Fußboden. Dann stand er auf, ging ins Kartenhaus und rollte die Nordatlantikkarte aus.

»Er sprach doch von ein paar Tonnen, der Bjørken«, murmelte er, während er mit dem Zirkel eine Route von Bjørkenborg nach New York absteckte. »Sollte es wirklich Lause sein, der solch eine Reise gemacht hat? Hm, das könnte ihm ähnlich sehen.«

Olsen ging zurück in die Kajüte und faltete die Zeitung zusammen. Und als er ein paar Monate später Bjørkenborg sichtete, rollte er die Zeitung um eine Flasche Rum, die ein Geschenk für die Leute in Bjørkenborg sein sollte.

Und so geschah es, dass Bjørken Lauses Aufenthaltsort erfuhr: Er saß und studierte die Zeitungen, die um die Vorräte gewickelt waren und jetzt glatt gestrichen für die langen Winterabende dienen sollten.

»Aber das sind doch die Tonnen«, brüllte er plötzlich. Sylte, der am Herd saß und döste, guckte ihn besorgt an. »Welche Tonnen?«

»Lauses Tonnen. Sie sind vor Amerika von einem Trawler aufgefischt worden, lies selbst.«

Sylte und Lasselille lasen. Bjørken lief auf und ab, die Hände auf dem Rücken. »Man hält alles für einen unaufgeklärten Mord«, sagte er, »wir müssen via Mortensens drahtlose Sache die ganze Welt darüber aufklären, dass es bloß Lause ist.«

»Kann uns das nicht gleichgültig sein?«, fragte Sylte. »Ich meine, Lauses Reste haben jetzt eigentlich mehr Stil, als wenn sie in Sollerod gelegen hätten.«

Bjørken schüttelte den Kopf. »Es ist unsere Pflicht«, sagte er, »es ist meine Pflicht als Stationsleiter.«

»Du warst doch nicht Lauses Stationsleiter«, entgegnete Sylte, »eigentlich geht es dich doch auch gar nichts an.«

Lasselille, der sich auch durch den Artikel buchstabiert hatte, jubelte. »Nein, wie spannend, Bjørk. Du kommst in die Zeitung und musst Journalisten aus aller Welt Rede und Antwort stehen.«

Bjørken setzte sich schwer. »Bei genauerem Nachdenken kann ich dir schon Recht geben, Sylte. Wo Lause begraben ist, geht mich nichts an. Ich habe die Verantwortung für seinen Zustand übernommen, nicht für sein Begräbnis.«

Sylte stand auf und klopfte seinem alten Freund auf die Schulter. »Du hast dein Bestes getan, Bjørk, und das verdammt gut. Sie schreiben in der Zeitung, dass die Leiche außergewöhnlich gut erhalten war, nach mehreren Jahren in den Tonnen.«

»Stand das so da? So war es dann wohl auch, bestimmt.« Bjørken blickte gedankenvoll auf seine wippenden Füße. »Ja, wenn es so ausgeht, dann hat man tatsächlich allerhand Fähigkeiten. Es gibt nicht viele, die mit einem Verstorbenen so umgehen können, dass er gut erhalten in einigen Salztonnen liegt, und das zweieinhalb Jahre.«

Sylte und Bjørken nickten sich zustimmend zu, und Bjørken fühlte, wie er etwas von seiner verlorenen Anerkennung zurückgewann.

Der Hund, der verstummte

Hunde, die zu Zeiten der Kompanie nördlich des 71. Breitengrades liefen, waren als Rasse einzigartig unter sämtlichen Arten der Raubtierfamilie Canidae.

Den Stamm dieses nordostgrönländischen Hundebestandes bildeten einige Schäferhunde, ein Barsoi-Windhund, eine englische Bulldogge und zwei Königspudel, die Schwestern waren. Was darüber hinaus zur Küste kam, fiel dem ersten Winter zum Opfer.

Erst einige Jahre nach der Gründung der Kompanie bestand die Möglichkeit, Exemplare aus einheimischen Zugtieren einzuführen, die ostgrönländischen Eskimohunde, und man kann ohne Übertreibung behaupten, dass das Resultat dieser Rassenvermischung ein glücklicher und beispielloser Erfolg in der Geschichte der arktischen Schlittenhunde war.

Das Verhältnis zwischen einem Jäger und seinen Hunden ist meistens das allerbeste. Und das Verhältnis zwischen Jäger und seinem besten Hund ist warm und sehr herzlich. Der Jäger braucht seine Tiere nicht nur bei der täglichen Arbeit, sondern auch für die Geselligkeit.

Unzählige Hundegeschichten kursieren in der Arktis, und etliche werden von Sibirien bis Ostgrönland fast gleich lautend erzählt. Vielleicht deshalb, weil die Fänger Männer gleicher Natur sind und die Verschiedenheiten unter den Hunden nicht so groß sind, wie es von den meisten Hundeliebhabern behauptet wird.

Fjordur hatte fünf Hunde. Vier von ihnen mochte er gern; er fütterte sie gut, sorgte immer zuerst für sie, dann für sich selbst, sprach mit ihnen, nahm sie liebevoll bei den Ohren und zauste sie und pflegte sie besorgt, wenn sie verletzt oder krank waren. Den fünften Hund liebte er. Es war eine Hündin; sie hieß Miss Dietrich, weil sie die anmutigsten Läufe hatte. Er hatte sie von Mads Madsen bei einem Neujahrsfest geschenkt bekommen, als dieser stark betrunken war.

Miss Dietrich war sehr schön. Ihre Mutter war eine Mischung aus jener Barsoi-Windhündin, die zu einer späten Nachtstunde aus Ordrup entführt worden war, und einem dickpelzigen Eskimohund aus Scoresbysund. Der Vater war zu einem Drittel Königspudel und zu zwei Dritteln Merquijoq, welches eine langhaarige Abart des Grönlandhundes ist.

Sie war groß und schlank mit schön geschwungenem Rücken, und sie hatte einen langen, leicht dreieckigen Kopf mit intelligenten braunen Augen. Ihre Schönheit war so augenfällig, dass niemand Fjordur widersprach, wenn dieser darauf hinwies. Vor allem wies er auf den wunderschönen und sprechenden Schwanz hin.

Miss Dietrich besaß Privilegien in Hauna. Sie schlief nachts in der Stube, fraß aus eigenem Napf beim Herd und, so behauptete Fjordur, unterhielt sich abends mit ihrem Herrn. Es herrschte zwischen beiden ein Verständnis, das offensichtlich weit über die natürlichen Grenzen hinausging, und die anderen Jäger an der Küste bekamen nach und nach den Eindruck, dass die beiden wirklich miteinander reden konnten. Sie verstand seine Sprache, er ihre, ohne dass sie überhaupt eine gemeinsame Sprache hatten. Fjordur redete so, wie er es schon immer getan hatte, und Miss Dietrich gebrauchte ihren Schwanz, ihr natürliches Ausdrucksmittel. Und so konnten sie fast alles diskutieren.

Auf den Touren zu den Fallen war Miss Dietrich der Führhund des Gespanns. Sie hatte die längste Leine, und die anderen Hunde folgten ihr blind. Fjordur berichtete, wenn er ihr am Morgen vor dem Start erzählte, wo es hingehen solle, dann konnte er sich ruhig auf den Schlitten legen und weiterschlafen oder stricken, was seine volle Konzentration erforderte: Miss Dietrich würde den Weg schon finden.

Sie bewegte sich außergewöhnlich sicher auf dem Eis, hatte einen unvergleichlichen Instinkt, der ihr sagte, ob das Eis gut oder schlecht war. Bemerkte sie auch nur den geringsten Hinweis auf Risse und Spalten im Eis, stoppte sie sofort und wedelte warnend mit ihrem buschigen Schwanz. Dann legte Fjordur das Strickzeug beiseite und sprang auf, um die Situation zu überprüfen. Erst wenn er wieder auf seinem Platz war, begann sie einen Weg um das verräterische Eis herum zu suchen.

Es geschah an einem Tag im März, an dem Fjordur unterwegs war, um seine Fallen nach einem Schneesturm zu kontrollieren. Das Wetter war strahlend – die Sonne schien warm aus einem blauen und schwindelnd hohen Himmel. Ringsherum lag alles blendend weiß unter frisch gefallenem Schnee, und die Augen wurden durch die dunkelgrüne Leibbinde wohltuend geschont, die Fjordur für den Steuermann der *Veslemari* gestrickt hatte.

Die Hunde waren bei Laune. Sie witterten eifrig mit ihren schwarzen Schnauzen in der scharfen Luft, und die Schwänze lagen schön geringelt auf dem sauberen, glatten Pelz. Sie hatten drei Tage zusammengerollt und angekettet vor dem Haus gelegen und darauf gewartet, dass sich das Wetter besserte, und sie genossen es jetzt, die steifen Muskeln vor dem Schlitten auszustrecken.

Plötzlich schlug Miss Dietrich Alarm. Fjordur blickte hoch, sah den sprechenden Schwanz seiner Gefährtin und sprang vom Schlitten. »So, da bin ich«, sagte er, als er die Schlittenwange gefasst hatte.

Miss Dietrich wedelte verständnisvoll, und mit einem kleinen, munteren Kläffen lief sie von einer Seite zur anderen. Die anderen Hunde folgten ihr ungeduldig dichtauf, von Fjordurs wegweisendem Peitschenknallen tüchtig unterstützt.

»Gut gemacht, Miss Dietrich«, rief Fjordur anerkennend, »ich hatte ja noch nicht einmal selbst gemerkt, dass wir am Kap waren.« Sie waren gerade dabei, Kap Salvation zu umrunden, an dem ein starker südgehender Strom stand, der ständig das Eis dünn hielt. »Ohne deine Führung, Herzchen, wären die anderen Dickärsche bestimmt direkt durchs Eis gezuckelt«, lobte Fjordur.

Miss Dietrich senkte den Schweif in einem bescheidenen Bogen. Sie wurde immer etwas verlegen, wenn Fjordur ihre Tugenden pries. Sie stellte die Ohren auf, trippelte ein wenig auf der Stelle, drehte sich in einem scharfen Knick zur Felswand und zog in dem für Schlittenhunde üblichen Trab an. Der Schwanz lag in elegantem Schwung über ihrem Rücken, daran konnte Fjordur erkennen, dass die Gefahr vorüber war und er sich wieder auf den Schlitten setzen konnte.

»Ja, ja, so machen wirs«, entgegnete Fjordur. Er rollte die Peitsche ein und hängte sie in die Schlittenwange. Dann sprang er auf den

Schlitten und setzte seine unterbrochene Stricktätigkeit fort. »Gut gefahren«, brummte er, und Miss Dietrich drückte ihre Dankbarkeit aus, indem sie feierlich mit dem langen Deckhaar ihres Schwanzes wedelte. Sie erhöhte das Tempo, und die anderen Hunde ließen sich von ihrer Freude anstecken.

Fjordur guckte hoch und lächelte. Glattes Eis und wohlgemute Hunde in vollem Galopp: Besser konnte das Leben kaum sein. Augenblicke wie dieser versetzten Fjordur in Verzückung. Er fühlte sich eins mit der Welt und erlebte jeden einzelnen Augenblick wie etwas Losgelöstes und dennoch sehr Verbundenes. In solch glücklichen Stunden war der Isländer Fjordur die ganze Welt: Er wurde ein Teil dessen, was er betrachtete – den einzelnen, eifrigen Hund, das ganze Gespann, das blanke Eis, wie es um das Kap herum in allen Farben des Spektrums leuchtete, den tief blauen Himmel und das ganz unglaubliche rotviolette Licht im Südwesten. Er fühlte sich vollkommen frei, erlebte das Glück, tief in seine Umgebung einzutauchen. Ohne Worte oder Gedanken pries er dieses Leben, das im Augenblick ganz seines war, und er spürte, wie die Größe den sterblichen und alltäglichen Fjordur verdrängte. Fjordur saß auf dem Schlitten und fühlte sich geradezu ewig.

Miss Dietrich und ihre vier Kameraden zogen ihn durch diese Ewigkeit. Sie liefen so, wie sie es in besten Zeiten gelernt hatten, genauso erhoben und hingerissen wie ihr Herr. Bis das Eis unter den Kufen einbrach, der hintere Teil des Schlittens verschwand und Fjordurs Körper, der schwer und gedankenverloren in sich selbst ruhte, nach hinten über die Schlittenwangen hinaus ins schwarze Wasser rollte.

Es gab einen Ruck in der Vorleine, als der Schlitten sich aufbäumte. Miss Dietrich blickte nach hinten und sah, was passiert war, aber die vier anderen Hunde, die merkten, dass der Schlitten um neunzig Kilo Ballast leichter war, nahmen ihren Spurt mit frischer Energie wieder auf und kümmerten sich nicht um Fjordur.

Miss Dietrich versuchte sie zum Stehen zu bringen; sie lief zwischen ihnen her und biss nach rechts und links, aber ihre Gefährten glaubten lediglich, dass dies eine neue Art sei, sie zu höherer Geschwindigkeit aufzufordern. Dann versuchte sie, diese zum Halten zu zwingen, indem sie sich hinlegte und ihre Pfoten nach vorn stemmte. Aber das bewirkte lediglich, dass sie vom Schlitten überfahren und dann kläglich hinter dem Gespann hergeschleppt wurde. Entschlossen biss sie ihre Leine durch und ließ die Idioten fahren, wohin sie wollten. Als sie schließlich auf allen vieren stand, merkte sie, dass nichts gebrochen war, nur ihre Brust schmerzte etwas, eine Kufe war durch den Pelz gedrungen und hatte eine hässliche Wunde hinterlassen, aber sonst war sie intakt.

Fjordur war wieder aufgetaucht. Seine Augen hatten rote Flecken von der Anstrengung und vom Salz, er japste nach Luft, als das Wasser durch seine Kleidung drang und ihn mit nur einem Plusgrad umschloss. Er paddelte zum Eisrand und drückte seine Fäuste aufs Eis, aber als er versuchte, sich hochzuziehen, brach die Eiskante ab, und er tauchte zurück ins Wasser.

Miss Dietrich humpelte hin zum Eisloch. Sie lief suchend um dieses herum und fand schnell die sicherste Stelle. Mit dem Schwanz teilte sie Fjordur mit, wo er die größte Chance hatte, sich aufs Eis zu ziehen, und er arbeitete sich langsam zu ihr hin. Als er die bezeichnete Stelle erreicht hatte, drehte sich Miss Dietrich um, damit sie ihm deutlicher noch mit dem Schwanz erzählen konnte, wie sie sich die Lösung des Problems gedacht hatte.

Aber Fjordur verstand sie falsch. Er bekam Panik und fühlte, wie sein Unterleib gefühllos wurde. In seiner Verzweiflung langte er zu Miss Dietrichs wohlgeformtem Sprachorgan und hielt es mit seinen beiden steifen Händen ganz fest.

»Zieh doch«, rief er heiser, und Miss Dietrich wandte erstaunt den Kopf. Sie knurrte irgendetwas, das Fjordur nicht verstand, und versuchte ihm klarzumachen, dass er die Sache verkehrt anpackte. Er aber hatte sie zum Schweigen gebracht: Ihr Schwanz stand wie eine Zeltleine im Regen, und Fjordur fiel nicht im Traum ein loszulassen. Er zog einige Male kräftig, um anzuzeigen, dass es eilte, und trat Wasser mit seinen gefühllosen Beinen, dass das Eis unter ihm knirschte.

Miss Dietrich, die ihm sonst erzählt hätte, dass sich festes Eis lediglich eineinhalb Meter von dieser einen Seite befand, verstand nun, dass er außer Stande war, Vernunft anzunehmen. Sie fing deshalb an, gehorsam zu ziehen. Sie stemmte ihre Läufe fest ins Eis, machte den Rücken krumm und zog, dass sie heulte vor Anstrengung und Schmerzen.

Fjordur schloss die Augen und biss die Zähne zusammen. Er merkte überhaupt nicht, dass sich die äußerste Zungenspitze zwischen den Zähnen befand, was zur Folge hatte, dass ihm von diesem Zeitpunkt an ein reizendes, leichtes Lispeln eigen war. Er streckte die Arme vor und stemmte den Brustkasten gegen das Eis – mit dem Resultat, dass die Kante brach.

Das Eis brach weiterhin unter ihm ein. Aber Hund und Mann hingen zusammen, und Miss Dietrich war nicht zu sehr in Panik, sondern erdachte einen neuen Plan. Sie arbeitete sich ständig in einem Bogen auf die Stelle zu, wo es festes Eis gab, und nachdem sie so zusammen eine Furche von zehn Metern gezogen hatten, begann das Eis zu tragen.

Fjordur, der zu diesem Zeitpunkt wegen der Kälte mehr tot als lebendig war, konnte einen Teil seines Oberkörpers auf das Eis bringen. Dann wurde er ohnmächtig. Er lag mit seiner bärtigen Gesichtshälfte auf dem zerkratzten Eis, seine rot umrandeten Augen waren fest geschlossen, sein gesamtes Untergestell lag im Wasser.

Dass Fjordur nicht umkam, ist ausschließlich Miss Dietrichs Verdienst. Sie spürte, wie sich seine Hände im Krampf um den armen misshandelten Schwanz schlossen, und instinktiv fühlte sie, dass Fjordur auf dem besten Wege war, sich aus ihrem Leben zu verabschieden. Was wäre ein Leben ohne Fjordur? Ohne die langen Gespräche, die sie führten, ohne den leichten Schlaf an den Winterabenden, wenn der Wind heulend um den Giebel pfiff, während der Herd bullerte und Fjordurs Stricknadeln heimelig klapperten? Für all dies musste sie kämpfen, und mit einem wahnsinnigen Geheul warf sie sich nach vorn. Sie schickte einen Schauer von Eisstückchen über Fjordurs Kopf und fräste sich atemlos wie eine Dampflokomotive vorwärts. Mit einem kleinen gurgelnden Geräusch kam Fjordur aus dem Wasser und rutschte aufs feste Eis.

Miss Dietrichs durchdringendes Geheul holte Fjordur aus seiner Bewusstlosigkeit. Er schlug die Augen auf und horchte stumpf auf das

Geheul, das immer wieder übers Eis hinrollte. Er hob mühsam den Kopf und blickte auf Miss Dietrich, sperrte seine Augen auf und war mit einem Male ganz klar: Er guckte auf seine Hände – mit seinen Fäusten hielt er den langen, schönen Schwanz umklammert.

Miss Dietrich tanzte ungeschickt rundherum. Sie suchte ständig nach ihrem Schwanz, und erst, als Fjordur zu ihr ging und ihren Kopf zwischen seine großen, vereisten Hände nahm, entdeckte sie, was geschehen war.

Sie begaben sich heim, die beiden, ohne ein Wort zu wechseln. Fjordurs Kleider gefroren im Laufe des Nachmittags zu einem dicken Panzer, der bloß am Knie, im Schritt und Schultergelenk offen war, da diese ständig in Bewegung waren. Miss Dietrich trottete hinter ihm her. Ihr Kopf war tief gebeugt, fast bis in den Schnee, und kleine Blutstropfen fielen von der Stelle, wo sich früher ihr prächtiger Schwanz befunden hatte. Sie sprachen gar nicht miteinander in den vielen Stunden, die sie unterwegs waren. Fjordur hielt immer noch den Schwanz in der Hand und fühlte sich tiefunglücklich und dachte unaufhörlich daran, dass er seinem besten Freund die Zunge herausgerissen hatte.

Es dauerte lange, bis Fjordur sich von seinen Erfrierungen erholt hatte: Er musste die gesamte Haut von einem Fuß schneiden und eine Zehe entfernen, bevor er wieder gehen konnte, und die Haut seiner Hände musste sich einige Male erneuern, bis sie kräftig genug war, dass er wieder stricken konnte.

Miss Dietrich erholte sich nicht. Die Wunde an der Schwanzwurzel verheilte rasch und wurde vom langen Rückenfell verdeckt, und der Schnitt über der Brust war nach einer Woche verheilt, aber psychisch war sie gebrochen. Ihr Leben, früher großartig und reich durch die langen Gespräche mit Fjordur, hatte keinen Sinn mehr. Sie lag meistens draußen im Windfang, dort konnte sie unbeobachtet liegen und sich vor sich selbst schämen.

In der ersten Zeit ließ Fjordur sie in Ruhe. Schwermütige kommen normalerweise selber klar, das wusste er, und Miss Dietrich, die immer ein leichtes und helles Gemüt besessen hatte, würde sich bald erholen.

Aber sie erholte sich nicht. Und nachdem sie den Kopf fast einen Monat hängen ließ, begann Fjordur, sich sehr um sie zu bemühen. Er trug sie in die Stube und legte sie in die untere Koje, wo sie auch ihr Fressen und Wasser serviert bekam. Sie leckte dankbar seine Hände, guckte ihn nur kurz und traurig an und rollte sich zusammen – ohne allerdings wie sonst die Welt dadurch aussperren zu können, indem sie ihren Schwanz über Schnauze und Augen legte.

Fjordur sprach auch mit ihr – wie man mit einem Baby spricht, das noch nicht antworten kann. Er lobte sie in höchsten Tönen, weil sie sein Leben gerettet hatte, und er konnte sich auf den Kojenrand setzen, sie hinter den Ohren kraulen oder sein großes rotes Gesicht im Fell begraben und all die Kosenamen flüstern, die ihm einfielen. Nur ab und zu reagierte Miss Dietrich, indem sie einige Male mit dem imaginären Schwanz wedelte, aber meistens lag sie nur ganz still und augenscheinlich ganz unbeeindruckt da.

Dann kam eine Zeit, in der Fjordur das Stricken zugunsten des Nachdenkens aufgab. Er saß mit dem Rücken zur Stube, die bestrumpften Füße aufs Messinggeländer des Herdes gelegt, und überlegte, wie er den verlorenen Schwanz ersetzen könnte. Er wollte so gerne die stumme Miss Dietrich wieder sprechen lassen. Er erfand und konstruierte eine Prothese, die auf den lächerlichen Stumpf montiert werden konnte, aber als er es probierte, zeigte Miss Dietrich keinerlei Bereitschaft zur Zusammenarbeit. Sie lag nur da und starrte auf die Wand, an der ihr alter Schwanz hing – wie eine liebe Erinnerung, zwischen Fjordurs beiden Gewehren.

Eines Tages nun passierte etwas ganz Ungewöhnliches. Fjordur hatte gerade gegessen und gab mit einem gewaltigen Rülpser zu erkennen, dass er satt und zufrieden war. Er lehnte sich im Stuhl zurück und guckte hinüber zu Miss Dietrich, die den leckeren Hasenbraten nur beschnüffelt hatte, den er in ihre Schüssel gelegt hatte. Zufällig guckte sie im selben Augenblick zu ihm herüber. Und da geschah etwas zwischen den beiden: Sie guckten sich an, guckten sich weiter an und hielten den Blick solange aus, bis sie plötzlich merkten, dass sie miteinander sprachen: Eine gemeinsame Sprache war entstanden.

»Zum Teufel!« Fjordurs Augen strahlten vor Freude. »Wir reden miteinander, altes Mädchen. Verstehst du mich?«

Miss Dietrichs sonst so matten Augen wurden warm. Sie drehte die gelben Pupillen nach oben und zur Seite, dadurch verstand Fjordur natürlich sofort, dass sie ihn hörte und glücklich war. Miss Dietrich baute den Wortschatz aus, sie schickte einen blitzschnellen Blick zum Fressnapf und senkte danach halb ihre Augenlider.

»Ja, du solltest dich schon schämen«, lächelte Fjordur, »solch ein schöner, kleiner Hase. Friss jetzt, meine Liebe, dann wirst du wieder gesund.«

Miss Dietrich legte den Kopf schief und guckte Fjordur aus den Augenwinkeln an. »Ja, du bist ein Schalk, das bist du«, lachte Fjordur, »nun friss man alles auf, dann können wir richtig zusammen plaudern.« Er setzte sich auf die Koje und hatte wieder dieses gute alte Gefühl von Glück und Ewigkeit.

Lange Zeit danach legte Fjordur dem Grafen und Rechtsanwalt Volmersen, die nach Hauna zum Kartenspielen gekommen waren, Folgendes dar: »Wie ihr beiden gelehrten Burschen ja wisst, gibt es eine Menge Sprachen auf der Welt, und man kann sie nicht alle lernen. Und da das so ist, sind Worte verdammt beschwerlich. Sie hindern uns daran, mit anderen Wesen in Verbindung zu treten, die nicht genau die gleiche Sprache wie wir besitzen. Wenn ihr meine ehrliche Meinung hören wollt, dann ist die Sache, mit Worten zu sprechen, richtiger Mist. Wir haben doch eine Menge anderer Möglichkeiten, um uns auszudrücken.«

»Welche?«, erkundigte sich Volmersen interessiert.

»Alles, was von innen kommt«, antwortete Fjordur, »ist doch fast international, nicht wahr? Ein Watussi-Mann in Afrika meint genau das Gleiche wie ich. In dem Augenblick, in dem er es aus seinem Hals mit einem seltsamen Laut hervorwürgt, dann gehts schief, versteht ihr? Solange er es in sich behält, solange haben wir beide die gleiche Sprache. Und wer zum Teufel sagt denn, dass alles aus dem Mund heraus muss?«

»Ich glaube, ich weiß, worauf du hinauswillst«, antwortete der Graf nachdenklich. »Das ist also die Weise, mit der du dich mit Miss Dietrich unterhältst?«

»Ob es nun der Schwanz ist oder die Augen, das ist piepegal«, nickte Fjordur. »Das Wichtigste ist, dass wir uns verstehen und uns Zeit lassen, einander zu erklären.«

»Es ist ja gar nicht sicher, dass jeder Mensch diese Gaben besitzt«, meinte Volmersen. »Du bist sicher besonders begabt in dieser Beziehung, Fjordur.« Er guckte hoch zur oberen Koje, wo Miss Dietrich lag, mit freier Aussicht auf den Tisch. Er fing ihren Blick auf, aber sie hatte ihm nichts zu sagen.

»Ich glaube«, sagte der Graf mit einem leisen Lächeln, »dass du und Miss Dietrich, die dort oben liegt mit der Aussicht auf meine und Volmersens Karten, die Gabe einer reichen Sprache habt.«

Fjordur wurde rot und starrte fest auf seine Karten. Er hatte den ganzen Abend Glück im Spiel gehabt, obgleich er dafür bekannt war, beim Kartenspiel ziemlich ungeschickt zu sein.

Miss Dietrich wandte ihren Blick zur Zimmerdecke, als sie seine Verlegenheit bemerkte. Einen Augenblick danach sprang sie auf den Fußboden und legte sich unter den Tisch, mit dem Kopf auf einen von Fjordurs Strohschuhen.

El dedo del diablo

Einige Jahre nach Lauses Amerikareise bat Siverts um einen neuen Fangpartner, weil er meinte, dass es in der Blaesehütte doch etwas einsam geworden war. Es glückte dem Direktor der Fangkompanie, einen verdienten Jäger anzuheuern, der als Nachweis für seine Tauglichkeit ein Empfehlungsschreiben des kolumbianischen Jagd- und Forstministeriums vorweisen konnte.

Nun wollte es der Zufall, dass das Eis gerade in diesem Jahr Kap Thompson und Bjørkenborg fest im Griff hatte und darum der erste Landgang die Blaesehütte war, wo der neue Fänger abgesetzt werden sollte.

Siverts, der sich darauf vorbereitet hatte, zu Mads Madsen zu reisen, um seinen Partner dort abzuholen, wurde sozusagen im Schlaf überrascht. Die Dampfpfeife der *Veslemari* weckte ihn eines frühen Morgens. Schlaftrunken torkelte er aus der Koje ans Fenster, wo er das erste Schiff des Jahres direkt auf die Station zudampfen sah.

Eilig räumte er die Stube auf, setzte die Kaffeekanne auf den Herd und machte alles schön und ordentlich für die Ankunft der Gäste. Denn natürlich rechnete er damit, dass man zahlreich an Land kommen würde.

Siverts hatte alles gerichtet und stand am Strand, als Kapitän Olsen die Maschinen stoppte und eine Jolle zu Wasser brachte. Sie wurde zur großen Verwunderung des einsamen Fängers nur mit einigen Matrosen bemannt – und einem langen, knochigen Kerl, der sich ins Heck setzte, einen gewaltigen Rucksack auf dem Schoß. »Das muss mein Arbeitskollege sein«, dachte Siverts, »merkwürdig, dass Olsen nicht mitkommt, um ihn vorzustellen.«

Die Jolle lief knirschend an den Strand, und der Fremde sprang von Bord. Er gab Siverts förmlich die Hand und setzte ein breites Lächeln auf.

»Hola, amigo«, rief er dröhnend, obgleich Siverts direkt vor ihm stand. »Herrliches Wetter hier oben, fast so wie zu Hause in Tierra frio.« Er begann, Siverts die Sachen herauszureichen.

»Wo ist Olsen?«, fragte Siverts. »Kommt er nicht an Land?«

Der Fremde schüttelte den Kopf. »Diesmal nicht. Olsen hat Feuer im Hintern«, teilte er mit, »muss weiter stromabwärts zu einem Jäger, der Madsen heißt. Sagte, er will versuchen, sich durch die Hintertür einzuschleichen.«

Siverts nickte verständnisvoll. Olsen wollte durch den Fjord nach Kap Thompson, weil das Eis draußen auf dem Meer aufs Land presste. Er würde sicher versuchen, so schnell wie möglich seine Ladung zu löschen.

Als das Gepäck des Fremden an Land gebracht war, legten sich die Matrosen in die Riemen zurück zur *Veslemari*. Die Jolle hing kaum in den Davits, als Olsen die Maschine volle Fahrt gehen ließ und langsam den Bug auf das flache Yverland richtete. Siverts sah die große, schwarze Wolke, die aus dem Schornstein quoll, und er hörte, dass Olsen die Dampfpfeife dreimal zum Abschied betätigte. Es war ein seltsamer Schiffsbesuch, meinte er, eigentlich kein richtiger. Er drehte sich um zu seinem Arbeitskollegen.

»Ja, willkommen in der Blaesehütte«, sagte er freundlich. »Ich sollte dich sicher erst einmal etwas herumführen.«

»Bueno«, antwortete der Mann. »Ich bin El dedo del diablo, haha, des Teufels Zeigefinger. So nennen mich meine Freunde, weil ich einen verdammt schnellen Finger am Abzug habe.« Er krümmte seinen rechten Zeigefinger einige Male vor Siverts Nase. »Aber du kannst mich Don Svendsen nennen, wie meine besten Freunde.«

Siverts nickte und nannte seinen Namen. Er wies auf das Reisegepäck. »Hör mal, jetzt packe ich mal eben mit an«, bot er an.

»Muchas gracias, amigo. Die beiden da kannst du vielleicht unter den Arm nehmen, dann hebe ich dir den Rucksack auf den Rücken.«

Siverts war sehr gespannt, was Don Svendsen im Rucksack hatte. Der war schwer wie Blei, kalt wie Eiswasser, und sein Inhalt rieb sich unabhängig mit einer seltsamen, gleitenden Bewegung an seinem Rücken. Er mochte nicht fragen, jetzt, wo Svendsen gerade erst angekommen war, denn was ein Mann in seinem Rucksack hat, ist ja eigentlich auch Privatsache.

Auf dem Weg hinauf zur Hütte wies Siverts stolz auf das frei stehende Örtchen hin.

»Das ist also der Abtritt«, sagte er. »Wir nennen ihn Lauses Denkmal.«

»Ein Lokus? Verdammt auch.« Don Svendsen blieb überrascht stehen und betrachtete das Gebäude kritisch. »Ich kann mich nicht erinnern, in den letzten zwanzig Jahren auf so etwas gesessen zu haben.«

»Du darfst das Ding gern benutzen«, sagte Siverts entgegenkommend. »Der Schlüssel hängt an einem Nagel unterm Fenster, ich zeige ihn dir, wenn wir in der Hütte sind.« Er ging weiter. »Übrigens ist es der einzige Lokus in Nordostgrönland. Es war die Idee meines vorigen Arbeitskollegen, weißt du.«

»Vielleicht eine Überraschung«, murmelte El dedo del diablo. »Ich bin nicht so sehr für das Gesittete, amigo, und bin mit einer bestimmten Erwartung in dieses Land gekommen.«

»Ja, aber mal abgesehen vom Lokus sind wir wirklich nicht sehr zivilisiert«, versprach Siverts, »und es besteht überhaupt kein Zwang in Bezug auf das Haus da.«

Sie gingen hinein. Siverts ließ den Rucksack auf den Fußboden plumpsen, und er hätte schwören können, ein schwaches Jammern aus seinem tiefen Innern gehört zu haben.

Don Svendsen legte seine Siebensachen auf die obere Koje, die ihm zugewiesen wurde, setzte sich an den Tisch und fing an, seine Gamaschen abzuwickeln.

»Herrlich, wieder auf festem Boden zu stehen«, sagte er. »Ich habe eine Heidenangst vor dem Meer. Es ist wie eine Frau, amigo, launisch und treulos.« Er legte den Lederstreifen der rechten Gamasche sorgfältig zusammen.

»Ich war mal verheiratet«, erklärte er, »deshalb weiß ich, wovon ich rede.«

»Ach ja«, entgegnete Siverts interessiert. Mehr sagte er nicht, denn er wollte nicht aufdringlich wirken.

»Si, amigo. Eine kleine puta aus der casa de la Santa Marta. Schwarz wie die Sünde, das war sie, aber sehr leidenschaftlich und mit dem Aussehen einer großherzigen Jungfrau.« Er beschrieb die Formen seiner Frau mit den Händen in der Luft – dermaßen plastisch, dass Siverts sich dabei ertappte, dass er rot wurde. »Eine Frau, hombre«, fuhr er fort, »die mich ans Bett fesselte und mich am Fortkommen hinderte.«

»Warst du auf dem Weg irgendwohin?«, fragte Siverts.

Don Svendsen nickte. »Ging im Sturmschritt die soziale Rangordnung hinauf«, antwortete er. »Aber dann traf ich Dolores Ramonaz, so hieß sie, und damit war es dann auch vorbei mit dem Aufstieg. Ich war damals übrigens Vorarbeiter im Hafen von Santa Marta.«

Er legte seine Gamaschen auf den Tisch. »Ich habe immer eine Schwäche für Frauen gehabt, amigo, aber ich habe sie nie so richtig an der Leine gehabt. Ich bin zu weich, weißt du, und sie nutzen das aus.« Er saß ein wenig in Gedanken. Dann hob er den Kopf und lächelte breit. »Man sagt, hier oben gibt es keine Frauen, stimmt das?«

»Vor sechs Jahren hatten wir Besuch, eine englische Dame«, entgegnete Siverts. »Wir gingen ein bisschen auf die Jagd mit ihr. Aber nach ihr war es hier richtig friedlich.« Er stand auf. »Möchtest du eine Tasse Kaffe, Svendsen?«

»Ja, gerne. Kaffee trinke ich gewöhnlich eimerweise.«

Siverts nahm die summende Kanne vom Herd. »Wir können ihn immer noch ein bisschen verdünnen, wenn du meinst, dass er zu stark ist.« Er schenkte Svendsen ein. »Ich habe nämlich eine Flasche Aalborg Aquavit, die ich für feierliche Anlässe aufbewahrt habe.«

Don Svendsen guckte in die Kaffeetasse. »Tja, so trinkt man ihn eigentlich auch nicht.« Er steckte prüfend einen Finger in die Tasse. »Zu Hause in Columbia trinken wir ihn so stark, dass die Tasse am Finger hängen bleibt, wenn ichs so wie gerade eben mache. Hast du was von verdünnen gesagt?«

Sie saßen einen Augenblick und guckten sich an. Ab und zu nahmen sie einen Schluck Kaffee, und dann und wann gab Siverts einen Schuss Schnaps in die Tassen. Dann redeten sie ein wenig übers Wetter und waren sich einig, dass es ausgezeichnet sei. Noch etwas kalt für die Jahreszeit, aber sonst ganz ausgezeichnet. Dann trat eine Pause ein, eine lange und fast hallende Pause, während der beide verzweifelt versuchten, ein Thema zu finden. Mitten in der Pause plumpste Don Svendsens Rucksack aus der oberen Koje auf den Fußboden.

»Madre Madonna«, schrie Svendsen bestürzt. Er fuhr auf und sprang zum Rucksack.

»Ay, ay, Magdalenachita. Nein, chiquita, habe ich dich ganz vergessen? Nein, alter Freund, haha, warte nur, ich mache den Rucksack auf. Du kleiner Räuber. Jetzt kannst du herauskommen, vamos, vamos muchacha.«

Er trat einige Schritte zurück, und Siverts beugte sich neugierig über den Tisch, um zu sehen, was aus dem Rucksack herauskam.

»Das ist Señorita Magdalena«, stellte Don Svendsen mit einer Stimme vor, die vor Stolz bebte. »Sie ist nach dem Rio Magdalena genannt, wo sie geboren ist.«

Siverts glotzte, dass ihm die Augen bald aus den Höhlen traten. Er spürte, wie seine roten Haare zu Berge standen, er bekam einen Anfall von Schüttelfrost und hatte den unbändigen Drang zu schreien. Denn aus dem Rucksack glitt Meter für Meter eine grau-grüne armdicke Schlange.

Sie zischelte einschmeichelnd, während sie Don Svendsens langen, mageren Beinen zustrebte, um die sie sich liebevoll ringelte – dort, wo vor einem Augenblick noch die Gamaschen gewesen waren.

»Sie liebt den Hautkontakt«, flüsterte El dedo del diablo gerührt, »darum habe ich auch meine Gamaschen abgelegt, hay compreso? Ja, ja, meine Kleine, jetzt ist die Reise beendet, und jetzt werden wir uns hier bei Señor Siverts, den du auf der anderen Seite des Tisches siehst, richtig einrichten.«

Señorita Magdalena hob gehorsam den Kopf über den Tisch, um ihren Wirt zu begrüßen, aber sie sah lediglich einen umgekippten Stuhl und die Rückseite eines Islandpullovers, der hastig durch die Tür verschwand.

Man hielt einen Fängerrat in Kap Thompson ab. Obgleich die Fracht der *Veslemari* noch nicht gelöscht war und Olsen ins Megafon brüllte und mit der Dampfpfeife lärmte, ließ man die Ladung bleiben und richtete auf der Stelle einen Fängerrat ein, um Siverts' verzweifelte Situation zu beraten.

Mads Madsen machte den Anfang. »Wir ihr seht«, leitete er ein, »da sitzt Siverts und hat völlig die Nerven verloren. So hat ihn auch noch keiner von uns gesehen. Es gehört, wie ihr alle wisst, sehr viel dazu, Siverts, der immer ruhig und beherrscht ist, umzuwerfen. Aber jetzt ist er geflüchtet, und für mich ist es das erste Mal, dass jemand von der Blaesehütte flüchtet.«

Mads Madsen hängte die Daumen in die Armausschnitte seiner Robbenfellweste und stolzierte vor der Bank auf und ab. Er blickte von Gesicht zu Gesicht und ließ seine Augen schließlich auf dem unglücklichen Siverts ruhen, der mit halber Backe auf dem äußersten Bankrand saß.

»Siverts hat einen neuen Arbeitskollegen bekommen«, fuhr Mads Madsen fort, »eine eigenartige Person, die – soweit Siverts begriffen hat – sich viele Jahre lang im Ausland aufgehalten hat.« Siverts nickte zustimmend und nahm dankbar einen Priem, den ihm Funker Mortensen anbot.

»Nun sollen wir nicht schon anfangen, über einen Mann zu spekulieren, der sich des Teufels Zeigefinger nennt (ein zunehmendes Murmeln unter den Zuhörern) und sonst Svendsen heißt, ob er ein Blindgänger ist oder nicht. Es ist zu früh nach nur ein paar Tagen hier an der Küste. Und wie Siverts sagt, hat er sich auch manierlich aufgeführt in der Zeit, die sie zusammen waren. Aber – (alle guckten ihn gespannt an, und Mads Madsen dehnte die Kunstpause aus, sodass selbst Valfred, der im Heidekraut, ein Stück von der Bank entfernt, vor sich hindöste, den Kopf hob) – aber«, wiederholte Mads Madsen, »dieser Fänger Svendsen hat ein Haustier mitgebracht, das Siverts nicht gutheißen kann: eine Schlange von ansehnlicher Größe.« Er blickte auf Siverts. »Wie lang ist sie ungefähr?«, fragte er.

Siverts zuckte mit den Schultern. »Ja, das kann ich nicht mit Sicherheit sagen. Sie war dicker als meine Oberarme, und lang war sie auch, denn als ich die ersten vier Meter aus dem Rucksack kommen sah, bin ich abgehauen.«

Ein lautes Murmeln und Flüstern kam von der Bank. Mads Madsen brachte die Versammlung durch eine Handbewegung zum Schweigen.

»Aber die Farbe, Siverts. Hast du gesehen, welche Farbe sie hatte?«, fragte er und schickte gleichzeitig einen strengen Blick über die immer noch brummende Bank.

»Sie war wohl grün mit solch einem gelben Muster«, entgegnete Siverts. »Ich habe sie mir nicht so lange angeguckt. Aber ich glaube, dass da so eine Fläche war, wie bei einem Autoreifen, über den ganzen Rücken.«

»Und du bist sicher, dass sie lebte? Denk nach, bevor du antwortest. Es kann ja solch ein mechanisches Ding gewesen sein, das Svendsen mitgebracht hat, um sich einen Jux zu machen.«

»Das war kein Jux«, versicherte Siverts. »Sie zischelte unheimlich, als Svendsen mit ihr redete, und als ich den Rucksack zum Haus hinauf trug, merkte ich, dass sie sich an meinem Rücken rieb.« Bei dieser Erinnerung trat ihm der kalte Schweiß auf die Stirn.

»Dann gehen wir davon aus, dass sie sowohl echt als auch lebendig ist«, sagte Mads Madsen. »Aber selbst wenn sie lebendig ist, Siverts, so ist doch nicht sicher, dass sie auch gefährlich ist. Sie ist vielleicht ein Kuscheltier, du wirst nach einiger Zeit richtig froh sein, sie im Haus zu haben.«

Siverts erstarrte. »Ich gehe auf keinen Fall zurück«, flüsterte er heiser. »Lieber wohne ich den Rest des Winters im Zelt als mit solch einer Midgardschlange unter einem Dach.«

»Hm.« Mads Madsen nahm seine Wanderung wieder auf. »Vorschläge?«, fragte er.

»Siverts kann gerne bei uns wohnen«, sagte Herbert. »Nicht, Anton?«

»Natürlich«, Anton guckte Siverts mitleidig an. »Du bist jederzeit willkommen.«

»Wir können ihn auch aufnehmen«, sagte Bjørken. »Wie ihr vielleicht noch wisst, hatten wir einmal einen Doktor der Zoologie bei uns wohnen. Wir haben schon Platz für noch einen.«

Siverts sah seine Freunde dankbar an. »Am liebsten möchte ich zur Blaesehütte zurück«, sagte er, »weil man sich zu Hause am wohlsten fühlt, nicht?«

Mads Madsen sagte verständnisvoll: »Dazu muss man nichts sagen, Siverts. Was glaubt ihr, wie man sich fühlt, wenn man von einem fremden Mann und seiner Seeschlange von zu Hause weggejagt wird. Siverts muss wieder nach Hause, die Sache ist klar. Aber weil doch Herbert und Bjørken so viel Platz haben, können sie Svendsen und seinen langen Kameraden aufnehmen. In diesem Fall wäre das Problem gelöst.«

Keiner der Angesprochenen äußerte sich.

Der Graf, der in Gedanken damit beschäftigt war, das Gericht dieses Abends zusammenzustellen und deshalb nur mit halbem Ohr zugehört hatte, fragte seinen Kollegen, den Rechtsanwalt Volmersen: »Was ist das für ein Gerede über Schlangen, Volle? Ist eine Schlange an die Küste gekommen?«

Volmersen flüsterte zurück: »Nach dem, was Siverts erzählt, ist eine zehn Meter lange Schlange in der Blaesehütte aufgetaucht.«

»Das klingt interessant«, nickte der Graf, »die würde ich gerne sehen, recht ungewöhnlich hier oben, meine ich.«

Mads Madsen blieb vor dem Grafen stehen. »Aha, du würdest sie gerne sehen, Graf. Das haben wir gleich. Ich schlage nämlich vor, dass wir eine Abordnung zur Blaesehütte schicken, die das Ungetüm in Augenschein nimmt und ein ernstes Wort mit dem Fänger Svendsen redet. Gibt es noch Freiwillige außer dem Grafen?«

Volmersen hob augenblicklich seine Hand.

»Noch einige?«

»Tja, ich kann ja auch mitgehen«, antwortete Fjordur. »Wie ist es mit dir, Lodvig?«

Lodvig zuckte mit den Schultern. »Wenn ihr meint, dass es notwendig ist, so zahlreich anzutreten, dann gehe ich mit«, entgegnete er.

»Vier Mann sind genug«, sagte Mads Madsen. »Ihr könnt Volmersens Boot nehmen, das ist am schnellsten. Ich ersuche euch, direkt wieder hierher nach Kap Thompson zu kommen und Bericht zu erstatten. Wir anderen werden in der Zwischenzeit die Ladung der *Veslemari* löschen und eure Vorräte verteilen.« Er klatschte ein paarmal in die Hände. »Und jetzt, meine Herren, ist das Treffen beendet. Wenn wir uns beeilen, glaube ich, können wir bis Mittag mit allem Zubehör draußen bei Olsen sein.«

Don Svendsen freute sich über den Besuch. Er bedauerte aufrichtig

Siverts' Flucht und äußerte den Wunsch, dass dieser bald wieder zu seiner Station zurückkehren werde. Señorita Magdalena sei wirklich nichts, vor dem man weglaufen müsse.

»Sie ist die liebenswerteste Schöpfung der Erde«, sagte er und schickte eine Kusshand hinauf zur oberen Koje, wo Klein Lena zusammengerollt lag und gerade einen von Siverts' Hunden verdaute, den sie an diesem Vormittag verschlungen hatte.

Der Graf ging hin, um sich das Tier anzusehen. »Eine sehr schöne und ungewöhnlich große Schlange«, sagte er. »Wie heißt diese Art?«

»Königsschlange«, antwortete Don Svendsen. »Und ich verrate nicht zu viel, wenn ich sie die Königin der Königsschlangen nenne, caballeros. Geh ruhig näher, sie beißt nicht, haha, sie würgt nur.«

Der Graf ergriff den Rand der oberen Koje und zog sich hoch. Magdalena hob träge den Kopf und starrte ihn an.

»Kraul sie zwischen den Augen«, forderte Don Svendsen ihn auf, »das mag sie am liebsten, nicht, Mallechita?«

Der Graf ließ sich nach unten fallen. Er verspürte nicht die geringste Lust, die Schlange zwischen den Augen zu kraulen.

Lodvig und Fjordur rutschten auf ihren Stühlen unruhig hin und her. »Äh, bei allem Respekt vor deinem Feuerwehrschlauch da oben, Kamerad, ich kann doch verdammt verstehen, dass sich Siverts aus dem Staub gemacht hat«, murmelte Fjordur.

Lodvig guckte schaudernd auf das Biest. »Ich würde nie wagen, mich mit solch einem Ungeheuer in der Koje schlafen zu legen. Ich ziehe solche mit vier Beinen und Fell und gebogenem Schwanz vor.« Er dachte sehnsüchtig an Laban.

»Sie ist im Übrigen der ruhigste Schlafgenosse, den man sich denken kann«, verteidigte Don Svendsen seinen Schützling. »Das Einzige, mit dem ich sie ein bisschen aus der Fassung bringen kann, ist, wenn ich eine donna mit ins Bett nehme. Da zieht sie eine Grenze, denn sie ist furchtbar eifersüchtig.« Er schenkte seinen neuen Freunden ein breites Lächeln. »Und dafür bin ich ihr ewig dankbar, haha, denn so habe ich mich von meiner Frau gelöst. Als ich zu Santa Marta kam mit meiner kleine Lena, hatte ich sofort die Scheidung am Hals, ohne mich überhaupt darum bemüht zu haben.«

»Eine sehr interessante Sache.« Volmersen, als Advokat in vielen Scheidungssachen erfahren, beugte sich neugierig über den Tisch. »Hat dich deine Frau dann so ohne weiteres verlassen?«

Svendsens Lächeln wurde breiter. »Sie hatte von gewissen Gerüchten gehört«, sagte er, »und ich muss zugeben, dass Klein Lena ein Reibeisen sein kann, wenn sie will.«

»Gewisse Gerüchte?« Volmersen guckte ihn fragend an. »Darf man fragen, um welche Gerüchte es sich gehandelt hat?«

»Ich weiß nicht so genau.« Svendsen kratzte sich zweifelnd im Nacken. »Das Beste ist wohl, wenn ich meine große Klappe halte. Denn es gibt ja immer verschiedene Auffassungen von allem, nicht wahr? Wenn ich die Gerüchte erzählen würde, die tatsächlich der Wahrheit entsprechen, dann könntet ihr leicht misstrauisch gegenüber Magdalena werden.«

»Ich bin Rechtsanwalt«, entgegnete Volmersen, »und ich habe nie meine Schweigepflicht gebrochen.«

»Wenn es so ist, dann muss ich kein Geheimnis aus der Geschichte machen«, räumte Svendsen ein, »aber wie ist es mit den anderen?«

Lodvig, Fjordur und der Graf versprachen hoch und heilig, kein Wort von dem weiterzugeben, was er ihnen anvertraute. Und so fing Svendsen an.

»Ihr müsst verstehen, ich bekam sie von einem Franzosen, der sie großgezogen hatte«, begann er. »Sie war wohl einen Meter lang, als er die arme, mutterlose Kleine am Rio Magdalena fand. Eine kleine und jungfräuliche Seele war sie, die er in seiner Einsamkeit mit in die Koje nahm, um die Horden von Ratten fern zu halten, die normalerweise die Kojen nachts heimsuchen.

Sie kamen gut miteinander aus, die beiden. Magdalena gewöhnte sich an die Bettwärme des Mannes, und bald konnte sie sich gar nicht mehr vorstellen, woanders als in seiner Koje zu schlafen.«

»Sehr sympathisches Verhältnis«, meinte der Graf.

»Ja, nicht wahr?« Don Svendsen guckte den Grafen wohlwollend an. »Sie ist ein liebes Wesen, die Kleine, schmiegt sich so eng an einen, wenn man sich hingelegt hat, und es ist phänomenal, wie sie alle Arten von Ungeziefer fern hält.«

»Ihre Frau wurde auch eifersüchtig?«, erkundigte sich Volmersen.

»Na ja, das kann man eigentlich nicht sagen. Sie wurde mehr steif vor Schreck auf Grund dieser Gerüchte. Es war nämlich so, dass dieser Franzose Schwierigkeiten hatte, ohne Geschlechtsverkehr auszukommen. Und dazu taugt Magdalena ja nicht so richtig. So passierte es, dass er an einem Tag, als es ihn quälte, ein Mädchen von den Ochoris in irgendeiner weit entfernten Stadt aufschnappte. Sie war jung und scharf und hatte nichts dagegen, mit ihm in seine Hütte zu kommen. Er war so eine Art Kaufmann, der mit Gummistopfen handelte, compreso?«

Seine Zuhörer nickten verständnisvoll, und er fuhr fort.

»Wie ihr sicher verstehen werdet, war kein Platz im Bett für die Liebenden und eine Boa, also wurde Magdalena auf den Fußboden geschickt, wo sie sich dann auch beruhigte, nachdem sie ausgiebig die Rivalin angezischt hatte. Sie, also Magdalena, war zu diesem Zeitpunkt etwas kürzer als heute, so ungefähr vier Meter – sie wird auch leider nicht viel länger als fünf Meter. Will man eine richtig große Schlange haben, muss man sich eine Wasserboa anschaffen.

Ja, also, der Franzose trieb es mit dem Mädchen die ganze Nacht, und er schlief erst gegen Morgen ein, kaputt wie ein Hund. Als seine Lebensgeister vormittags erwachten und er die nächtlichen Übungen wieder aufnehmen wollte, stellte er fest, dass er Magdalena umarmte. Haha, eine schöne Überraschung, was?«

Lodvig seufzte tief. »Eher ein Schock«, meinte er.

Don Svendsen setzte den Stuhl ein Stück vom Tisch weg und legte die Beine übereinander. »Nee, hombres, der Schock kam erst, als er über den Kojenrand nach dem Indianermädchen spähte. Sie lag auf der Türschwelle und war erwürgt und tot.« Er schwieg, und die Männer guckten entsetzt zur oberen Koje. Don Svendsens Stimmte bebte vor Bewegung, als er sagte: »Sie ist so schrecklich eifersüchtig, die arme Kleine. Ihr könnt euch nicht vorstellen, welch starke Gefühle sie hat.«

»Aber«, frage Fjordur, »wie kommt es, dass sie bei dir ist?«

»Das kommt noch, amigo. Jetzt erst einmal alles in der richtigen Reihenfolge«, antwortete Don Svendsen. »Der Franzose war ein richtiger Franzose, wisst ihr, und die sind immer verdreht. Er konnte die Warmblütigen nicht lange entbehren. Und als Magdalena drei seiner jungen Freundinnen erwürgt hatte, begannen die Gerüchte in den Dörfern herumzuschwirren, und es wurde für ihn ganz unmöglich, jemand ins Bett zu kriegen. Dann geschah es, dass ich auf der Durchreise vorbeikam, und aus irgendeinem sonderbaren Grund fasste Magdalena für mich Sympathie und ringelte sich schon am ersten Abend, an dem ich im Geschäft war, um meine Füße.«

»Liebe auf den ersten Blick«, seufzte Lodvig.

»Si, si, beruht auf Gegenseitigkeit, wenn ich das sagen darf. Ich kaufte sie von dem Franzosen für ein Kanu und ein Paar schöne Stiefel aus Argentina, und seit diesem Abend sind wir durch dick und dünn gegangen. Sie holte mich aus einer Ehe heraus, die mein Tod geworden wäre, und hat mir auch in vielen anderen Fällen regelrecht mein Leben gerettet.«

»Sehr interessant«, meinte der Graf. »Was sagst du dazu, Volmersen?«

»Ich bin sicher, als Scheidungsgrund ist Fräulein Magdalena einzigartig«, entgegnete Volmersen, »aber recht verstanden«, fügte er hinzu.

»Was meinst du eigentlich damit, dass sie dir dein Leben gerettet hat?«, fragte Fjordur. »Wie kann solch ein vergrößerter Lampenputzer einem das Leben retten, ganz davon abgesehen, dass man ja eigentlich heilfroh sein muss, wenn man nicht erwürgt worden ist – immer, wenn man morgens die Augen aufschlägt.«

Don Svendsen mochte das Wort Lampenputzer nicht, und er warf Fjordur einen kühlen Blick zu. »Ich höre schon, dass du nicht viel von den Kaltblütern verstehst«, sagte er spitz, »aber um der Wahrheit die Ehre zu geben, verlasse ich mich mehr auf Magdalena als auf irgendeinen Zweibeiner. Sie hat ihr Futter mit mir geteilt, mich gegen die wilden Tiere des Dschungels beschützt und nicht zuletzt die Indianer daran gehindert, mir vergiftete Pfeile in den Hintern zu blasen.«

»Bemerkenswert«, murmelte Rechtsanwalt Volmersen. »Darf man um einige Beispiele bitten, Don Svendsen?«

Svendsen stand auf und holte die Kaffeekanne. »Ich will gerne von einem Fall erzählen, wenn jemand von euch mir dafür verrät, wo Siverts' Branntweinflasche steht.«

Lodvig ging und zog die Flasche aus der Wassertonne. »Das ist die sicherste Stelle«, erklärte er, »kein Teufel kommt auf die Idee, Branntwein in einer Wassertonne zu suchen.«

Sie bekamen Kaffee und verdünnten ihn mit Schnaps. Und dann erzählte Don Svendsen.

»Ich wanderte einmal in den bewaldeten Bergen an einem der Nebenflüsse des Atrotaflusses. Man sagte, dass Gold in einem der Wasserläufe wäre, und das Wort Gold hatte für mich immer eine magische Anziehungskraft. Ich hatte mich durchs Dschungeldickicht gekämpft, sechzehn Tage lang. Und wenn ich sage gekämpft, dann meine ich genau, was ich sage. Hat einer von euch schon einmal versucht, durch den Dschungel zu wandern?«

Es gab keinen, der es versucht hatte, und Don Svendsen sah, dass er grünes Licht für eine ausführliche Beschreibung hatte. »Eine schwefelgelbe, dampfende Hölle mit Milliarden stechender Insekten. Eine quälende feuchte Wärme, die man Tag und Nacht ertragen muss, Spinnen und Skorpione so groß wie die Fäuste eines erwachsenen Mannes, Milben, die durch die Stiefel dringen und die Zehennägel fressen, Wanzen, die sich unter die Haut arbeiten, wo sie dann anschwellen, so groß wie Apfelsinen, Giftschlangen in allen Größen und Färbungen. Muss ich mehr sagen? Eine Hölle, amigos.« Er nickte langsam und viel sagend, bevor er fortfuhr:

»Aber wenn El dedo del diablo das Wort Gold gehört hat, dann läuft er gerne durch solch eine Hölle, um ans Ziel zu kommen. Denn Gold, amigos, ist das Einzige, das wirklich etwas in diesem Dasein bedeutet, wenn man sonst gesund ist. Könnt ihr euch etwas Schöneres als Gold vorstellen? Kleine, glitzernde Körner, ganze Klumpen, in Tüten, Säcken, ja, ganze Kanulasten von Gold? Eines Tages finde ich eine Goldader, darauf könnt ihr euch verlassen. Ich weiß, dass sie irgendwo auf mich wartet, und darum bin ich hellwach, wenn das Wort Gold fällt.«

Lodvig guckte sich des Teufels Zeigefinger mit unverhohlener Verwunderung an. Der Mann hatte etwas Vertrauen erweckendes, wenn er erzählte. Jeder konnte hören, dass es alles Lügen waren, aber er erzählte die Geschichte überzeugend und mit Begeisterung, dass man den Eindruck hatte, er glaubte jedenfalls selbst daran.

»Du, Svendsen, wenn man von einer Giftschlange gebissen wird«, fragte Lodvig, »dann stirbt man doch sofort?«

»Das kannst du aber glauben«, antwortete Don Svendsen, »jedenfalls, wenn man ein Greenhorn ist.« Er rollte einen Hemdsärmel hoch und zeigte ihnen eine Reihe kleiner, weißer Narben. »Das sind Schlangenbisse«, erklärte er, »und dass ich hier noch unter euch sitze, verdanke ich nur meiner Schnelligkeit.«

»Wieso?«, fragte Fjordur.

»Dschungelgewohnheit«, entgegnete Don Svendsen. »Ich bin schneller als blitzschnell, amigo, und ich fühle die Nähe einer Schlange schon im Abstand von einem Meter. Wenn sie mich beißt, dann besteht sie praktisch schon aus zwei Hälften, bevor sie ihr Gebiss aus Don Svendsens Fleisch wieder herauszieht.«

»Aber dann hast du doch das Gift in dir«, beharrte Lodvig. »Warum stirbst du nicht auf der Stelle?«

Don Svendsen lachte kopfschüttelnd. »Madre mia, man merkt, dass du nie in einem tropischen Regenwald warst, hombre. Bevor das Gift im Blut herumsaust, hast du natürlich mit deiner Machete einen Schnitt in den Arm gemacht, die Schlange enthäutet und die Wunde mit dem Fett eingerieben, das direkt unter ihrer Haut sitzt.«

»Und das, verdammt, hilft wirklich?«

»Sonst säße ich nicht hier«, antwortete Don Svendsen. »Abgesehen von einigen Tagen Fieber, einer Woche Schwindel und einigen leichteren Krämpfen passiert nichts. Du musst wissen, dass in diesem Fett das Gegengift enthalten ist; die Schlange braucht es gegen ihr eigenes Gift. Aber das muss man natürlich wissen, wenn man sich im Dschungel sicher bewegen will.«

»Diese kleinen, weißen Punkte sind also Schlangenbisse?« Lodvig nickte verständnisvoll.

»Genau. Sie sind nicht so alt, die da. Ich hatte eine Menge damals.« Don Svendsen fing an, sein Hemd aufzuknöpfen, aber ließ es dann. »Die verschwinden allmählich«, sagte er.

»Aber der Schnitt mit dem Messer«, fragte Fjordur misstrauisch, »der muss doch eine hässliche Narbe geben?«

»Eine Machete ist scharf wie ein Rasiermesser«, erwiderte Don

Svendsen schnell, »und ein Rasiermesser macht, wie man weiß, keine Narben.«

Er wandte sich den anderen zu. »Na, der Dschungel, caballeros, ist kein Ort, wo man so einfach eine kleine Promenade machen kann. Alles, was ich gerade erzählt habe, sind nur Kleinigkeiten. Die wirklich gefährlichen Tiere habe ich noch mit keinem Wort erwähnt, und wie ich mich erinnere, waren wir noch gar nicht bei den Indianern.«

Fjordur der Fänger, der in der Hudson Bay gewesen war, guckte ihn überrascht an.

»Die Indianer«, rief er, »die sind doch nun wirklich nicht gefährlich.«

Don Svendsen runzelte die Stirn und guckte Fjordur scharf an. Da war etwas in der misstrauischen Visage des Isländers, das ihm nicht passte. »Ich weiß nicht, welchen Indianern du begegnet bist, hombre, aber ich nehme an, die waren von der Sorte, die du vom Indianerspiel kennst.«

»Es waren Swamy Cree und Shipewayan«, entgegnete Fjordur, »die konnten keiner Fliege ein Haar krümmen.«

Don Svendsen lachte. »Nee, das waren nordamerikanische, haha. Ja, die haben nicht mehr viel Biss. Sie sind harmlos, wie du schon sagtest, würden sogar Ratten verspeisen, wenn man sie darum bäte. Aber die, von denen ich rede, sind die Wilden in den Regenwäldern, die keine Fremden mögen und vor allem nicht uns Rosarote.«

»Davon solltest du ein bisschen erzählen«, bat Lodvig.

»Ich war gerade dabei, als ich unterbrochen wurde.« Don Svendsen warf Fjordur einen viel sagenden Blick zu.

»Einmal, vor vielen Jahren, fiel ich unter eine solche Bande Blut saugender Kerle. Die ersten Tage waren sie noch freundlich, weil ich sie dabei überrascht hatte, dass sie mit einer Boa lebten, die zu ihren heiligen Tieren gehörte. Aber eines Tages hatten sie Kaschiri aus gegorenem Maniok gebraut, und sie tranken, bis alle sternhagelvoll waren und dasaßen und wie die Hummeln summten. Am Abend setzten sie sich vor meine Hütte und fingen an, die Pfeile für ihre Blasrohre mit Curare zu bestreichen. Und da dachte ich: Jetzt musst du weiter, Don Svendsen, denn jetzt ists vorbei mit der Gastfreundschaft.

Und da gab es nur noch: ab durch die Rückwand mit der Señorita im Rucksack.«

Er blickte zärtlich hoch zur oberen Koje. »Ja, wir haben wirklich einiges zusammen erlebt, sie und ich. Und sie erinnert sich auch an alles so genau, nicht wahr, Boa-Mädchen?«

Die Schlange hob den ersten halben Meter ihres Körpers über den Kojenrand und schielte schläfrig zum Tisch hinunter. Der zylinderförmige Kopf schwang leicht hin und her, und die lange gespaltene Zunge wedelte wie ein kleiner hölzerner Taktstock.

»Bueno, hombres. Ich haute ab. Denn gegen vergiftete Pfeile ist kein Kraut gewachsen. Als wir gerade einen halben Kilometer im Dschungel waren, entdeckten sie, dass El dedo del diablo verschwunden war. Ich konnte ihr Geheul hören, als sie die Hütte durchsuchten, und solch ein Geheul beflügelt einen besonders. Man saust wie eine Rakete durchs dichteste Dornengestrüpp, springt wie ein Hase, das Herz im Halse.«

Fjordur nickte. Die letzte Bemerkung gefiel ihm gut. Denn ein Mann, der zugibt, dass er wie ein Hase erschrocken war, hatte trotz allem etwas Ehrliches an sich.

»Nun wusste ich«, fuhr Don Svendsen fort, »dass das Territorium des Stammes nur bis zum Aranjafluss reichte, der via Caguetálauf in den Amazonas etwas weiter südlich mündet. Auf der anderen Seite des Flusses waren die Los Fantasmos, einige Gespensterstämme, vor denen alle anderen Indianer große Angst hatten. Also nahm ich Kurs auf den Aranja, den ich einige Tage vorher überquert hatte.«

»Also, all dies Gemüse, durch das du dich durchhauen musstest«, fragte Fjordur, »konntest du wirklich bis dahin kommen?«

Don Svendsen guckte zur Decke. »Hör mal, hombre, wer zum Teufel kümmert sich um dichtes Gestrüpp, wenn er hunderte von Wilden am Hintern hat, jeder mit seinem Giftpfeil im Blasrohr?«

»Na ja«, Fjordur nickte verständnisvoll, »das macht natürlich was aus, daran habe ich nicht gedacht, Kamerad.«

»Seht, als ich den Fluss erreichte, konnte ich hören, dass mir die Wilden dicht auf den Fersen waren. Also kippte ich Magdalena aus dem Sack und stellte mich hinter einen Baum, um sie willkommen zu heißen. Die ersten vier Indianer fielen fast gleichzeitig um. Denn ich habe einen verdammt schnellen Finger am Abzug, wie ich euch schon erzählt habe. Das machte die nachfolgenden stutzig. Sie setzten sich ins Unterholz, um Atem zu holen und Mut zu schöpfen.

Die Situation war unübersichtlich. Vor mir hockten vierhundert Experten für Schrumpfköpfe, hinter mir lag der Fluss. Keine Furt, wie ich sie einige Tage vorher benutzt hatte, sondern nur eine verdammte Stelle, an der Schwärme von Krokodilen und Piranhas geradezu auf Svendsens Fleisch warteten.«

Der Graf hob den Kopf und betrachtete Don Svendsen eingehend. »Ich muss sagen, das klingt nach einer hoffnungslosen Situation«, sagte er. »Was meinst du, Volmersen?«

»So etwas habe ich noch nie gehört.« Volmersen hatte eine seiner Zigarren aus selbst angebautem Tabak angezündet, saß, die Hände über dem Bauch gefaltet, und stieß große, übel riechende Rauchwolken unterm Lampenschirm aus. »Was haben Sie denn gemacht, Don Svendsen?«

El dedo del diablo zeigte auf die obere Koje. »Sie rettete mich«, sagte er warm. »Sie sah, dass ich über den Fluss wollte, ohne zu Knochenmehl verarbeitet zu werden, also wand sie ihr hinteres Ende um einen Baum, machte sich steif wie ein Stahldraht und hing wie eine Brücke über dem reißenden Wasserlauf, einen halben Meter über den aufgerissenen Krokodilsrachen.«

»Einzigartig«, murmelte der Graf.

»Fantastisch«, stimmte Volmersen bei.

»Unglaublich«, brummte Lodvig. »Und dann bist du so richtig gemütlich über die Brücke spaziert?«

»Si, si, der reine Seiltanz«, versicherte Don Svendsen, »und mit dem Gewehr als Balancierstange«, fügte er findig hinzu.

Fjordur saß und rechnete ein bisschen. Dann fragte er. »Dieser Fluss da, das war wohl mehr eine Art Bach, wie?«

»Es war ein Fluss, wie ich sagte«, antwortete Don Svendsen barsch. »Er war sechs, sieben Meter breit, dort, wo ich ihn überquerte.«

»Aber die Schwester da oben ist ja bloß fünf Meter lang«, wandte Fjordur ein.

Don Svendsen runzelte Unheil verkündend die Stirn. »Caramba!

Du bist verdammt genau, hombre. Es stimmt, dass ein paar Meter fehlten, und du kannst dir sicherlich kaum vorstellen, dass ein Mann, der von vierhundert Kopfjägern verfolgt wird, nicht ein paar Meter ohne Anlauf springen kann, wie?«

Fjordur dachte weiter nach. Es klang überhaupt nicht unglaubwürdig, dass man gut und gern seine eigene Länge weit springen konnte, wenn einem solch eine Horde wilder Männer auf den Fersen war.

»Es geht nicht darum, dass ich meine, du übertreibst«, sagte er beschwichtigend, »aber ich möchte gerne alles erklärt haben, was ich nicht begreife.«

Don Svendsens Miene erhellte sich. »Das ist ganz in Ordnung, amigo. Es ist richtig, dass du fragst.«

»Aber die Schlange, was hat die dann gemacht?«, fragte Lodvig.

»Sie glitt hoch an dem Baum, an dem sie sich festgehalten hatte, und von dort oben griff sie sich einen der Kerle, einen jungen und fetten Krieger, den sie mit über den Fluss nahm und mit Haut und Haar und Feder und Blasrohr verzehrte. Sie hatte schon immer eine gesegnete Verdauung.«

Lodvig spielte ein wenig mit Siverts' Branntweinflasche. »Ich kann schon verstehen, dass du dich dem Fräulein dort oben verbunden fühlst«, sagte er. »Sie ist ja fast so klug wie ein Hund. Hast du eigentlich das Gold gefunden, nach dem du gesucht hast?«

»Ich finde nie Gold«, entgegnete Don Svendsen verbittert. »Wenn ich dann endlich an Ort und Stelle bin, stellt sich immer heraus, dass es dort kein Gold gibt. Ich bin zu gutgläubig, amigos, mit Gold geht es mir wie mit Frauen, ich falle immer darauf herein.«

»Aber du hast eine sympathische Einstellung zu Tieren«, sagte der Graf, »das gereicht dir sehr zur Ehre, meine ich. Was sagst du, Volle?«

»Eine ungewöhnliche Einstellung«, meinte Volmersen. »Aber man muss sicher lange mit solch einem Ungeheuer zusammengelebt haben, um mit ihm völlig vertraut zu sein. Ich kann gut verstehen, dass Siverts sich aus dem Staub gemacht hat.«

Sie kamen jetzt zu ihrem eigentlichen Auftrag. Volmersen erklärte Don Svendsen, dass Siverts unter keinen Umständen mit Magdalena unter einem Dach wohnen wolle, auch nicht versuchsweise. Don

Svendsen bedauerte dies und war unglücklich darüber, dass er den Stationsleiter vertrieben hatte.

»Es tut mir wirklich Leid«, sagte er, »und wenn ihr eine Lösung findet, werde ich damit sehr gerne einverstanden sein. Ich dränge mich ungern irgendwo auf, compreso? Möchte immer, dass ich und Magdalena willkommen sind.«

Der Graf, der eine Weile über eine Lösung nachgegrübelt hatte, fragte Lodvig:

»Sag mal, Lodvig, diese Hütte dort oben bei Kap Elisabeth, steht die noch?«

»Die ist völlig in Ordnung«, antwortete Lodvig, »warum fragst du?«

»Weil ich darüber nachdenke, ob Don Svendsen und seine lange Freundin vielleicht dorthin ziehen könnten. Der Fang muss ganz gut sein, und er kommt euch dort unten in der Ross Bay ja nicht in die Quere.«

»Wenn er will, gehört ihm die Hütte«, sagte Lodvig. Er wandte sich Svendsen zu. »Es ist eine herrliche Gegend: Gut für Ochsen, ausgezeichneter Robbenfang und gar nicht so schlecht mit Füchsen. Und dann kannst du Gold im Rodefluss waschen, das interessiert dich doch.«

Don Svendsen starrte ihn ungläubig an. »Hast du Gold gesagt?«

»Ja, dort oben gibt es Gold. Ich weiß es, denn ich habe selbst Gold für einen Verlobungsring gewaschen, damals, als ich mir in den Kopf gesetzt hatte, mich zu verheiraten«, entgegnete Lodvig.

Don Svendsen atmete rasch. Er stand auf, seine Augen glühten seltsam. »Gold«, wiederholte er heiser. »Wo liegt die Hütte?«

»Drei, vier Tage von hier«, antwortete Lodvig. »Wir können dir behilflich sein, wenn du interessiert bist.«

»Interessiert?« Don Svendsen war dabei, seine Koffer hervorzuholen. »Wir fahren sofort, amigos. Denkt nur, wenn andere vom Rodefluss hören und vor uns ankommen?«

»Die Gefahr besteht nicht.« Lodvig grinste. »Alle hier an der Küste wissen von dem Gold, aber es gibt bisher keinen, der daraus etwas gemacht hat. Aber wenn du sofort los willst, werden wir dich nicht daran hindern.« Er guckte seine Kameraden an und bekam ein zustimmendes Nicken. Alle waren richtig zufrieden, aufzubrechen und nicht die Nacht in Gesellschaft einer fünf Meter langen Königsschlange verbringen zu müssen.

El dedo del diablo wurde nach Kap Elisabeth verlegt. Vier Boote mit Fängern fuhren mit ihm hinauf, um bei der Instandsetzung der Hütte behilflich zu sein – sie war etliche Jahre nicht bewohnt gewesen – und ihn in der arktischen Jagdausübung zu unterweisen. Auf Letzteres legte Svendsen allerdings keinen allzu großen Wert. Er verließ sich blind auf seinen phänomenalen Zeigefinger und war mehr an dem von den Kameraden erwähnten Goldvorkommen interessiert. Schon am Tag nach seiner Ankunft stopfte er Magdalena in den Rucksack und begab sich mit Proviant, Spaten und Waschpfanne ins Braedal zum Rodefluss.

Nachdem die Männer die Hütte auf Vordermann gebracht und den Herd, ohne einer Rauchvergiftung zu erliegen, angezündet hatten, schossen sie zwei Moschusochsen, die sie in den Nebenschuppen von Svendsens Hütte brachten. Dann machte sich jeder auf den Weg nach Hause. Sie hatten Siverts' Problem gelöst und auf jede erdenkliche Weise für den neuen Kollegen gesorgt.

Don Svendsen wusch Gold. Er rackerte wie ein Tier den ganzen Herbst und hatte kaum Zeit, sich mit Señorita Magdalena zu unterhalten, die auf einem Klippenvorsprung über dem Fluss lag und sich sonnte. Es glückte Svendsen tatsächlich, einige Gramm roten Goldstaub im Laufe einiger Monate zu waschen, und er betrachtete dies als äußerst viel versprechend. Lodvig hatte Recht, der Fluss führte Gold.

Manchmal ging er mit Magdalena zurück zum Kap Elisabeth, dort aßen sie sich dann am Ochsenfleisch aus dem Nebenschuppen satt und wärmten sich nach wochenlangem Leben im Freien.

Dann kam der Winter, ein harter Schlag für Svendsen und seine Goldsuche. Er richtete sich in der Hütte ein und wartete darauf, dass das Eis auf dem Fluss wieder brach. Aus der Jagd wurde nichts, denn einerseits war er ganz davon in Anspruch genommen, eine Waschmaschine zu konstruieren, die selbsttätig das Gold vom Sand trennen sollte, und andererseits hielt er es für idiotisch, Fuchsfallen aufzustellen, wenn er im Laufe des kommenden Sommers ein Kilo reines Gold nach dem anderen aus dem Fluss waschen konnte. Außerdem war er sich sicher, dass er, sobald die Waschmaschine funktionierte, Zeit haben würde, die eigentliche Ader aufzuspüren. Denn diese Goldkörner mussten natürlich von einer fetten Goldader stammen.

Als das Fleisch im Nebenschuppen verzehrt war, ernährte er sich von dem Mehl, mit dem ihn seine Freunde reichlich versorgt hatten. Als das dann nach Weihnachten verbraucht war, ernährte er sich selbst aus Dosen und servierte Magdalena seine vier Hunde.

Im Februar, noch bevor die Sonne wieder über dem Horizont erschienen war, fror und hungerte Don Svendsen. Magdalena, die Kälte hasste, wurde gereizt und zischelte ihn böse an, wenn er sich in der Koje bewegte und auf diese Weise kalte Luft unter die Decke ließ. Sie hatte sich seine Schaffellweste und auch sämtliche Decken angeeignet, das führte dazu, dass Svendsen die meiste Zeit im Bett zubringen musste, um nicht zu erfrieren.

Sie schafften es aber immer noch, sich gegenseitig irgendwie warm zu halten. Sie krochen zusammen, und Don Svendsen redete leidenschaftlich von dem Luxusleben, das sie führen würden, wenn sie erst einmal den Winter überstanden hätten.

Einige Male im Laufe des März gelang es ihm, seinen teuflischen Zeigefinger so glücklich zu krümmen, dass ein neugieriger Fuchs oder ein hinterlistiger Hase sein Leben lassen musste. Diese Beute teilte er ehrlich mit Magdalena.

Im April war es immer noch kalt. Die Sonne war wieder da, spendete aber noch keine Wärme. Don Svendsen begann abzustumpfen. Ihm, der er im Dschungel unüberwindlich gewesen war, wurde flau und schwindlig, wenn er die Koje verließ – was er nur tat, wenn ein natürliches Bedürfnis sich meldete.

Sie verschliefen den April, und erst im Mai bekamen sie Besuch von Lodvig und Fjordur, die sich im Rodedal getroffen hatten und beschlossen, beim Goldgräber hineinzuschauen.

Lodvig klopfte wiederholte Male an. Keine Antwort. Dann öffnete er langsam die Tür und steckte vorsichtig den Kopf in die Hütte.

»Merkwürdig«, flüsterte er über die Schulter zu Fjordur, »aber in der Stube ist es eiskalt.«

»Sie sind vielleicht draußen, um nach den Fallen zu sehen«, meinte Fjordur. »Warum gehst du nicht ganz hinein, Lodvig?«

»Aber die Schlange!«

»Sie ist eine der liebenswertesten«, zitierte Fjordur.

»Geh du lieber vor«, bat Lodvig. Er trat zur Seite und machte Platz.

Fjordur schlich sich hinein. Er sah sich in der Stube um und stahl sich schnell wieder hinaus.

»Svendsen ist bestimmt nicht zu Hause«, sagte er erleichtert. »Aber der Schlangenteufel liegt oben in der Koje und zischt vergnügt.«

Lodvig schaute hinein. »Seine Stiefel stehen dort«, sagte er. »Bist du sicher, dass er nicht doch dort oben liegt und sich hinter diesem Untier wärmt?«

»Ich konnte ihn jedenfalls nicht sehen. Aber geh doch selbst hinein und sieh nach«, antwortete Fjordur. »Ich halte die Tür offen, wenn dus eilig haben solltest.«

Lodvig holte tief Luft und ging mitten in die Stube. Magdalena hob den Kopf und bewegte die ersten Meter ihres Körpers leicht hin und her. Sie zischelte Lodvig einladend an, und ihre schwarzen Augen starrten ihn unbewegt an. Lodvig starrte zurück. Er fühlte, wie die angespannten Muskeln erschlafften, und er verspürte ein angenehmes Prickeln in den Gliedern, eine fast selige Schläfrigkeit, die ihm zu Kopfe stieg.

»Na, na, Klein Lena«, flüsterte er freundlich. »Wir wollen nur Don Svendsen Guten Tag sagen.«

In Magdalenas langem Körper bebte es. Sie ließ den vorderen Körperteil langsam in die Stube hinunter zu Lodvig hin gleiten.

»Bleib bloß dort oben«, stammelte Lodvig. Er hatte Mühe, seinen Blick von dem der Schlange zu lösen. »Mach dir nur keine Mühe, wir werden ihn schon finden.« Mit einer Kraftanstrengung wandte er den Blick von den Augen der Schlange und betrachtete sie. Dort, wo er die Mitte des Tieres vermutete, war ihr Körper ausgebeult, als ob sie gerade erst eine fette Herbstrobbe verzehrt hätte. Es war deutlich zu erkennen, dass noch nicht allzu viele Stunden seit ihrer letzten Mahlzeit vergangen waren. Der Gedanke traf ihn wie ein Blitz. Er brach in ein Gebrüll aus, das Fjordur zur Tür holte, mit dem Gewehr im Anschlag.

»Verdammt, Fjordur«, schrie Lodvig, »ich glaube, das Biest hat Don Svendsen gefressen.«

»Wie? Eben, sie hatte ja so gerne Hautkontakt«, sagte Fjordur. Er stellte sich auf die Zehen und blickte in die obere Koje. »Das ist verdammt unfein, wenn sie das getan hat«, sagte er, »denn Svendsen war ein rechtschaffener Bursche, er war wie ein Vater zu ihr.«

»Was sollen wir jetzt machen, Fjordur?«

»Tja, wenn es wirklich so ist, können wir nicht allzu viel machen. Aber wir müssen doch nachsehen.«

Lodvig schluckte einige Male kräftig, »Du meinst … Svendsen … im Magen?«

»Ja. Geh nur nach draußen, ich mach das schon.«

»Ich kann dir doch helfen, wenn du meinst.«

»Geh und achte solange auf die Hunde.« Fjordur guckte verbissen zur Schlange hinauf, die sich sanft und einladend hin und her bewegte.

Lodvig setzte sich auf den Schlitten und stopfte seine Pfeife. Noch bevor er sie angezündet hatte, hörte er in der Hütte zwei Schüsse. Etwas später kam Fjordur. Er trug eine große Rolle unter dem Arm, die er in seinen Schlittensack legte.

Lodvig guckte ihn fragend an, und Fjordur nickte. Dann riefen sie die Hunde ins Geschirr und fuhren langsam in einem Bogen fort von Kap Elisabeth.

Es war selten, dass sich Kapitän Olsen überraschen ließ. Er hatte viel gehört und gesehen in all den Jahren, die er die Küste befuhr, und es war nahezu unmöglich, ihn aus der Fassung zu bringen.

Aber als er in diesem Jahr Fjordurs Felle aufkaufte und unter Bären, Seehunden, Klappmützen und Füchsen die frisch abgezogene Haut einer fünf Meter langen Königsboa fand, sperrte er die Augen auf und starrte Fjordur bestürzt an.

»Was zum Teufel ist das denn, Fjordur?«

»Ach das. Das ist sozusagen ein Teufel ohne Knochen, den ich oben bei Kap Elisabeth erwischt habe«, entgegnete Fjordur.

Skipper Olsen staunte. Er kratzte sich im Nacken und legte die Haut aus der Hand. »Trinkst du mit mir ein Glas Genever im Salon?«, fragte er.

Fjordur nickte. »Immer. Ein Gläschen kann man sich immer genehmigen«, antwortete er, und als er an dem Tisch aus Birkenholz saß, beschloss er, dass es Olsen die ersten beiden vollen Flaschen kosten sollte, bevor er die ganze Geschichte erfuhr.

Der kleine Pedersen

Lodvig bekam einen Arbeitskollegen in der Ross Bay. Nicht, weil er darum gebeten hatte, sondern weil der Direktor der Fangkompanie, wenn er die Stationen vollständig besetzte, eine bessere Ausgangssituation hatte für die Verhandlungen über die staatliche Förderung – fünftausend Kronen sowie freie Überfahrt.

Während einigen Jahren wurde in der dänischen Presse heftig darüber debattiert, ob man die Stationen aufrechterhalten oder ob man sie schließen solle. Die Stationen waren offenbar ein Kostenfaktor für die Wirtschaft, in den Augen der meisten auch ein unnötiger, und nur nationalidealistische Gedanken hatten bis zu diesem Zeitpunkt die unsichere Existenz der Kompanie geschützt. Selbst die Opposition konnte nicht sagen, was geschehen würde, wenn man Nordostgrönland verließe. Jeder könnte dann das Gebiet besetzen und territoriale Ansprüche anmelden – was für die dänische Kolonialpolitik entwürdigend wäre: Streichen wir erst die Flagge in diesem Gebiet, unterstünde das Land nicht mehr dem dänischen Gesetz und wäre ein gesetzesloser und friedloser Fleck auf der Landkarte.

Im Folketing wurde heiß debattiert. Viele meinten, dass ganz Grönland genauso gut an Amerika verkauft werden könnte wie – vernünftigerweise – die Westindischen Inseln. Dann müsste man sich nicht länger den Kopf zerbrechen und könnte alle dänischen Wilden zurückholen, auch wenn diese dann für den Rest ihrer Tage von Sozialhilfe leben müssten. Dies wäre immer noch am billigsten. Das Folketingsmitglied Rumpel, das damals die treibende Kraft bei der Einrichtung einer Funkstation an der Küste gewesen war, hielt eine seiner herzergreifenden Reden. Grönland ist Grönland, erklärte er, nicht in Nord, Süd, Ost oder West unterteilt, sondern eine Einheit. Und diese Einheit sei eine dänische Angelegenheit, sei es seit dem frühen Mittelalter gewesen und sollte es so lange bleiben, wie das Mutterland existiere. Er schlug vor, dass man an Stelle einer Einschränkung eine Ausweitung an der Ostküste vornehmen solle: Das Scoresbysundprojekt nach Norden ausdehnen, noch mehr Jäger entsenden, große Fuchs- und Moschusochsenfarmen einrichten, einen Patrouillendienst und Wetterstationen aufbauen sowie große Summen für eine geologische Prospektierung dieses unbekannten Landes bereitstellen. Er sprach warmherzig und überzeugend und war außerordentlich gut informiert, weil er lange Gespräche mit Lodvig geführt hatte, als dieser sich in Kopenhagen aufhielt, um seinen Leistenbruch zu operieren.

»In Nordostgrönland haben wir all den Platz, der uns im Mutterland fehlt«, sagte Folketingsmitglied Rumpel. »Dort gibt es Platz und Freiheit für die Jugend. Wir können Leute aus den übervölkerten westgrönländischen Kolonien in dieses Jagdparadies umsiedeln, wir können diese raue Gegend mit der dänischen Jugend bevölkern, die lernen will, auf eigenen Beinen zu stehen, und wir müssen diese fantastischen Mengen von Rohmaterialien heimholen, die in den nordostgrönländischen Gebirgen verborgen liegen.« Er fing an, diese Reichtümer aufzuzählen und konnte etliche genau lokalisieren, so beispielsweise Kohle im Hochstetter Vorland, Gold im Rodefluss und Zink im König-Oscar-Fjord. Das machte Eindruck. Denn hier ging es um Kronen und Öre, diese Sprache verstand man. Rumpel nützte die Situation aus. Er schlug mit der Faust aufs Rednerpult und rief:

»Nordostgrönland aufgeben bedeutet, seine nationale Identität aufgeben. Dieses Land verlassen ist dasselbe, wie das gesamte Südjütland den Deutschen zu schenken. Denn ist die nordostgrönländische Bevölkerung etwa nicht dänisch, genauso wie die Menschen in Südjütland und alle anderen im Königreich? Und gaben diese echt dänischen Menschen der Welt nicht ein einzigartiges Beispiel für dänischen Pioniergeist durch ihre Ansiedlung, ihr Leben und Arbeiten hier in einem der rauesten Gebiete der Welt? Ist Dänemark solch eine lausige Nation geworden, dass man Territorien aufgibt, weil sie sich ökonomisch nicht mehr rechnen«, donnerte er, »hat Dänemark sein Verantwortungsgefühl, sein Pflichtgefühl, seine Pietät verloren? Muss dieser Teil der Kolonien nicht sauber von Ausländern gehalten werden, bis die Ureinwohner reif sind, selbst die Verwaltung zu übernehmen? War es nicht gerade die Verwirklichung dieser Idee, die man sich bei der Kolonisation von ganz Grönland als Ziel gesetzt hatte, dieser Kolonisation, die in der ganzen Welt bewundert wird?«

Wie gesagt, die Diskussionen waren heftig. Und solange sie andauerten, blieben die Jäger auf ihren Posten, im Grunde unwissend, dass der Teil ihrer Insel zum Zankapfel geworden war. Auf Grund der Debatte schickte der Direktor also neue Leute zur Küste, eine Taktik, die nicht wirkungslos blieb, denn in dem Jahr herrschte große Arbeitslosigkeit in Dänemark.

So also bekam Lodvig einen Arbeitskollegen aufgezwungen, den er überhaupt nicht wollte, einen Arbeitskollegen, der Pedersen hieß.

Dass dieser Pedersen eine Einjahresvorstellung geben würde, darüber war sich Lodvig zu keinem Zeitpunkt im Unklaren: Pedersen gehörte genauso wenig nach Ross Bay wie ein Papuamann mit Penisfutteral nach Sakskøbing, wo Pedersen herkam.

Lodvig hatte persönlich überhaupt nichts gegen Pedersen. Er konnte es nur nicht ausstehen, einen Arbeitskollegen zu haben, gerade jetzt, nachdem er sich endlich an die Einsamkeit gewöhnt hatte. Sein Hund Laban, der ihm damals von Ross Bay über Paris nach Kopenhagen gefolgt war, der war ihm Gesellschaft genug, und diese Meinung teilte auch Laban. Dieser zeigte knurrend sein Unbehagen gegenüber Pedersen und musste an der Kette bleiben, bis er sich an den abstoßenden Geruch des Fremden gewöhnt hatte. Aber, wie Lodvig ihm klarmachte, konnte Pedersen ja nichts dafür, dass er in der Ross Bay gelandet war; und, das versprach er, jeder konnte doch sehen, dass dieser Pedersen keine zwei Saisons überstehen würde.

Pedersen machte von sich kein Aufhebens. Er war ein kleiner, gebückt gehender und stiller Mann, bei dem sich alles sozusagen nach innen wandte. Über seine Vergangenheit redete er sehr wenig, und das machte Lodvig zum Platzen neugierig.

Es ging ein halbes Jahr ins Land. Pedersen hatte sich weder auf die eine noch die andere Art hervorgetan. Er erledigte, wofür er eingeteilt war, nach bestem Vermögen; redete nur, wenn er angesprochen wurde und trug ständig einen verhärmten, weinerlichen Ausdruck zur Schau.

Über all dies wurde natürlich geredet. Denn in mancher Beziehung war Pedersen schon ungewöhnlich, und so etwas war an der Küste immer willkommen. Es war schon klar, dass dieser Mann irgendetwas mit sich herumtrug, mit dem er nicht fertig wurde. Erst bei einem feierlichen Treffen in Kap Thompson, an dem der überwiegende Teil der Einwohner teilnahm, gewann man etwas Klarheit über seine Person.

Ohne es zu wollen, fing Fängerschüler Pedersen an zu erzählen, und das übliche Gerede hörte augenblicklich auf. Es war weder Valfreds Heidelbeerwein noch der Wein des Grafen in etikettierten Flaschen, der seine Zunge löste – an diesen edlen Tropfen hatte er kaum geschnuppert. Pedersen steckte schlechterdings so voller Probleme, dass er auf der Bank saß und nicht mehr an sich halten konnte. Die Kameraden lehnten sich zurück und lauschten interessiert. Sie hatten so etwas natürlich erwartet, denn die dunkle Zeit macht die wunderlichsten Sachen mit Menschen, die Probleme haben.

Nun ist es so, dass die Probleme eines Grönlandfahrers oft auf das hinauslaufen, was man gewöhnlich Koller nennt. In Nordostgrönland heißt dieser Polarkoller oder »Dunkelklaps«, in Süd- und Westgrönland *qaqamut*.

Der Polarkoller baut sich langsam auf und verläuft in der Regel jeweils gleich. Die Probleme werden größer und größer und füllen schließlich den Betroffenen aus, bis er zu platzen droht. Die Anfälle können in einer reichen Zahl von Variationen auftreten: Einige Menschen bekommen eine Art Schlafkrankheit, in der der tiefe Schlummer wie ein Schutzmechanismus gegen die unlösbaren Probleme wirkt. Das ist eine recht harmlose Form, die man bei Säuglingen beobachten kann, wenn ihre Umgebung nicht anregend genug ist. Andere werden buchstäblich wahnsinnig: Sie laufen Amok, heulen wie mondsüchtige Füchse, schlagen alles entzwei, schießen auf alles Lebendige, während sie – allen gemeinsam – abwechselnd fluchen, weinen, grinsen und unanständige Lieder singen. Der Anfall ist nach ein paar Tagen vorbei, und der Befreite fällt in einen Ermattungszustand, aus dem er mit einem leichteren Gedächtnisausfall erwacht, geläutert und klar.

Darüber hinaus gibt es die bekannten Einsamkeitswanderer: Kollerkandidaten, die sich zu Fuß nach Süden begeben, um das Glück zu erjagen, oder Leute, die sich in eine Jolle setzen und nach Island rudern wollen. Diese sind lästig und unbequem, weil man sie begleiten und überwachen muss. Zu all diesen kommen dann noch Sehnsüchte nach Negerküssen, massenweise Hinrichtungen von dreibeinigen Hasen sowie aufgeputschte Frauenfantasien.

Pedersen tendierte zur letztgenannten Art von Koller. Er hatte seine unglücklichen Neigungen mit nach Grönland gebracht, nicht ahnend, dass sie gerade hier oben noch zunehmen und unmöglich zu beherrschen sein würden. Als er dann zu erzählen begann, hörten die Kameraden zu wie alle guten, menschenfreundlichen Seelsorger zugehört hätten.

Zuerst erzählte Pedersen über sein Vorleben. Er war eine Zangengeburt, ein Flaschenkind, weil der Mutter bestimmte nahrhafte Bestandteile in ihrer Milch fehlten, dann war er Bettnässer bis zu seinem elften Lebensjahr, eine Null in der Schule, eine Null unter seinen Geschwistern und auch eine Null im Beruf, als er bei einem Trikotagenhändler in die Lehre kam. Nur in seiner Militärzeit zeichnete er sich dadurch aus, dass er bei allen Scheiben ins Schwarze traf, die man vor ihm aufstellte. Dieses phänomenale Auge beim Schießen hatte ihm Pokale und Preise eingebracht und viele Jahre später dazu geführt, dass er als Fänger vom Direktor der Kompanie eingestellt wurde.

»Aber obgleich ich schießen kann, ist mit mir nicht viel los«, sagte er trübselig. »Und das alles, weil ich so klein bin.« Er breitete bedauernd seine Arme aus.

»Aber sag mir«, fragte Mads Madsen, »warum bist du hierher gekommen? Das hier ist doch überhaupt nichts für dich.«

Pedersen zuckte mit den schiefen Schultern. »Nee, das stimmt schon. Es ist nichts, jedenfalls nicht für mich. So ist es immer gewesen. Aber ich kann doch genauso gut hier oben oder irgendwo anders sein, nicht? Dort unten hetzt man nur hinter dem Leben her, ohne etwas von dem zu erreichen, was man haben möchte. Ich tauge zu gar nichts.«

»Was ist das, wozu du nichts taugst?«, fragte Sylte, »und was ist es, das du haben willst?«

»Ja, also, äh, die Sache mit den Frauen. Da kriege ich nichts zu Stande.«

Mads Madsen guckte ihn erstaunt an. »Nein? Bist du da ganz sicher, Pedersen?«

Pedersen nickte traurig. »Ganz sicher«, flüsterte er.

Mads Madsen betrachtete ihn mit erneutem Interesse. Ein Mann, der nicht für die Sache mit den Frauen taugte, war eine Sonderklasse. Es klang ganz unglaublich für Mads Madsen, der ja der Erfinder von Emma war, die an der Küste herumgereist war und manchen Mann erfreut hatte. »Hast dus probiert?«, fragte er.

»Ja, ich habs probiert. Aber es hat nie geklappt.« Pedersen blickte traurig in die Stube. »Ich bin so klein«, sagte er, »reichte gerade so über den Ladentisch.«

Mads Madsen grübelte lange nach. Was war wohl mit »gerade so über den Ladentisch« gemeint? War das eine versteckte Andeutung oder einer dieser neuen Ausdrücke, die kamen und gingen in der dänischen Sprache. »Ja, hm, gerade so über den Ladentisch also. War es das, was du gesagt hast?«

Pedersen nickte. »Ja, die guckten mir gerade so über den Kopf, versteht ihr. Das war die Hölle. Könnt ihr euch vorstellen, fünfzehn Jahre lang im Laden zu stehen und die intimsten Bekleidungsstücke für Damen zu verkaufen? Kleine Höschen aus Seide, Strümpfe, durch die man durchgucken konnte, schwarze Hüfthalter mit roten Rosetten und Büstenhalter, nicht größer als die Säcke unter Valfreds Augen, und dann solche wie Bjørkens Hängematte?« Es zuckte um seinen Mund. »Das Schwerste waren fleischfarbene Korseletts«, er begrub sein Gesicht in den Händen. »Oh Gott, versteht ihr, was das für ein Leben war?«

Es wurde still in der Stube. Sogar Valfred, der gerade den Kopf in der Koje des Schwarzen William erhoben hatte, um das Schnapsglas an die Lippen zu setzen, verharrte in dieser Bewegung. Pedersen saß eine ganze Minute unbeweglich. Dann nahm er die Hände vom Gesicht und guckte nach unten.

»Fünfzehn Jahre lang habe ich Heimlichkeiten verkauft. Fünfzehn Jahre lang musste ich mich damit begnügen zu träumen.«

»Die Hölle.« Mads Madsen räusperte sich kräftig. »Die reinste Hölle. Warum bist du nicht an sie herangegangen, Pedersen? Aufgesprungen und ran?«

»Ich bin zu klein«, seufzte Pedersen. »Sie guckten mir gerade über den Kopf. Nicht einmal einen Kamelhaarwärmer um ein Mädchenknie habe ich erlebt. Ich habe einfach nicht das, was man haben muss – die Gabe, die sie ohnmächtig werden lässt.

Der Schwarze William blickte mitleidig auf den kümmerlichen Pedersen. »Hör mal, Pedersen, so kanns aber doch nicht weitergehen. Man muss manchmal seinen Kompass richten, das musst du sehen, sonst kann man keinen Kurs halten. Ich meine, du solltest mit mir zum Südkap kommen, wenn ich das nächste Mal hinfahre.«

Pedersen schüttelte langsam den Kopf. »Das nutzt nichts, William, es gibt auch dann keine, die mit mir gehen will. Deshalb bin ich ja auch hier heraufgekommen, denn hier gibt es jedenfalls keine Frauen, bei denen ich den Kopf verlieren könnte.«

»Am Südkap gibt es ziemlich viele«, sagte der Schwarze William. »Schöne braune Weibsbilder, die anfangen, wie Tauben zu gurren, wenn sie einen Schlitten draußen im Fjord sehen. Komm mit dorthin, Pedersen.«

»Das geht nicht«, Pedersens Stimme zerbrach, sie konnten hören, dass er beinahe zu flennen anfing. »Ich bin viel zu klein, ich weiß es.«

Valfred kippte schnell den Schnaps hinunter und stellte das Glas aufs Bord. »Nee, Pedersen, diese Sache da mit der Größe hast du in den falschen Hals gekriegt«, wandte er ein. »Die Größe ist völlig ohne Bedeutung, musst du wissen, denn ich kannte mal einen winzigen Kerl aus Korsor, der konnte sie alle ins Heu kriegen, ganz wie er wollte. Er war klein und dürr wie ein Buschmann, und er hatte einen Zinken, der wie ein Wasserhahn aussah, der ständig tropfte. Größe und Aussehen sind gleichgültig, Pedersen, wenn man sich nur Mühe gibt wie der aus Korsor. Er war ausgerüstet wie diese Buschmänner da. Ich kannte nämlich einmal jemanden, der ihnen in Afrika begegnet war, und der sagte, dass sie ständig mit halbaufgerichtetem Stammvater herumliefen, und dass sie ihn überhaupt nicht herunterkriegten, also diese Buschmänner. So wars auch mit dem aus Korsor. Die Mädchen wurden schon schwach, wenn man nur von ihm sprach. Ein richtig kleiner Buschmann war er, der Mädchen in Slagelse und Soro hatte, obgleich er ja aus Korsor war.«

»Er hatte eben alles«, seufzte Pedersen, »alles, was mir fehlt.«

»Er hatte auch schon was in seinem Blick«, räumte Valfred ein. Er legte sich zurück in die Koje und faltete die Hände über seinem dicken Bauch. »Und was für ein Blick, erinnere ich mich. So einen solltest du dir auch zulegen, Pedersen.«

Pedersen zuckte wieder die Schultern. Er hatte keine Ahnung, wo er einen solch meisterlichen Blick hernehmen sollte. »Ich bin zu klein«, jammerte er beharrlich, »egal, was ihr meint, ich bin zu klein, und das kann ich bald nicht länger ertragen.«

Die vielen wohlmeinenden Freunde, die am Tisch saßen, studierten ihn eingehend. Vielleicht gab es etwas an seiner Person, das man loben hervorheben konnte, um so den Anfang für ein wenig Selbstvertrauen zu legen. Aber als sie ihn so lange betrachtet hatten, dass es fast aufdringlich wirkte, mussten sie zugeben, dass nicht viel zu machen war. Pedersens Augen würden nie den richtigen Blick haben: Sie waren klein, standen dicht beieinander, dazwischen eine scharfkantige Nase, die Augen rotumrändert und von hellen, fast unsichtbaren Wimpern umsäumt. Es war klar, dass Pedersen mit diesen Augen den Frauen keine Avancen machen konnte.

»Na ja, es gibt bestimmt noch andere Körperteile als die Augen«, hielt Leutnant Hansen entgegen.

Alle guckten ihn erwartungsvoll an. Hatte dieser Kriegshandwerker wirklich das Unsichtbare gesehen?

»Ich meine, dass ein gerader und furchtloser Rücken einen stärkeren Eindruck beim anderen Geschlecht hinterlässt als alles andere«, sagte der Leutnant. »Er zeugt von einer stolzen und männlichen Gesinnung, von Stärke und Willenskraft, und das sind Eigenschaften, die eine Frau schätzt.«

Man guckte auf Pedersens Rücken. Die Hoffnung zerschlug sich. Selbst wenn man ihn sich gerade vorstellte, wäre er alle Tage unschön und in hohem Grad eine Beleidigung für Auge und Gemüt eine Anfechtung. Die Rückenlinie war wie eine Käseglocke geformt und nicht dazu angetan, eine junge Dame zu verführen. Es lag etwas Provozierendes und gleichzeitig Demut und Selbstverleugnung in der Form dieses sonderbaren Rückens. Es stand schlecht um Pedersen, sowohl nach außen als auch innerlich.

»Wir können es ja dennoch mit dem Südkap versuchen«, murmelte der Schwarze William, der langsam Zweifel bekam, ob die Frauen bei Pedersens Anblick gurren würden.

Es wurde wieder still in der Stube. Pedersen schnaufte einige Male. Dann stand er auf und ging mit krummem Rücken durchs Zimmer, öffnete die Tür und verschwand draußen in der Nacht.

»Verdammt, wir haben Emma nach Hause geschickt«, murmelte Mads Madsen. »Sie wäre genau das Richtige für Pedersen gewesen, der ja ansonsten gesund im Saft steht.«

Man wartete vergeblich auf die weitere Entwicklung des Kollers. Alle meinten, dass Pedersen sich an der Schwelle zum Ausbruch befand, und man nahm an, dass er bald zu den Einsamkeitswanderern gehören würde. Aber es geschah nichts. Lodvig, der die Hoffnung gehegt hatte, einen entspannteren Kameraden zu bekommen, war schwer enttäuscht. Er dachte während der ganzen Heimfahrt darüber nach, wie er den Anfall provozieren könnte, damit sie es für den Rest des Winters etwas lustig in Ross Bay hätten. Je mehr er über Pedersens Situation nachdachte, desto schlechter fühlte er sich. Denn es war einleuchtend, dass Pedersen, wie er selbst behauptete, nichts von dem hatte, was man haben sollte. Er hatte nichts von all dem.

Ein Fänger wurde er nie, egal wie sehr er sich auch anstrengte. Er stellte seine Fallen dort auf, wo sie vom Schnee begraben wurden, die Büchse war immer vereist, sodass das Schloss nicht funktionierte, wenn er sie gebrauchen wollte. Das Abziehen der Häute schaffte er kaum, wenn es ihm dennoch gelang, ohne es zu verderben, und er es zum Ausspannen aufs Brett gezogen hatte, ohne dass es riss, und es sogar ohne Missgeschick auf den Trockenrost über dem Herd expediert hatte, dann sollte es mit dem Teufel zugehen, wenn er nicht noch den Feuerhaken durchs Fell trieb, weil er sich die Finger daran verbrannte, als er die Herdringe abheben wollte: Es war etwas Grundsätzliches regelrecht verquer bei Pedersen. Ein ordentlicher Mensch verhielt sich nicht so. Es war in seinem Leben etwas schief gegangen, das fühlte Lodvig, und es war auch sonst etwas, das Pedersen zurückgegeben werden musste.

Als sie zu Hause eintraten, beobachtete Lodvig seinen Arbeitskameraden aufmerksam. Er fand sehr schnell heraus, dass alle Missgeschicke im Grunde überhaupt keine Missgeschicke waren, sondern etwas, das im Menschen Pedersen protestierte, sich bemerkbar machte. Pedersen war eigentlich weder schlechter noch besser, hässlicher oder abstoßender als die meisten Menschen, und er konnte mit beiden Beinen auf der Erde stehen, und das sollte eigentlich für jeden ausreichen.

Zuerst musste Pedersen – also der Pedersen, der glaubte, der unglückliche Pedersen zu sein – völlig ausgelöscht werden. Und das würde nicht schwierig sein, meinte Lodvig, denn gerade dieser Pedersen war klein wie eine Filzlaus und sicher zwischen den Nägeln zu zerdrücken. Lodvig fing deshalb an, den fixierten Pedersen systematisch zu demontieren: Er errichtete eine Hölle über dem Haupt seines Hausgenossen.

Früher war Lodvig nachsichtig und verständnisvoll gewesen. Er hatte Pedersen mit dessen Schwermut und verhärmtem Gesicht herumlaufen lassen. Jetzt fing er an zu schimpfen, beklagte sich über Löcher in Fuchsfellen, übers Essen, über die verdrießliche Visage, Pedersens Aussehen, dessen übel riechenden Atem, die Hygiene und auch seine Ungeselligkeit. Er stichelte täglich über seine Größe und sein gespanntes Verhältnis zu Frauen.

Pedersen senkte den Kopf noch um einige Zoll und nahm alles auf seinen krummen Rücken.

Lodvig sprach oft von Frauen. Er erzählte von einem Mädchen am Südkap, das Agathe hieß und offenkundig immer das Mädchen des Schwarzen William gewesen war, aber jetzt von Lodvig ausgeliehen wurde. Er ließ sich viele Abende über das Thema aus, ging ins Detail, während Pedersen schwer atmete und sich krümmte.

Erst gegen Ende März war Lodvig so weit, dass er sich Hoffnungen auf einen baldigen Zusammenbruch machen konnte. Pedersen murmelte seit einiger Zeit unzusammenhängend vor sich hin, rief nach seiner Mutter am helllichten Tage und schrie jede Nacht im Schlaf, bis ihn Lodvig weckte und ihn bat, die Klappe zu halten.

Pedersens Hände zitterten, und das war ein gutes Zeichen, und er kroch vor Lodvig wie ein geprügelter Hund.

Nun war Lodvig nicht sonderlich belesen. Er wusste nichts von präpsychotischen Störungen und ihren Gesetzen. Er war außer Stande, Pedersen zu helfen, indem er dessen psychisches Krankheitsbild entwarf; er musste sich ausschließlich auf seinen gesunden Verstand stützen. Das war wahrscheinlich ein Glück für Pedersen. Lodvig hatte nur sein eigenes Programm: In Pedersens Kopf hatte sich festgesetzt, dass er ein Gnom war und die Welt um ihn herum aus Übermenschen bestand. Also: Wenn er klein war, musste Lodvig sehen, dass er noch kleiner wurde, so klein, dass schließlich nichts mehr von ihm übrig war. Dann würde der richtige Pedersen in Erscheinung treten. Das war alles ganz einfach, meinte Lodvig, unangenehm allerdings für beide Teile, solange die Behandlung andauerte. Er hatte großes Mitgefühl mit seinem Arbeitskameraden und wollte nur das Beste für ihn.

Eines Abends saßen sie in der Stube und puderten Felle mit Kartoffelmehl. Lodvig starrte Pedersen scharf an, der dasaß und das Mehl geistesabwesend über seine Sonntagshose streute.

»Was zum Teufel machst du da, Mann«, fluchte Lodvig.

»Entschuldigung«, stotterte Pedersen. Er streute nervös eine Hand voll Kartoffelmehl über die Backen.

»Du kommst mir verdammt vor wie eine Kuh beim Pulloverstricken.« Lodvig schüttelte resigniert den Kopf. »Guck mal, wie du den Fußboden bei dir versaut hast.«

Pedersen legte das Fuchsfell beiseite. »Ich bin vielleicht etwas zerstreut«, entschuldigte er sich.

»Zerstreut«, höhnte Lodvig. »Jetzt schneidest du auf, du Würstchen. Was zum Teufel sollen das wohl für Gedanken sein, die du verstreust? Du bist leer, Pedersen, völlig leer im Oberstübchen. Das ist es, was mit dir los ist. Meinst du nicht, dass es mittlerweile Zeit ist, dich etwas zusammenzunehmen? Vielleicht kommst du ja dahinter.«

»Das könnte ich vielleicht«, entgegnete Pedersen resigniert. Er ging zum Herd und begann, Essen zu machen. Lodvig sah ihm zu, wie er zwei Stücke Fleisch von einer Moschuskeule säbelte und ins Feuer steckte, worauf er Kohlen auf die fettspritzende Pfanne schaufelte. Jawohl, Pedersen war heute Abend wirklich zerstreut.

»Morgen verreisen wir«, gab Lodvig bekannt. »Eine längere Reise.« Pedersen nickte. Dann würden sie eben verreisen, das war bestimmt nicht schlimmer als hier in der Hütte zu hocken. Er bemerkte plötzlich die Kohlen in der Pfanne und schielte nervös zu Lodvig hin.

»Ich liebe gebratene Kohlen«, grinste Lodvig, »wenn es nicht zu viel verlangt ist, hätte ich sie gerne nur kurz angebraten.«

Pedersen entschuldigte sich vielmals. Er kippte die Kohlen in den Herd und schnitt neues Fleisch. »Wo fahren wir hin?«, fragte er. Nicht um es zu erfahren, sondern um Interesse zu zeigen.

»Nach Norden«, entgegnete Lodvig.

»Ja so, nach Norden.« Pedersen setzte sich und starrte auf die beiden dunkelroten Fleischstücke. Dann seufzte er schwer, nahm das Fuchsfell auf und fuhr fort, mit seinem Messer dünne Häutchen abzuschaben.

Die Rückkehr der Sonne hatte auf Pedersen keine belebende Wirkung gehabt. In seinem Fall trat eher das Gegenteil ein – darüber war sich Lodvig allerdings sehr im Klaren. Denn seltsamerweise passieren die meisten Ausbrüche beim Koller gerade in den Monaten nachdem die Sonne ihr rot glühendes Gesicht zum ersten Mal wieder hinter den Felsgipfeln zeigt.

Pedersen trabte hinter dem Schlitten her, sein graues und gequältes Gesicht im hellen Licht. Er ging krumm, eine Hand an der Schlittenwange, und guckte hinunter auf seine holzbesohlten Stiefel, die sich unter ihm bewegten. Lodvig lag auf dem Schlitten, der von Laban gezogen wurde. Er hatte die Anorakkapuze zurückgestreift und blinzelte vergnügt in den noch kalten Sonnenschein.

Es war schön im Sorte-Fjord zu dieser Jahreszeit. Die Felsen waren niedrig und rund zu beiden Seiten, sie lagen wie gewaltige Badenixen an einem breiten Strom, anmutig und einladend.

»Dies hier nennt man die ›Jungfrauenstraße‹«, erklärte er Pedersen. Diesmal ganz ohne Hintergedanken.

Aber Pedersen fasste es sofort als Stichelei auf. »So«, antwortete er, ohne den Blick von seinen holzbesohlten Stiefeln zu wenden.

»Hier gab es einen Fänger, der hieß Roar, der ging hin und wollte den Mond abschießen«, erzählte Lodvig. »Er war Norweger«, fügte er hinzu, wie um das Phänomen zu erklären. »Ach ja«, nickte Pedersen.

»Koller«, sagte Lodvig. »Er hatte bei mehreren Gelegenheiten einen Koller, der Roar, und schließlich mussten wir ihn einfangen und nach Hause schicken. Ich war dabei, also glaub nicht, dass ich Lügengeschichten erzähle.«

Pedersen nahm die andere Hand an die Schlittenwange. Er atmete schwer und schielte sehnsüchtig zum Schlitten, auf dem sich Lodvig breit machte. Er hätte sich gerne einen Augenblick draufgesetzt, konnte sich aber nicht überwinden, zu fragen. Denn Laban war Lodvigs Hund, dadurch besaß Lodvig das Anrecht auf den Schlitten. Pedersen atmete keuchend, er war nicht gewohnt an das Leben im Freien und fühlte sich eingeschüchtert in dieser gewaltigen Natur.

»Ja, du, dieser Roar, das war ein Kerl«, lachte Lodvig. »Er jagte den Mond eine ganze Saison und verbrauchte zwei Kisten 89er-Patronen und alles, was in Hauna an Munition sonst noch vorhanden war. Und als es mit dem Mond nicht klappte, fing er an, auf uns zu schießen, weil er uns der Wilddieberei bezichtigte. Was sagst du dazu? Er schrie immer wieder, dass er den Mond zuerst gesehen habe, also sei er seine Beute.« Lodvig schnäuzte sich über den Schlittenrand und wischte sich die Nase mit dem Fellhandschuh. »Keiner von uns wagte es, ihn nach dem März zu besuchen, denn er war ein verflucht guter Schütze. Er wurde erst im August eingefangen.«

»Ach ja.«

»Genau. Es waren Valfred und ich und Olsen und seine Leute. Roar hatte sich im Tal versteckt und mit sechs Litern Branntwein verschanzt und dem, was von den Patronen in Hauna übrig war. Aber wir hatten Zeit, denn das Eis saß wie ein Korken im König-Oscar-Fjord und machte Olsen sesshaft. Also ließen wir Roar seinen Branntwein in Ruhe trinken und warfen unsere Mützen hoch, damit er etwas hatte, worauf er schießen konnte. Und als das Gewehr und auch die Flaschen leer waren, umzingelten wir ihn und fesselten ihn ordentlich. Er weinte vor Freude, wirklich, dieser arme Schlucker, und war fast normal, bevor er an Bord der *Veslemari* ging.«

Pedersen gab keine Antwort. Denn, ehrlich gesagt, konnte er nicht einsehen, dass es so idiotisch war, den Mond abzuschießen.

Sie schlugen ihr Zelt zur Nacht auf, und nachdem sie gegessen hatten, begaben sie sich zur Nacht in ihre Schlafsäcke. Pedersen schlief, bevor er überhaupt richtig im Schlafsack war, er pfiff wie eine Ratte, als ihn die Träume überfielen.

»Armer Teufel«, murmelte Lodvig. Er kroch aus seinem Schlafsack, sammelte seine Sachen zusammen und baute das Zelt über Pedersens Kopf ab. Dann lud er alles auf den Schlitten, schirrte Laban an und glitt lautlos in die helle Nacht.

Pedersen schlief tief. Er lag mitten im weißen Fjord, wie ein kleiner, schmutziger Fleck auf dem Eis, umgeben von seinem Gewehr, einem Karton Patronen, einem Petroleumkocher und zwei Fünfliterkanistern Petroleum. Es war das erste Mal, seit er an der Ostküste war, dass er im Freien schlief. Zu Hause in Ross Bay hatte er nur die Fallen überwacht, die in Sichtweite der Station waren, und war in Sichtweite der Hütte gewesen, abgesehen von einigen Besuchsreisen, bei denen er in Lodvigs Gesellschaft war.

Daher fühlte sich Pedersen entsetzlich einsam, als er spät am Vormittag die Augen aufschlug und direkt in den blauen und unendlich fernen Himmel starrte.

»Lodvig«, murmelte er furchtsam. Er guckte nach beiden Seiten, aber da war kein Lodvig. Da waren weder Schlitten noch Laban noch Lodvig zu sehen. Nur sein Rucksack, Gewehr und Kocher mit Brennstoff.

Mit einem Ruck setzte er sich auf. Er kniff die Augen in dem starken Sonnenlicht zusammen und ließ den Blick über das flache Eisfeld schweifen.

»Wo ist er geblieben?«, flüsterte er entsetzt. »Er kann doch nicht einfach so abhauen.«

Pedersen kroch aus dem Schlafsack und zog seine Sachen an. Er setzte sich missmutig auf den Rucksack und wartete auf Lodvig. Erst gegen Nachmittag ging ihm auf, dass Lodvig ihn wirklich verlassen hatte und er ganz allein auf der Welt war, und er fing am ganzen Körper an zu zittern vor Schreck.

»Das kannst du nicht machen, Lodvig«, heulte er. »Ich werde dich schon finden, du kannst dich nicht so einfach aus dem Staub machen.« Er nahm seine Sachen und verfolgte Lodvigs Schlittenspur.

Spät am Abend verschwand die Schlittenspur. Pedersen blieb versteinert stehen. Dann lief er in immer größeren Kreisen herum, aber die Spur war und blieb verschwunden. Und gerade dort, wo Pedersen sie verloren hatte, setzte der frühe Morgenwind vom Sortesund ein und türmte den Schnee zu einer niedrigen Wehe auf und verwischte alle Spuren. Lodvig, der dieses Phänomen kannte, hatte diesen Weg genommen, um sicher vor einer Verfolgung zu sein. Er war weiter über die Snar-Höhen gefahren und in gerader Linie zurück nach Ross Bay.

Pedersens Hirn war ein einziger Wirrwarr. Er setzte sich erschöpft auf seinen Rucksack und begrub sein Gesicht in den Händen. Dann schluchzte er so gewaltig, dass er fühlte, wie sich alles Elend dieser Welt schwer auf seinen krummen Rücken legte. Was er all die Jahre gelitten hatte, erschien ihm in schneller Folge: Demütigungen, Foppereien, Verhöhnungen, Gelächter. All dies erlebte er wieder, und es ließ ihn weiterweinen. Bis spät in die Nacht saß er so und bejammerte sich und das Leben, das ihm ein schlimmes Schicksal beschert hatte, und er merkte erst, als er schon vor Kälte bebte, dass die Sonne längst hinter den Felsen untergegangen war. Er rollte seinen Schlafsack aus, kroch ins Warme, zog seine Mütze über den Kopf und weinte im Dunkeln weiter.

Pedersen schlief schlecht. Er fror und hatte Angst. Das Eis knackte und ächzte unter ihm, er fürchtete, dass es aufreißen oder aufbrechen und ihn aufs Meer hinaus tragen könnte. Zum ersten Mal in seinem arktischen Leben war er froh über das Licht, und er steckte seinen Kopf alle fünf Minuten aus dem Schlafsack und hielt nach Bären und Wölfen Ausschau, von denen Lodvig gesagt hatte, dass sie sich gerade in diesem Fjord herumtrieben. Erst als die Sonne wieder hoch am Himmel stand, fiel er in einen tiefen Schlaf voller Träume. Und da war Lodvig zum Sorte-Fjord zurückgekehrt und lag oben bei den Frauenzimmern der »Jungfrauenstraße« mit einem großen Feldstecher vor den Augen.

Die folgenden Tage hätten Pedersen leicht das Leben kosten können. Nachts lag er wach und fror, am Tag schlief und weinte er. Er war allein. So allein, wie ein Mensch überhaupt nur allein sein kann. Er rief laut, wenn es ihn überkam: Nach seinem Vater und seiner Mutter, nach Lodvig und Laban, und seltsam genug tat es ihm gut, zu rufen. Zum ersten Mal in seinem Leben konnte er ganz ohne Schamgefühl rufen, weil er wusste, dass ihn kein lebendes Wesen hören konnte.

Am dritten Tag kam Wind auf. Lodvig, der immer noch auf seinem Posten auf dem Berg lag, spannte die Leinen des Zeltes und schaufelte ordentlich Schnee auf die Außenhaut. Er wusste, dass ein Frühjahrssturm im Anmarsch war.

Pedersen bemerkte den Wind auch, denn er zerrte an seinem Schlafsack und blies kalte Luft herein, bis Pedersen bis auf die Knochen durchkühlt war. Dann plötzlich, ohne dass es ihm klar wurde, wie er dazu kam, hatte er die Erleuchtung, sich einzugraben. Es war ein Gedanke, der ihm spontan kam unter all den anderen verwirrenden Gedanken in seinem Kopf. Er blickte sich um. Am Strand lagen einige hohe Schneewälle, vielleicht sollte er es dort versuchen.

Der Schnee war fest und dicht. Er legte seine Sachen beiseite und begann mit einem der steifgefrorenen Robbenfellhandschuhe zu graben. Zuerst grub er in die Tiefe; instinktiv fühlte er, dass er zuerst nach unten musste. Als das Loch ungefähr seine halbe Körperlänge tief war, fing er an, es seitlich auszuhöhlen. Er arbeitete wie verrückt, grub und kratzte und warf den Schnee über den Rand, wo dieser sofort vom Wind mitgenommen wurde.

Der Sturm war über ihm, bevor das Loch fertig war. Er hackte in aller Eile ein paar lange, schmale Schneeblöcke heraus, die er übers Loch legte. Schon nach einem kurzen Augenblick waren sie mit herangewehtem Schnee bedeckt, und das Loch war dicht.

Pedersen richtete sich ein. Er breitete seinen Schlafsack aus und legte sich ausgestreckt darauf. Die Müdigkeit spürte er in allen Muskeln seines Körpers, ein Gefühl, so schien ihm, das angenehm und auch beruhigend war. Plötzlich war er hungrig, fühlte den Protest seines leeren Magens nach drei Tagen Fasten. Aber es gab nichts Essbares im Loch außer dem schmalen Gewehrgurt aus Robbenfell: Pedersen schnitt ihn ab, schnüffelte daran und steckte ihn probeweise zwischen die Zähne. Der Geschmack war nicht so schlecht, etwas herb vielleicht, aber auf keinen Fall abstoßend.

Pedersen legte sich zurück auf seinen Schlafsack. Er kaute energisch auf dem Gurt und fing an, sich selbst zu beobachten. Er horchte auf den Wind, seinen Herzschlag und auf das Geräusch, das der Gurt von sich gab, wenn er auf ihm kaute. Er betrachtete seine Hände, seine Handgelenke, tastete mit den Fingerspitzen die Form seines Gesichts ab, die lange Nase, die Bögen der Augenbrauen und die großen Ohren. Das alles war so merkwürdig und neu, obgleich er sein ganzes Leben damit gelebt hatte.

»Da habe ich Lodvig aber auf die Schippe genommen«, dachte er. Und Freude stieg in ihm bei diesem Gedanken hoch. Er sagte es laut. Und fuhr fort: »Lodvig ist ein kleiner, billiger Lump, ein trauriger Furz, dem ich wohl eins aufs Maul gebe, wenn wir das nächste Mal zusammengeraten.«

Pedersen war voller Freude. Er schloss die Augen und stellte sich Lodvig mit einer gewaltigen blutigen Nase vor. Er lächelte und kaute und streckte sich behaglich auf dem Schlafsack aus. Nachdem er einen Viertelmeter Gurt in sich hineingekaut hatte, kroch er ins Warme und legte sich schlafen.

Es war eine Nacht ohne Weinen und Träume. Der kleine Pedersen wuchs, während er schlief, und als der Sturm sich gelegt hatte, hatte er kaum noch Platz in dem Loch. Er stand auf und schob die Schneeblöcke vom Eingang weg. Die kalte Luft umströmte ihn, und als er den Kopf nach draußen steckte und in die reine und jungfräuliche Welt blinzelte, japste er vor Überraschung. Weiß, Weiß, Weiß – überall Weiß. Aber auch strahlendes Blau und Rot und Violett und alle Farben, die er kannte. Die Berge waren noch weicher vom Schnee, und er genoss ihre fraulichen, runden Formen in vollen Zügen. Der Himmel war so tiefblau, dass Pedersen glaubte, er sähe Blau zum ersten Mal. Es fiel ihm auf, dass diese blaue Farbe die Farbe der Unendlichkeit war, die tief und befreiend in seine Seele drang.

Er zwängte sich aus dem Loch und setzte sich auf einen der Schneeblöcke. Draußen auf dem Land entdeckte er drei dunkelbraune Flecken im Schnee. Steine, dachte Pedersen, aber als er lange genug hingeschaut hatte, kam es ihm so vor, als ob sie sich bewegten.

Das sind vielleicht einige dieser Ochsen hier, die Lodvig ab und zu schießt. Dieser Gedanke holte das Hungergefühl mit verstärkter Kraft zurück.

Vorsichtig glitt Pedersen zurück ins Loch. Er lud das Gewehr, untersuchte das Schloss auf Eis und zog seinen weißen Anorak über den Kopf.

Die Ochsen waren einige tausend Meter entfernt. Pedersen kroch bäuchlings aus dem Loch in den Schnee. Er robbte auf den Ellbogen vorwärts, wie er es beim Militär gelernt hatte, und zog den Körper hinterher. Unendlich langsam und ungeheuer wachsam näherte er sich den großen Tieren.

Lodvig lag im Felsen, den Feldstecher vor den Augen, und sah alles.

Pedersen legte an, als er dreihundert Meter vom nächsten Ochsen entfernt war. Er zielte und schoss, ohne dass seine Hände zitterten.

Der Krach rollte hinaus über den Fjord. Der Ochse brach in die Knie, blieb einen Augenblick liegen, schüttelte seinen gewaltigen Kopf und fiel dann auf die Seite, die vier stämmigen Beine zu Pedersen hin ausgestreckt. Die anderen Ochsen glotzten erstaunt ihren Kameraden an und schnaubten nervös. Dann krachte Pedersens Kanone noch einmal, und noch ein Ochse legte sich.

Das letzte Tier lief im Galopp zu den Bergen. Aber Pedersen sprang auf und schoss knieend. Er zielte sorgfältig auf einen Punkt über dem Kopf des Ochsen, und als die Hörner genau zwischen dem Korn waren, verpasste er ihm einen Schuss ins Genick, der ihn sofort fällte.

Lodvig ließ den Feldstecher sinken. »Ja, hier gibt es für uns beide nichts mehr zu tun, Laban«, sagte er zu seinem vierbeinigen Freund, »denn jetzt ist aus dem kleinen Pedersen der richtige Pedersen geworden.« Er steckte das Fernglas ins Etui und ging sein Zelt abbauen.

Pedersen war von seinem Jagdglück überwältigt. Er ging zu den Tieren, vom einen zum anderen, und stieß sie mit dem Fuß an. Er hatte bisher nie Großwild aufgebrochen, nur daheim in der Stube gehockt und kleine, magere Fuchskörper aus ihren Bälgen herausgefummelt. Aber, dachte er, kann man einem Fuchs das Fell über die Ohren ziehen, kann man sicher auch mit einem Ochsen ähnlich verfahren. Es war eben nicht die Größe, auf die es ankam.

Es wurde für Pedersen ein schweres Tagewerk. Er schuftete wie ein Wilder, der Schweiß lief in Strömen unter dem wollenen Unterhemd. Aber er fühlte sich nicht müde. Er sprach freundlich mit den toten Tieren, lobte ihr Fleisch und ihr schönes Fell, dankte ihnen herzlich, dass sie sich hatten erlegen lassen, sozusagen direkt vor der Haustür, und als er merkte, dass er an den Füßen fror, zog er Stiefel und Socken aus und steckte die Zehen in eine der frischen Häute, die mit warmem Blut vollgelaufen waren.

Wie viel Stunden er arbeitete, wusste er nicht, es war ihm auch völlig gleichgültig. Er zerlegte das Fleisch in geeignete Portionen und brachte sie zu seiner Schneehöhle. Diese erweiterte er um eine geräumige Speisekammer gegenüber dem Aufenthaltsraum, eine leichte Sache, weil er jetzt die Rippen eines der Tiere als Schneemesser verwenden konnte. Er legte zwei Felle als Unterlage für den Schlafsack auf den Boden und breitete das dritte steifgefrorene Fell als Falltür über das Eingangsloch.

Bevor er in seine Höhle hinunterkroch, verteilte er die Eingeweide der erlegten Tiere rund um die Höhle, vielleicht würden dadurch andere jagbare Tiere angelockt.

Pedersen fühlte sich richtig privilegiert, als er auf den beiden großen Fellen lag, ein gut gekochtes Stück Fleisch in der Hand. Er aß, trank Suppe und wurde richtig ein wenig berauscht von dieser kräftigen Kost. Er verspürte Müdigkeit, hatte aber keine Lust zu schlafen. Der Tag war so unverschämt herrlich gewesen, dass er ihn noch nicht loslassen konnte.

Als er sich satt gegessen hatte, setzte er sich eine Stunde an den Höhleneingang und schaute hinaus auf den Fjord. Die Eisberge standen aufgereiht draußen in der Sorte-Bucht, und ihm offenbarte sich eine Welt, die er nie zuvor zu schauen gewagt hatte. Er blickte lange auf die Eisberge, und bald begannen sie, sich zu verwandeln. Sie wurden zu großen Segelschiffen, zu Tempeln und Pagoden aus exotischen Ländern, fügten sich zu enormen Städten mit hohen Häusern, Türmen und Turmspitzen. Als die Sonne hinter den Sorte-Bergen unterging und die langen Schatten ausgelöscht wurden, wurden sie wieder zu glitzernden Eisbergen, die in dem sonderbaren grauen Licht ihre Form veränderten und in weichen Pastellfarben gezeichnet waren.

Pedersen nahm diesen wunderbaren Anblick mit in seine Höhle. Er kroch unter die Felle und horchte auf das Sieden des Petroleumkochers. Er war richtig satt vom Fleisch, voller Eindrücke und mit sich selbst zufrieden. Er schlief mit dem Bild der Eisberge, Berge und Täler, glitzernden Ebenen und tiefen, heimlichen Kluften in die Netzhaut eingeprägt ein.

Die ringsum verteilten Eingeweide waren ein unerwarteter Erfolg. Pedersen sah, als er am nächsten Tag den Kopf zur Falltür hinaussteckte, drei Füchse, die ihrem Bauch Gutes taten. Er griff hinter sich nach dem Gewehr und brachte es ohne Geräusche in Anschlag, und bevor die Füchse überhaupt mitbekamen, woher der Knall kam, sanken sie um, im Maul jeder ein Stück gefrorene Innerei. Pedersen brachte sie in die Höhle. Er stellte die Falltür aus dem Moschusfell mithilfe eines Schenkelknochens auf, setzte sich in die Vormittagssonne und zog den Füchsen das Fell ab, ohne auch nur ein einziges Mal ins Fell zu schneiden.

Es kamen noch mehr Gäste. Zuerst ein einsamer Blaufuchs, der vom Land her geschlichen kam und misstrauisch gegen den Wind witterte. Er machte einen Bogen um Pedersens Falltür und kroch geduckt zu den Eingeweiden. Lange, bevor er den ersten Darm erreicht hatte, zielte Pedersen bereits. Als er den Hahn spannte, erstarrte der Fuchs für den Bruchteil einer Sekunde; das hätte er nicht tun sollen, Pedersen schoss sofort auf den erhobenen Kopf. Der Fuchs knickte mit den Beinen ein und legte sich nieder, den Schwanz unterm Bauch.

So ging es die nächsten Tage weiter. Pedersen hockte in seiner

Höhle und erlegte einen Fuchs nach dem anderen. Er zählte nicht die Tage, wusste nur, wenn der Tag wiederkehrte, denn ganz langsam stieg die Sonne so hoch am Himmel, dass sie nicht mehr hinter den Felsformen verschwand.

Gesellschaft vermisste er nicht, denn das Leben war so neu und spannend, dass andere Menschen nur störend gewesen wären.

Eines Tages erschien ein Bär, ein altes, mürrisches Männchen, das ein paar Füchse verjagte, um selbst an die Krippe zu kommen. Pedersen saß lange und bewunderte das große Raubtier, und wenn seine Hände zitterten, als er anlegte, dann nicht aus Furcht, sondern aus Erregung. Er stellte sich voll sichtbar in der Höhle auf, rief »Hallo« zum Bären, der sofort herumfuhr und Unheil verkündend knurrte. Erst als der Bär in langen Sprüngen auf ihn zukam, feuerte Pedersen.

Die Innereien des Bären waren eine gute Nahrung für den Fuchsfang. Und weil sich Pedersen nichts aus dem Geschmack des Fleisches machte, warf er es auch für seine hungrigen Gäste hin, von denen er nur die mit den schönsten Fellen erlegte.

Das Frühjahr war nun so weit vorgeschritten, dass sich auf dem Eis kleine Schmelzwasserseen bildeten. Pedersens Petroleum war längst verbraucht, und er hatte allmählich das Verlangen nach trockenem Zeug und einer warmen Mahlzeit. Eines Tages packte er alles zusammen. Er brachte seine Felle in den Schlafraum, legte den Moschusdeckel über die Höhle, schaufelte ihn mit Schnee zu und brachte als Markierung einen Moschusochsenkopf auf einem kleinen Schneehaufen an. Dann lief er in die Richtung, von der sein Gefühl ihm sagte, dass dort die Ross Bay lag.

Er brauchte einige Tage, bis der rauchende Schornstein der Station in Sicht kam. Er stiefelte hinauf durchs Packeis, ging an Laban, der ihn begrüßte, vorbei und trampelte in die Stube.

Lodvig saß am Herd und zerkleinerte Kohlen mit einem Beil. Er drehte sich überrascht um, als Pedersen die Türen hinter sich zuwarf.

»Donnerwetter, bist dus, Pedersen?«

Pedersen nickte. »Ja, ich bins, Lodvig. Und jetzt bekommst du eins aufs Maul, weil du ein kleiner Scheißer bist.«

Lodvig stand auf. Er war drei Köpfe größer als Pedersen und hatte außerdem das Beil in der Hand. Ein großes, glückliches Grinsen breitete sich über seinem Gesicht aus.

»Meinst du das wirklich, Pedersen? Aber ich bin doch viel größer als du.«

»Man ist immer nur so groß, wie man liegt«, entgegnete Pedersen philosophisch. Er nahm den Rucksack ab, rollte sorgfältig die Anorakärmel hoch und verpasste Lodvig die blutige Nase, worauf er sich schon lange gefreut hatte.

Lodvig ließ das Beil fallen und griff sich an die Nase. »Das war aber einer von der kräftigen Sorte, Pedersen, du hättest mir ja das Nasenbein brechen können.«

»Das hätte dich nur verschönert«, antwortete Pedersen. Er zog den Anorak aus. »Aber wenn deine Nase nicht mehr blutet, könntest du vielleicht deinen Hintern bewegen und ein bisschen Fell vom Sorte-Fjord holen.«

»Fell? Was hast du gefangen?«

»Unter einem Schneehügel mit dem Kopf eines Moschusochsen habe ich sie eingegraben. Es sind zweiunddreißig erstklassige Fuchsfelle, zwölf zweitklassige, drei Ochsenhäute und ein Bär«, antwortete Pedersen. Er ging zum Herd und nahm den Wasserkessel herunter.

»Ach du liebe Güte.« Lodvig guckte ihn bewundernd an. »Wo hast du die denn alle erwischt?«

»Es gibt einige, die etwas zuwege bringen«, antwortete Pedersen, während er warmes Wasser in eine Waschschüssel goss, »während andere herumliegen und drinnen faulenzen.«

»Das ist doch ein Ding.« Lodvig guckte Pedersen stolz an, als ob dieser sein eigenes Werk war – was er zu einem gewissen Grad auch war. »Was sind denn deine Pläne?«, fragte er.

»Erst mich waschen und rasieren«, entgegnete Pedersen, »und dann muss ich die beiden Fünfliter-Kanister mit Petroleum auffüllen. Wenn du Lust hast, können wir zusammen in einen anderen Fjord auf die Jagd fahren.«

Lodvig nickte. »Das ist eine gute Idee.« Er reichte Pedersen ein Handtuch.

»Im Übrigen, Lodvig, kannst du gerne alle Fallen zuschnappen lassen«, sagte Pedersen, als er sich abgetrocknet hatte. »Ich habe eine Methode herausgefunden, bei der wir selbst die besten Felle unter den Füchsen auswählen können.«

Lodvig nickte begeistert. »Selbstverständlich, Pedersen. Wenn du etwas Besseres gefunden hast, dann probieren wir es aus.« Kopfschüttelnd und leicht grinsend verließ er die Hütte, und als er auf dem Schlitten saß, auf dem Weg zu Pedersens Fellen, war er richtig froh, dass Pedersen mehr als nur eine Einjahreserscheinung sein würde.

Eine literarische Geschichte

Gerade hatten sie die Jolle aufs Land gezogen und sie für den Winter gelagert, da wurde Anton von der Inspiration erfasst. Er begann am selben Abend ein schriftstellerisches Werk, von dem er überzeugt war, es werde in der Geschichte der Literatur einzigartig sein. Herbert zeigte großes Verständnis für diese intellektuelle Arbeit und übernahm freiwillig die Ausführung aller anderen Arbeiten auf der Station, solange Anton inspiriert war.

Anton arbeitete schwer. Nie war sein rechtes Handgelenk so angestrengt worden, nie waren seine Augen so müde gewesen, und nie hatte sein Rücken so geschmerzt. Bücher schreiben, das wurde ihm schnell klar, war anstrengender als von Falle zu Falle zu wandern, Hundeleinen reparieren oder Kleidung, Gewehr und Petroleumkocher; Essen machen, Wasser holen und Füchsen das Fell abziehen.

Nachdem er einen Monat hart gearbeitet hatte, wusste er ganz sicher, dass das, was jetzt zu Papier gebracht war, nichts Geringeres als seine Unsterblichkeit bedeutete – wenn das Heft mit dem Wachstuchumschlag nicht etwa durch einen Brand zerstört wurde, bei einem Transport verloren ging oder gestohlen wurde.

Aber Anton hatte auch Probleme. Nicht mit der Inspiration – die floss weiterhin wie Kacke aus einem Milchkalb, sondern mit seinem Schreibmaterial: Er besaß nur einen Bleistift. Und das Befragen von Besuchern ergab, dass es in diesem Jahr das einzige Exemplar an der gesamten Küste war. Bjørken besaß allerdings einen Füllfederhalter, aber den wollte er nicht ausleihen. Valfred meinte, dass ihm vor vielen Jahren ein Bleistift hinter den Küchenschrank gefallen sei, und als er den Schrank von der Wand abrückte, fand er tatsächlich den Stummel eines Zimmermannsbleistifts, den der Leutnant eiligst Anton brachte. Der Stummel war nach vierzehn Tagen verbraucht, obgleich Anton ihn ganz leicht aufs Papier drückte, um zu sparen.

Anton begann seinen fünften Roman im Oktober. Die vier ersten hatte er zum Reifen beiseite gelegt, wie er Herbert klarmachte, und natürlich auch wegen fehlenden Schreibmaterials. Sie waren nicht wichtig, mehr als Entwürfe für sein fünftes Werk anzusehen, das er mit diesem einen und ganzen Bleistift, den er noch übrig hatte, zu Papier zu bringen gedachte.

Der fünfte Roman war anspruchsvoll. Nicht allein, weil er seinem Verfasser alles abverlangte, sondern auch den Hausgenossen stark beanspruchte: Anton duldete keine Störungen, er schrieb am besten, wenn Herbert sich außerhalb der Hütte aufhielt. Für Herbert war es eine schwierige Zeit. Er lief herum und wusste nicht so richtig, was er anfangen sollte. Es war noch zu früh, Fallen aufzustellen, die durften nicht vor dem ersten November gestellt werden, und für Besuchsreisen war es schon zu spät, denn das Neueis war so dick, dass es die Jolle nicht mehr aufbrechen konnte. Er ging ein wenig auf Schneehuhnjagd, betrieb ein bisschen Robbenfang und hielt sich, so gut er konnte, tagsüber von der Hütte fern. Aber die Abende und Nächte musste er drinnen zubringen – zum großen Verdruss Antons und zum Schaden von dessen literarischen Erzeugnissen.

Anton musste sich eingestehen, dass die Hütte zu klein war, um einen Dichter und einen redseligen Fänger zu beherbergen. Auch wenn sich Herbert zusammennahm und ungewöhnlich wenig redete und seine knarrenden Strohschuhe gegen drei Paar dicke Wollsocken auswechselte – er war und blieb eine Geräuschquelle, die der Künstler nicht ertragen konnte. Das Scheppern eines Kochtopfes, das Zerkleinern von Eis oder das Geräusch von Kohlen, die in den Herd geschaufelt wurden, genügten, um Anton aus seinen Gedankenbahnen zu reißen, die ihn doch tiefer in die Fantasiewelt führen sollten, wo sich seine Figuren aufhielten. Er fand es absolut unmöglich, über zarte oder heiße Liebe zwischen zwei Menschen zu schreiben, wenn Herbert hinter ihm im Kohlenkasten herumstocherte oder in der Koje lag und unappetitlich schnarchte oder am Tisch saß und erzählte, dass der Hund Leila am Hund Angut festhing. So musste Anton leiden.

Aber auch Herbert litt. Er hatte größtes Verständnis für die künstlerischen Bestrebungen seines jungen Freundes, und jedes Mal, wenn er sich bei einer Störung ertappte, entschuldigte und bedauerte er diese lange und ausschweifend, was nur eine noch größere Störung bedeutete.

Als Anton sich an das dritte Kapitel dieses fünften Romans machte, richtete er, um seine Inspiration abzuschirmen, eine Ecke in der Stube ein, in der er in Ruhe und Frieden sitzen konnte. Er setzte mit Herberts Hilfe in eine Stubenecke einen Balken vom Boden bis zur Decke, zirka einen Meter von den Wänden entfernt. Vom Balken bis zu der einen Wand nagelte er Bretter, und bis zur anderen Wand hängte er das Segel ihrer Jolle als Vorhang auf. In diese Studierkammer stellte er eine leere Salztonne, brachte darüber eine Konsole an und stellte seinen Stuhl hinein. Hier konnte er sitzen und ganz für sich sein – mit Bleistift und Buch auf der Tonne und der Petroleumlampe auf der kleinen Konsole. Als Ausschmückung gab es eine Schrotflinte Kaliber 16 mit defektem Hahn, die er nur benutzte, wenn er störende Raben vor seinem Fenster verscheuchen wollte.

Auch Herbert war zufrieden mit dieser Regelung. Er konnte jetzt wieder seine Strohschuhe anziehen und sich einigermaßen frei in der übrigen Stube bewegen.

Anton schrieb, als ginge es um sein Leben. Er saß mit krummem Rücken vor der Tonne, seine langen Haare hingen ihm über die Ohren, und den letzten wichtigen Bleistift hielt er krampfhaft zwischen den Fingern. Er stöhnte und seufzte, schrieb und strich aus und schrieb wieder. Er las laut murmelnd vor sich hin, fluchte und jubelte und klopfte manchmal nachdenklich mit dem Bleistiftende an seine großen Schneidezähne.

Er schrieb den ganzen Oktober hindurch, er schaffte das dritte Kapitel und machte zum Monatswechsel drei Tage Pause, an denen er Herbert half, die Fallen im Gelände aufzustellen. Als er zurückkam, hatte er rote Wangen und frische Inspiration und warf sich sofort auf das wichtige Kapitel vier, das er im Kopf schon fertig hatte und bloß noch schwarz auf weiß festhalten musste.

Mitte November war er so weit weg in seiner Fantasie, dass er das Gefühl für die Zeit völlig verlor. Hin und wieder zog er das Segeltuch zur Seite und steckte seinen blassen und übernächtigten Kopf in die Stube hinaus, wo Herbert saß.

»Hör mal, Herbert, ist es Nacht oder Tag?«, fragte er dann. Und Herbert, der auf solche Dinge achtete, sagte ihm Datum und Uhrzeit. War es Nacht, fühlte Anton sich schlapp, müde und ausgeschrieben, wenn Herbert ihm aber sagte, dass der Tag gerade begann, machte er seinen schmerzenden Rücken gerade, zog den Bleistift aus den Haaren, legte die Beine um die Salztonne und ging eifrig weiter zu Werke.

Es wurde Vollmond. Schnee war gefallen und lag in sanften Hügeln um Guess Grave. Svenssons Buckel erhob sich schwarz und knorrig, als ob er aus einem Meer flüssigen Silbers auftauchte.

Das Mondlicht hielt die Raben wach. Sie kamen von den Felsen herunter und kreisten über der Station, wo sie sich der erforderlichen Müllbeseitigung annahmen. Als es um die Hütte herum nichts mehr zu fressen gab, flogen sie neugierig zu den Fenstern, die warm und golden in die Nacht leuchteten. Sie guckten in die Stube zu Herbert hinein, der am Tisch saß und las, und sie guckten in das kleine Fenster, hinter dem sich Anton mit seiner Kunst abplagte. Dann schrien sie laut, wie es Raben nun einmal so tun.

Anton hatte ein gespanntes Verhältnis zu Raben. Das stammte aus seinem ersten Jahr als Fänger bei Valfred in Fimbul. Ein Jahr mit schweren Depressionen und Sehnsucht nach Gesellschaft, die Valfred bekanntermaßen in den Wintermonaten nicht bieten konnte, weil er bereits im Oktober in Winterschlaf fiel und erst wieder spät im April auftauchte. In dieser Zeit hatte Anton die Touren zu den Fallen allein gemacht und wurde meist von schwerer Niedergeschlagenheit befallen. Die Raben waren damals seine bevorzugten Feinde. Diese schwarzen Vögel, die überall in der Arktis zu finden sind, auch im Winter, hatten ihn verfolgt, wenn er von einer Falle zur nächsten wanderte. Sie hatten ihn wach gehalten in den Nächten, in denen er in Hütten oder im Zelt übernachtete, und sie hatten ihn verhöhnt, wenn er zeitig im Frühjahr hinaus zu den kleinen Inseln sauste, um die Sonne zu fangen. Ihr Schrei war in seinen Ohren zu einem schadenfrohen Gelächter geworden, einem Laut, der sich ihm tief ins Bewusstsein gegraben hatte, so tief, dass er immer wieder Wut bekam und blindlings um sich schlug, wenn er ihn hörte.

Es ist schwer und demütigend für einen Dichter, verlacht zu werden, vor allem mitten in einem solchen Schaffensprozess. Und ganz besonders schwer fiel es Anton, das laute, schmetternde Gelächter der Raben zu hören und sie dicht an der kleinen Fensterscheibe in eleganten Kreisen vorbeistreichen zu sehen.

Er riss sich los vom Papier, langte nach der Schrotflinte, stieß das Fenster auf und feuerte beide Läufe gleichzeitig ab. Die Flinte war alt und hatte den Fehler, dass immer beide Läufe losgingen, auch wenn man lediglich einen Abzug betätigte.

Die Wirkung war beruhigend. Anton konnte seiner Wut Luft verschaffen und die Raben zogen sich unter wütenden Protesten in die Berge zurück. Einzig die von Antons Fuchsschrot getroffenen Raben blieben als kleine, schwarze Vignetten im Schnee liegen, bis irgendein beherzter Fuchs sich erbarmte und sie mit Missbehagen fraß.

Anton tat dies alles unbewusst. Er schloss das Fenster, lud die Flinte für späteren Gebrauch und hängte sie an den Nagel, immer in Gedanken bei dem, was in dem Buch mit dem Wachstuchumschlag zu Papier gebracht werden sollte.

Aber die Raben ließen sich nicht lange fernhalten. Es war, als hätten sie Anton den Krieg erklärt und ihre Anzahl durch Herbeiholen weiterer Artgenossen aus nah und fern verstärkt. Jedenfalls hatte man nie zuvor so viele Raben in Guess Grave versammelt gesehen. Sie fielen von den Bergen ein und kreisten Tag und Nacht schreiend über der Station, und bald war Anton mit nicht viel anderem beschäftigt als im Fenster zu liegen und seine Feinde vom Himmelsgewölbe herunterzuholen. Erst nach achtundvierzig Stunden intensiver Kriegsführung war die Anzahl der Raben auf die ursprüngliche und erträgliche vermindert, und Anton hatte wieder einigermaßen Frieden.

Die Füchse der Gegend, fett und träge von dem zähen Rabenfraß, begannen kurz darauf wieder in die Fallen zu gehen, voller Sehnsucht nach dem Schneehuhnschenkel oder der Hasenkeule, die als Lockspeise in den Fallen angebracht waren.

Eines Abends brachte Herbert Kaffee und Schiffskekse zum Dichter. Er hatte einen guten Tag gehabt – vier Füchse in den Fallen – und war in richtig guter Stimmung.

»Wenn es so bleibt, Anton, dann kriegen wir ein Lob und auch eine

Zulage von der Kompanie, haha, und auch vorgezogene Pension«, sagte er und stellte den Kaffeetopf auf die Salztonne. Er blieb ein bisschen an dem zurückgeschlagenen Segel hängen.

»Sie sind völlig verrückt danach, in die Fallen zu gehen in diesen Tagen. Und es gibt mehr blaue als weiße Füchse dieses Jahr«, fuhr er fort. Herbert war in aufgekratzter Stimmung und wollte seine Freude mitteilen.

Anton gab keine Antwort. Er blickte düster über den Tonnenrand, den Bleistift im Mund, und hielt mit beiden Händen die Tonne fest.

Herbert versuchte, ihm über die Schulter zu sehen. Er war sehr neugierig auf Antons Produktion, aber Anton war unbeugsam. Bei den ersten Romanen hatte er sich gerne mit Herbert darüber unterhalten, aber dieser Roman war mit Herzblut geschrieben, er sollte den vernünftigen Leuten erst zugänglich sein, wenn er fertig gestellt war.

Herbert konnte nichts erkennen, obgleich er weitsichtig war; denn Antons Schrift war ein winziges Gekritzel wegen des Papiermangels und fast unsichtbar, um die Bleistiftmine nicht zu vergeuden. Er erkannte bloß einige undeutliche, graue Schatten auf dem weißen Papier.

»Ja, du schreibst also«, sagte er. Er stand etwas verlegen da, wie es so ist, wenn man gerne ein Gespräch anfangen will, aber keine Antwort bekommt. Tief in Gedanken ließ er seine Hand an Antons Schrotflinte hinabgleiten, und als seine Finger den Abzug erreichten, krümmten sie sich aus alter Gewohnheit.

Es war eine absolut unbewusste Handlung. Er war deshalb genauso überrascht und schockiert wie Anton. Der Knall, der in dem kleinen Raum ertönte, war unbeschreiblich. Herbert und Anton waren mehrere Minuten taub. Anton fiel von seinem dreibeinigen Stuhl, die Petroleumlampen in der Studierkammer und der Stube wurden von der Druckwelle ausgeblasen, und Herbert taumelte in die Stube, kippte den Tisch um und schlug mit dem Kopf auf den Fußboden, sodass er einen Augenblick das Bewusstsein verlor. Als er wieder zu sich kam, war es still wie in einer Kirche. Er setzte sich auf und flüsterte:

»Anton?«

Kein Laut.

»Anton?« Er wiederholte seine Frage lauter. »Anton, hörst du mich? Lebst du?«

Immer noch keine Antwort. Anton lag wie versteinert vor Schreck. Er war so weit weg auf der Suche nach dem nächsten Satz gewesen, dass er kaum den Knall hörte, als die beiden Läufe losgingen. Und er hatte den Bleistift im Mund gehabt, als er durch den Schock japsend hintenüber fiel. Nun war er weg, und er hatte einen beklemmenden Verdacht, welchen Weg der Bleistift wohl genommen hatte. Zudem war er stocktaub und hörte Herbert nicht.

Herbert erhob sich und tastete mit zitternden Händen nach der Stearinkerze, die auf der Konsole über dem Herd stand. Als er sie angezündet hatte, ging er mit schlotternden Knien zu Antons Kabäuschen.

»Anton! Du lieber Gott, du bist doch nicht abgekratzt?« Er kniete bei seinem gefällten Kameraden, der unbeweglich mit seltsam toten Augen dalag. »Bist du getroffen, Anton, sag mir, hörst du mich?«

Anton nickte ganz schwach. Er drehte den Kopf und guckte Herbert mit einem verzweifelten Blick an.

»Der Bleistift«, murmelte er verstört.

»Ach, Gott sei Dank.« Herbert fasste ihn um die Schultern und setzte ihn auf. »So, gut, dass dir nichts passiert ist. Himmel, was hätte alles geschehen können. Wie zum Teufel kannst du da eine geladene Kanone hängen haben, das ist nun wirklich nicht zu verantworten.«

Anton blickte ihn mit leeren Augen an. »Der Bleistift«, wiederholte er.

»Scheiß auf den Bleistift«, erwiderte Herbert. »Pfui Teufel, was habe ich für eine Angst gehabt. Solche Schrotkörner schwirren wie Fliegen in einer Flasche herum, wenn sie nicht den Weg hinaus können. Den Bleistift, den finden wir schon.« Er stellte die Salztonne auf und half Anton auf den Stuhl. »So, jetzt siehts wieder ordentlich aus. Jetzt kannst du weiterkritzeln.«

Anton saß aufrecht da, die Hände im Schoß. »Der Bleistift ist weg«, sagte er unglücklich. »Er ist verschwunden.«

»Schnickschnack. Komm, wir gucken mal nach.« Herbert ging auf die Knie und guckte unter den Stuhl. »Nee, hier ist er nicht.«

»Ich habe ihn verschluckt«, sagte Anton. »Ich wurde völlig überrascht, und so ist er hinuntergerutscht.«

»Bist du sicher?« Herbert stand auf. »So ein langer Bleistift. Hast du ihn wirklich verschluckt?«

Anton nickte. Er strich über die erwartungsvolle leere Seite in seinem Buch. »Hier ist der Roman also zu Ende, Herbert«, sagte er finster.

»Du kannst bestimmt weiterschreiben, wenn du einen neuen Bleistift bekommst«, meinte Herbert.

»Unmöglich. In ein oder zwei Wochen ist der Roman aus meinem Hirn verschwunden«, sagte Anton. »Und ohne diesen Roman bin ich als Schriftsteller erledigt. Er ist der Schlüssel für alles, was ich später geschrieben hätte.«

»Ja, das ist natürlich schlecht.« Herbert rieb den Handrücken an den Bartstoppeln. »Es kann doch sein, dass Funker Mortensen etwas Schreibzeug hat. Er besitzt bestimmt ein ganzes Lager.«

»Er hat nur zwei Federhalter.«

»Dann leihen wir uns einen aus.«

»Wir haben keine Tinte, Herbert, und ich schaffe es nicht, nach Rumpelhuk zu kommen, bevor der Roman verschwunden ist.«

»Das ist schade.« Herbert ging zurück in die Stube, um die Kaffeekanne zu holen. »Die Sache mit der Tinte, die könnten wir regeln. Etwas Pulver und Blut. Was für einen Roman könntest du damit schreiben, nicht?«

Anton blickte zur Decke. Ein Tropfen war ihm auf den Kopf gefallen, und er spürte, wie er über sein Gesicht lief. Wieder fiel ihm ein Tropfen auf den Scheitel.

»Ich glaube, ich blute«, sagte er leise.

Herbert zeigte sich in der Öffnung. Er guckte ihm prüfend ins junge Gesicht.

»Das ist kein Blut«, sagte er, »denn dann wärst du anders als alle anderen Leute eingerichtet.« Er streckte einen Finger aus und fing einen Tropfen von Antons Stirn. Er probierte ihn.

»Öl«, sagte er. »Du schmeckst nach Öl.« Er guckte nach oben und erblickte einen langsam größer werdenden Fettfleck an der Decke. »Wir haben wohl irgendetwas dort oben getroffen, etwas mit Öl.«

Sie stellten die Leiter an die Bodenluke und krochen hinauf, um das Phänomen zu untersuchen. Sie fanden eine Kiste, die sechsunddreißig Dosen Ölsardinen enthielt, wie sich herausstellte.

»Das war ein Schuss«, grinste Herbert. Er nahm die Dosen einzeln heraus und legte sie in eine große Wanne, um das Öl zu retten. Nur die unterste Schicht war durchlöchert, und als er zu den heilen Dosen kam, guckte er Anton forschend an.

»Sag mal, Anton«, fragte er, »dieser Roman, bedeutet er dir viel?«

»Alles«, antwortete Anton.

»Das mit dem Bleistift ist Pech, was? Möchtest du ihn wiederhaben?«

Anton sah ihn vorwurfsvoll an. »Du bist kein Künstler, Herbert, denn sonst würdest du nicht solch eine idiotische Frage stellen.«

»Nein, das ist schon richtig. Aber ich dachte, wenn du den Bleistift gerne wiederhaben möchtest, dann könnten wir den Prozess so weit beschleunigen, dass du den Roman nicht vergisst.« Er zeigte auf die Sardinendosen. »Solch fette Burschen wie die da machen der Verdauung ordentlich Dampf, Anton, die sind besser als Rizinusöl.«

Anton kam näher. Er starrte auf die Wanne. »Wie viele braucht man wohl dafür?«, fragte er. Sardinen waren noch nie sein Leibgericht gewesen.

»Wenn du die alle aufisst, sind wir auf der sicheren Seite«, meinte Herbert.

»Aber dann haben wir zu Weihnachten, Ostern oder Pfingsten keine Sardinen mehr«, widersprach Anton zaghaft.

»Wir opfern sie auf dem Altar der Kunst«, entgegnete Herbert edelmütig. »Von uns beiden ist nur einer der Leidtragende, denn möglicherweise machst du dir überhaupt nichts mehr aus Sardinen, wenn du die ganze Wanne verdrückt hast.«

»Wir können ja eine Dose für dich aufbewahren«, schlug Anton vor. »Es ist nicht gerecht, dass ich sie alle kriege.«

»Eine Dose mehr oder weniger bedeutet bestimmt nichts.« Herbert nahm eine von den unbeschädigten Dosen und legte sie aufs Küchenbrett. »Ja, also bitte, Anton, ich werde jetzt die Dosen aufmachen, während du dir den Bauch voll schlägst.«

Anton setzte sich an den Tisch und fing an. Er aß mit seinem Messer direkt aus den Dosen: Erst die Sardinen, dann trank er das Öl. Er schielte auf den Haufen leerer Dosen, der sich zu seinen Füßen ansammelte, und langte automatisch nach den frisch geöffneten und vollen Dosen, die ihm Herbert reichte.

»Meinst du nicht, ich könnte einen Schluck Branntwein kriegen, um sie runterzuspülen«, bat er. »Vielleicht kommen sie zu früh wieder hoch, wenn sie nicht neutralisiert werden.«

»Das geht nicht.« Herbert war strikt gegen diesen Vorschlag. »Man darf das Öl nicht verdünnen. Denk nicht an Branntwein, Anton, denk an den Roman, dann geht es schon. Hier ist eine neue, und da sind noch mehr«, sagte er heiter.

Als nur noch drei von den sechsunddreißig Dosen übrig waren, wurden Antons Augen unruhig. Er wurde blass, hielt die Hände krampfhaft auf die Oberschenkel gepresst. Herbert rollte routiniert die Dose Nummer dreiunddreißig auf und hielt sie Anton unter die Nase. Dieser blähte die Nasenlöcher auf, stieß einen halberstickten Schrei aus und sprang vom Stuhl auf zur Tür hin.

Herbert sah durchs Fenster, wie Anton an den Hunden vorbei zum Strand hinunterstürzte. Noch bevor er den Eisrand erreicht hatte, wo sie solche Sachen zu erledigen pflegten, riss er seine Hose runter und ging in die Hocke. Da zog sich Herbert diskret zurück. Er schnitt eine Scheibe Roggenbrot ab und belegte sie dick mit Sardinen aus der letzten offenen Dose.

Anton saß halb, halb lag er. Er stöhnte und schluchzte vor Anstrengung und wischte sich mit dem Hemdsärmel den dicken Schweiß von der Stirn. Als er sich nach geraumer Zeit für völlig leer hielt, reinigte er sich, zog die Hose hoch und stand lange da, die reine Luft einatmend.

Herbert hatte Kaffee gekocht und Branntwein auf den Tisch gestellt, als Anton zurückkam.

»Na?«, fragte er.

Anton nickte, sodass der Bleistift, den er hinters Ohr geklemmt hatte, fast auf den Fußboden gefallen wäre. »Der Roman ist gerettet«, antwortete er.

Sie tranken Kaffee und Branntwein, es tat Antons Magen gut. Er saß am Tisch, rollte den Bleistift zwischen den Händen und blinzelte schläfrig.

»Ja, dann musst du wohl wieder weiterdichten«, stellte Herbert fest, »es gibt ja einiges aufzuholen.«

Anton guckte ihn müde an. »Das kommt darauf an, ob es Nacht oder Tag ist«, antwortete er.

Herbert studierte seine Uhr. »Es geht auf die Nacht zu«, sagte er – was nicht ganz mit der Wahrheit übereinstimmte, da die Nacht längst vorbei war und der neue Tag gerade anbrach.

»Dann werde ich wohl ausnahmsweise ein paar Stunden schlafen«, verkündete der Autor, »ich fühle mich so richtig müde.« Er trank seinen Branntwein aus und kroch in die Koje. Der Bleistift wurde sorgfältig auf die Konsole über dem Kopfende gelegt. Kurz bevor er die Augen schloss, murmelte er zu Herbert hin, der immer noch am Tisch saß:

»Danke für die Hilfe, Herbert.«

»Schnickschnack, das war eine Kleinigkeit.«

Du hast dich um die Literatur verdient gemacht«, sagte Anton. »Meinen Roman für die Nachwelt gerettet.« Er schloss die Augen und versuchte, den Geschmack von Ölsardinen zu vergessen.

Der Floh

In einem arktischen Leben gibt es einen Zeitpunkt, an dem sich eine Leere einstellt, ein Stagnation, bei der man ein Gefühl bekommt, als ob man auf der Stelle treten würde. Dieser Zustand ist vor allem im ersten und zweiten Jahr ausgeprägt, wenn der Jäger noch nicht von dem unheilbaren Ödlandvirus befallen ist, der ihn für die Wildnis tauglich macht und ihm einen Panzer aus Ignoranz verleiht.

Obgleich man Funker Mortensens drahtlose Telegrafie bekommen hatte, um den Kontakt mit der alten Welt aufrechtzuerhalten, hielt man eigensinnig daran fest, nicht informiert zu sein. Dies stimmte nun auch mit Bjørkens neuester Philosophie überein, die vehement alles Historische ablehnte. Besuchte man Mortensen und Doc, hörte man Tanzmusik aus Reykjavik oder Kopenhagen an Stelle von Nachrichten und Vorträgen. Und so vermied man törichte Diskussionen um den Bart des Propheten, musste keine Stellung zu einem südamerikanischen Krieg beziehen, der ausgebrochen war, weil der Diktator eines dieser Länder die Menschen nicht mehr unter Kontrolle hatte, und keinen neu gewählten Ministerpräsidenten verurteilen, der nach der Wahl nicht die Wahlgeschenke verteilte, die er versprochen hatte.

Die Fänger in Nordostgrönland hatten nie am Gang der Welt teilgenommen. Auch als sie die Möglichkeit dazu besaßen, lehnten sie sie ab. Sie lebten als anständige, freie Menschen und erkannten, ohne sich selbst darüber im Klaren zu sein, instinktiv das biologische Erbe des Homo sapiens. Sie waren, wie alle Individuen ihrer Art sein sollten: halbwegs gesellig und so weit von Bienen- und Ameisenvölkern entfernt wie ein Elefant von einem Erkältungsvirus.

Vor allem war man skeptisch gegenüber Autoritäten: Die bedeuteten Gesetze und Verordnungen, die das Leben beschwerlich machten. Man lebte nach eigenen Gesetzen, die man im Großen und Ganzen einhielt, abgesehen von Valfred, der im Frühjahr ständig kanadische

Gänse schoss, aus Selbstverteidigung, wie er es nannte. Man hatte bestimmte Verhaltensnormen, ungeschriebene und unausgesprochene, die aber in hohem Maße respektiert wurden.

Die Monotonie des Alltags wurde hin und wieder von Ereignissen unterbrochen, die wie ein Ventil wirkten, bevor die Einförmigkeit zur Tristesse wurde. In der Regel waren es kleine Vorfälle, von denen man in größeren Gemeinschaften keine Notiz genommen hätte, und häufig waren diese Begebenheiten mit der Ankunft des Versorgungsschiffes verbunden.

Die folgende Geschichte ist ein Beispiel dafür, wie ein kleines Wesen eine ganze Gemeinschaft in Aufruhr versetzen kann.

Auf der Heimreise aus dem Westeis hatte die *Veslemari* Archangelsk angelaufen, um einen kranken Jäger abzusetzen. Kapitän Olsen hatte die russischen Zöllner gastlich zu Tee mit Rum in den Salon gebeten, und die Russen hatten nach der Untersuchung des Schiffes ihre schweren Schafspelze abgelegt und sich aufs Plüschsofa um den runden Tisch aus Birkenholz gesetzt.

Es wurde ein fideler Nachmittag, die Russen und Norweger tauschten Geschichten aus dem Eismeer aus, und Kapitän Olsen war in blendender Laune, als er am Abend zum Abschied der Hafenbehörde einen Abschiedsgruß tutete und in die nördliche Dwinabucht und weiter ins Eismeer hinausdampfte.

Auf seinem Sofa hatten die Russen einen Floh zurückgelassen: einen jungen und lebensfähigen Pulex irritans, ausgestreckt ungefähr einen halben Zentimeter lang.

Man sollte hieraus nicht den falschen Schluss ziehen, dass alle sowjetischen Zollbeamten voller Ungeziefer sind. Der Floh, von dem hier die Rede ist, stammte zwar aus einem russischen Schafspelz, aber besagter Pelz hatte sich wenige Stunden vorher an Bord eines griechischen Frachters befunden, und früh am Morgen hatte man ihn auf ein Plüschsofa an Bord eines Dampfers aus Hamburg geworfen, der eine Ladung Holz an Bord nahm. Das Einzige, was wir mit Sicherheit sagen können: Der Floh ist in Archangelsk zugestiegen und hat bereits in derselben Nacht seine Borste in Skipper Olsens behaarte Brust gestochen.

Olsen kämpfte mit dem Floh während der gesamten Reise bis nach Kopenhagen. Er versuchte ihn zu überlisten, indem er blitzschnell zuschlug, wenn dieser irgendwo stach. Er suchte seine Koje, Kleidung und seinen behaarten Körper peinlich genau ab, lag ganz still abends im Dunkeln, machte plötzlich Licht an, sprang auf, um den Burschen zu überraschen, aber nichts half. Das kleine Tier machte sich wie unsichtbar, und je näher sie Kopenhagen kamen, desto mehr Flohstiche hatte Olsens Körper.

Die Ladung übernahm Olsen am königlich-grönländischen Handelsplatz. Während dieser Tage war er vom Floh befreit. Der gönnte sich Urlaub auf dem Schiffsjungen, der Olsens Koje sauber machte, und er verbrachte schöne Tage in den Mannschaftsräumen, bis er sich dann entschloss, in die Kajüte hinter der Brücke zurückzukehren.

Es war eine Erholung für den Floh, seine Kanüle wieder in Olsen zu stechen, denn die Tage in den Mannschaftsunterkünften hatte er leicht alkoholisiert zugebracht. Während der Reise nach Grönland kam er zur Erkenntnis, dass er trächtig war.

Er ging an Land, in Skipper Olsens Rollkragen verborgen, und hatte das Gefühl, dass das Eierlegen kurz bevorstand – mittags bei Valfred in Fimbul. Mit Bedauern verließ er den Olsenschen Körper und ließ sich auf den Fußboden fallen, wo er seine Eier in den Dreck legte, der sich über die Jahre zwischen den Dielenbrettern angesammelt hatte. Der Floh erlitt einen gewaltsamen Tod, weil er, ermattet durchs Wochenbett, Olsens holzbesohlten Stiefeln nicht rechtzeitig ausweichen konnte. Er geriet zwischen einen stahlbewehrten Absatz und ein Dielenbrett aus Eiche und endete als winziger Blutfleck auf dem Fußboden.

Das Schiff fuhr wieder ab, und Valfred und der Leutnant winkten zum Abschied. Es war herrlich, wenn das Schiff mit den Versorgungsgütern kam und man mit anderen Menschen reden konnte. Aber es war noch herrlicher, wenn das Schiff wieder verschwand. Die Eindrücke, die man während seiner Anwesenheit empfing, reichten gut für einen ganzen Winter.

»Ja, ja, lieber Hansen, da geht sie hin für dieses Jahr«, meinte Valfred.

Er schickte einen Strahl Priemsoße aus dem Mundwinkel. »Jetzt hoffe ich nur, dass man auch alles abgeliefert hat. Hast du die Branntweinflaschen gezählt?«

Leutnant Hansen nickte. »Alles in Ordnung, Valfred, kannst ganz beruhigt sein: Branntwein in Flaschen, drei Säcke Zucker und zwei Kisten Trockenhefe. Wir haben genau das bekommen, was wir bestellt hatten, nicht mehr und nicht weniger.«

Leutnant Hansen war seiner Sache sicher, aber er wusste überhaupt nichts von den kleinen Eiern in den Dielenfugen, die sich bald verpuppen würden.

Hansen und Valfred brauchten etliche Tage, die Lieferung aufzuteilen und ins Haus zu bringen. Fast zuletzt trug Hansen eine Kiste Soda hinein, ein Mittel, das er zum Reinemachen verwendete und gleichzeitig als Medizin in seinem Morgenkaffee, weil Soda die ausgezeichnete Eigenschaft besaß, die Potenz in Schach zu halten. Die Sodakiste hatte normalerweise ihren Platz auf der Konsole über dem Wassereimer.

Der Leutnant trug die Kiste hoch vor der Brust, sein Kinn auf die Oberkante gestützt, als er sich durch die Tür zwängte. Darum sah er den jungen Hund nicht, der sich hineingeschlichen hatte, um nach etwas Essbarem zu suchen. Der Welpe dagegen sah den Leutnant, und er erinnerte sich ausgezeichnet daran, wie unangenehm spitz dessen Stiefelspitzen sein konnten. Mit einem erschrockenen Kläffen fuhr er durch Hansens Beine zur Tür hinaus, ein Manöver, das den Leutnant völlig überrumpelte. Er schwankte, fluchte grässlich, taumelte einige Schritte vornüber und lag mit der Sodakiste auf der Nase am Boden.

Valfred, der sich oben in seine Koje gelegt hatte, um ein paar Minuten auszuruhen, guckte über den Kojenrand.

»Hallo, Hansen, jetzt ist der Fußboden wieder eben, hähä.«

»Verdammter Köter.« Der Leutnant ging in die Hocke und schaufelte die ausgekippte Soda mit den Händen in die Kiste.

»Mit dem Soda, das du nicht mehr aufnehmen kannst«, sagte Valfred einsichtig, »könntest du doch den Fußboden scheuern. Es ist sicher über ein Jahr her seit dem letzen Mal. Vielleicht findest du was Interessantes unter dem Dreck, Hansen.«

Der Leutnant nickte. »Du sagst es, Valfred. Wir müssen mit Soda sorgsam umgehen.«

Valfred legte sich zurück in die Federn. »Na, ich glaube aber nicht, dass wir leichtsinnig damit umgehen. Aber wo du es nun schon verschüttet hast, können wirs doch genauso gut verbrauchen.«

Für Hansen und Valfred war es ein Glück, dass der junge Hund den Leutnant umgeworfen hatte. Aber für den keimenden Flohbestand war es eine Katastrophe. Von den zahlreichen kleinen Puppen, die bald genauso viele Flöhe geworden wären, überlebte nur eine Hansens Reinemachen – und das auch nur, weil seine Scheuerbürste nicht unter das Fußbodenbrett reichte, wo dieser glückliche Kerl von seiner Mutter abgelegt worden war. Der Rest wurde von Bürste und Sodalauge weggescheuert.

Seltsam genug wurde weder der Leutnant noch Valfred, sondern der Schwarze William das erste Opfer des jungen Flohs. William war in Hauna gewesen und hatte Fjordur bei den Lachsnetzen geholfen und auf dem Heimweg mit dem Boot in Fimbul Halt gemacht, um zu übernachten.

Am Abend, als William die Wirtsleute, die gespannt zuhörten, als ob sie alles noch nie gehört hätten, mit Neuigkeiten vom Schiff versorgte, sprengte der kleine Floh seine Puppe und schnüffelte sich bis zu Williams bestrumpften Füßen. Er schlüpfte durch die Maschen und krabbelte hinunter in die Senke zwischen dem großen und dem nächsten Zeh, der wie bei einem römischen Fuß länger als die anderen Zehen ist und den wir in Ermangelung eines geeigneten Namens Langzeh nennen wollen. Hier versuchte der Floh, seinen Speer hineinzustoßen, musste aber aufgeben. Jeder kann sich vorstellen, welch ein Missmut den Floh befiel. Er war so jung und unerfahren und glaubte natürlich, dass alles Essbare von einer Schicht Büffelleder abgeschirmt war, wie zwischen Williams Zehen.

Erschüttert verließ er den Fuß und versuchte es weiter oberhalb des Knöchels. Er nahm unterwegs einige Probebohrungen vor, aber erst als er die Innenseite des Oberschenkels erreicht hatte, glückte es ihm, mit dem Stachel bis zum roten Nektar vorzudringen.

William kratzte sich diskret am Oberschenkel und erzählte weiter. Er hatte viel zu erzählen, denn die *Veslemari* hatte zwei Tage bei Kap Thompson gelegen und aufs Eis gewartet.

Als er endlich in der Koje lag, konnte er nicht einschlafen. Es juckte niederträchtig an Oberschenkel und Hinterteil, und er dachte voller Panik, dass er sich vielleicht die Röteln oder Masern bei Fjordur eingefangen hatte. Der Floh saß satt und voller Behagen im Urwald auf Williams Brust und ruhte sich aus.

William nahm den Floh zu Mads Madsen mit. Aber um den Stationsleiter von Kap Thompson kümmerte sich der Floh nicht. Er unternahm lediglich einen einzigen Ausflug in dessen Koje, um umgehend festzustellen, dass Mads Madsens Blut als Flohnahrung ungeeignet war. Dagegen gefiel ihm Lasselilles, der mit dem Motorboot der Bjørkenborger gekommen war, um die Post abzuholen. Er war jung und frisch und schmeckte genauso süß, wie es ein Floh nur verlangen kann.

Mit nach Bjørkenborg gebracht, suchte er bald Bjørken, bald Sylte heim, und wenn es ihm nach etwas richtig Leckerem gelüstete, wieder Lasselille. Man kann ohne Übertreibung behaupten, dass nie ein Floh ein so gutes Leben gehabt hat. Denn keiner der erwähnten Jäger war übertrieben gepflegt, und keiner von ihnen dachte daran, seine kleinen, juckenden Flecken den anderen zu entdecken. Darum blieb der Floh unangetastet, wurde eine Art heilige Kuh von Bjørkenborg.

Bjørken war über seine Freunde verärgert. Keiner kratzte sich offen, und er hatte lange den Eindruck, dass er der einzige Flohträger war. Denn dass es Flohstiche waren, daran bestand für Bjørken kein Zweifel. Er kannte diese Stiche von früher, als er in ganz jungen Jahren in Europa als Schuster auf der Walz war.

Sylte juckte es überall. Er untersuchte seine Arme und Beine heimlich hinter dem einen Nebenschuppen, konnte aber trotz seiner fabelhaften Kurzsichtigkeit nichts Verdächtiges finden. Dass es Flohstiche waren, wusste auch er aus früheren Erfahrungen, und er unterließ es tunlichst, darüber zu reden, aus Angst, Bjørken könnte ihn in die

Wanne kommandieren, zur großen Wäsche vor den Weihnachtsfestlichkeiten.

Lasselille dagegen ahnte nicht, um was es sich handelte. Er sah die roten Flecken, grübelte lange und kam eines Abends zu dem Schluss, dass es Syphilis wäre. Je mehr er darüber nachdachte, desto sicherer war er sich. Denn es waren genau solche Erscheinungen, die Bjørken beschrieben hatte, als er seinerzeit Vorträge über die venerischen Krankheiten hielt: leicht gewölbt, juckten verteufelt und waren hart, wenn man mit einem Teelöffel draufschlug. Lasselille machte die Teelöffelprobe im Speckschuppen am Strand und stellte niedergeschlagen fest, dass die roten Flecken entzündet und auch hart waren. Er ging schweigend zurück zum Haus, in sich gekehrt und überzeugt, dass ihm jetzt nur noch ein oder zwei Jahre bis zur Anstalt blieben.

Es kam eine Zeit der Missstimmung in Bjørkenborg. Sylte lief herum und schnitt Grimassen, wenn es besonders schlimm juckte, Bjørken war verärgert und reizbar, und Lasselille sah schon richtig idiotisch aus. Er hatte aus Schlafmangel schwarze Ränder unter den Augen, und sein Appetit war völlig verschwunden. Er nahm die Gewohnheit an, von allen Dingen Abschied zu nehmen. Zuerst von den Hunden, die die Einzigen waren, denen er sich anvertraut hatte, dann vom Haus samt Inhalt und schließlich von der Natur. Er stand auf dem Felsen über der Station und rief dem Fjord und den Tälern und hohen, stillen Bergen seinen Abschied zu. Dass Lasselille dabei war, sich zu einem Idioten zu entwickeln, bemerkten auch Bjørken und Sylte.

Dann erschien die Ablösung. Der Graf und Volmersen kamen mit einem Motorboot, das Volmersen gekauft hatte. Sie brachten etikettierte Weinflaschen sowie eine Kiste Weinbergschnecken mit, die Rechtsanwalt Volmersen in den Felsen ringsherum auszusetzen beabsichtigte. Er meinte, dass man hier genauso wie in den Alpen leicht einen lebenstüchtigen Stamm dieser leckeren Tiere ziehen könnte – auch eine geeignete Tätigkeit für den Grafen und ihn selbst.

Der Floh ging bei Volmersen an Bord, dessen Blut berauschend war, weil er des Grafen Weine und seinen selbstangebauten Tabak genossen hatte. Der Floh musste Volmersen in kleineren Portionen zu sich nehmen. Seine Fastentage verbrachte er bei dem mehr asketischen Grafen, und er war so begeistert von diesen beiden, dass er mitging, als sie schließlich in Bjørkenborg ablegten, um zu Herbert und Anton zu fahren.

Noch bevor das Boot den Strand erreichte, legte der Graf die Hände an den Mund und rief dem wartenden Herbert zu, dass man Flöhe an Bord habe. Und damit die Flöhe nicht Ross Bay besetzten, sprachen die Männer ab, dass Volmersen die Weinbergschnecken über der Tidenmarke abstellen sollte, wo sie abgeholt würden, wenn sich das Boot wieder auf offener See befand. So hatte der Floh keine Gelegenheit, Ross Bay zu besuchen.

Anders verlief es bei Valfred und Leutnant Hansen. Als man ihnen vom Boot aus mitgeteilt hatte, dass man verfloht sei, antwortete der Leutnant lediglich mit einem herzlichen Gelächter. Hansen war Militär und scheute nichts auf dieser Welt. Er lachte und rief zurück, es gehöre schon mehr als eine Hand voll Flöhe dazu, Fimbuls traditionelle Gastfreundschaft zu brechen. Sie sollten, bitte schön, hereinkommen, dann würde er persönlich mit den kleinen Schmarotzern fertigwerden.

Hansen untersuchte den Grafen und Volmersen gründlich. Er zog sie bis auf die Haut aus, steckte jeden in einer Pökelfleischtonne bis zum Hals ins Wasser und durchsuchte sorgfältig ihre Kleidung.

»Ich kann keinen Floh finden«, sagte er entschieden. »Ich habe jeden Millimeter untersucht, ohne auch nur das Geringste zu finden. Nicht einmal Flohdreck habe ich gefunden. Ihr seid sauber, meine Herren, und könnt euch wieder anziehen.« Leutnant Hansen wusste alles über Flöhe, die zum Kasernenalltag in Fredericia gehört hatten.

Valfred lag oben in seiner Koje und grinste sich in den Bart. »Ihr seht also wirklich wie ein Beefsteak und eine Banane aus«, gluckste er hinunter zu den beiden nackten Besuchern. »Seht zu, dass ihr in eure Klamotten kommt, dann machen wirs uns gemütlich.« Er kratzte sich im Nacken, und sein Zeigefinger befand sich nur ein paar Millimeter vom Floh entfernt, der sich im letzten Augenblick aus dem Hosenbund des Grafen in Valfreds Koje gerettet hatte.

Es wurde – wie immer in Fimbul – ein gemütlicher Abend. Volmersen stellte sein Schneckenprojekt vor, aus dem im Falle des Gelingens vielleicht ein einträgliches Exportgeschäft für Nordostgrönland hervorgehen könnte.

»Genauso wie die Lachse?«, fragte Valfred. »Gibt es wirklich Leute, die so etwas essen, Volle?«

»Sie haben einen ganz wunderbaren Geschmack«, antwortete Volmersen, »sie gehören zum Leckersten, was es überhaupt gibt.« Er guckte den Grafen an. »Oder nicht?«

»Bis zu einem gewissen Grade schon«, entgegnete der Graf. Er hatte gegenüber Schnecken gewisse Vorbehalte. »Es kann sein, dass du Recht hast, lieber Freund, wenn man gerne auf etwas kaut, was man nicht kauen kann, und im Übrigen den Geschmack von verbranntem Gummi mag.«

»Dein Geschmack ist auf Abwege geraten«, erwiderte Volmersen. »Das kommt daher, dass du nie gelernt hast, Zigarren zu rauchen.«

»Schon möglich.« Der Graf nickte. »Man muss seine Geschmackspapillen sicher ziemlich zerstört haben, um Weinbergschnecken wertzuschätzen.«

Valfred, beidfäustig mit einem großen, roten Stück Ochsenfleisch beschäftigt, kaute zu Ende und sagte dann: »Das Schlimmste mit diesen kleinen Dingern ist ja, dass man so viele braucht, bis man satt ist. Ich glaube, es müssen bestimmt erst einmal hundert Stück hinunterrutschen, bis sie ein bisschen füllen.«

»Sie sind ein Hors d'œuvre«, erklärte Volmersen, »ein kleiner Appetitanreger vor der Hauptmahlzeit.«

»Ach so. Ja, dann habe ich nichts dagegen. Wenn man nur etwas Nahrhaftes hinterher kriegt, kann man ja anfangen, womit man will«, sagte Valfred. »Ich habe einmal einen Mann von Fünen gekannt, der nach Slagelse auswanderte. Er musste immer einen Schwung Buchweizengrütze mit HP-Soße haben, bevor er etwas anderes zu sich nehmen konnte. Das ist fast genauso wie das Singen der Nationalhymne, sagte er, oder das Tischgebet sprechen.« Er ließ das Stück Fleisch mit einer Hand los und kratzte sich gründlich den Bauch. »Was das Essen anbelangt, gibt es ja welche, die das zu einer richtigen Wissenschaft machen. Ich denke, wenn man nur etwas intus hat, dass die Wampe schön rund wird und man sich hinlegen kann, um in Ruhe und Frieden zu verdauen, dann kann es sozusagen gleichgültig sein, was man in sich hineingeschaufelt hat.«

Der Graf gab ihm Recht. »Das stimmt, zu einem gewissen Teil. Das Einnehmen einer Mahlzeit selbst ist uninteressant. Es ist die Kochkunst, die Befriedigung verschafft. Natürlich kann Essen schmecken, aber nur wenn es von einem guten Wein begleitet wird.«

Volmersen protestierte. »Es gibt nichts anderes als das Essen«, sagte er. »Der Wein kann ausgezeichnet sein, aber das Essen ist das A und O.«

Leutnant Hansen nahm an der Diskussion nicht teil. Er dachte nie darüber nach, was er zu sich nahm. Für ihn bedeutete Essen lediglich eine Quelle der Energie: Aß man zu wenig, wurde man träge, aß man zu viel, wurde man auch träge. Aber nahm man so viel zu sich, wie man brauchte, funktionierte man perfekt. Alles war so einfach, meinte er, nichts, wovon man viel Wesens machen sollte.

Der Floh befand sich mit am Tisch. Er hatte sich aus Valfreds Bart zurückgezogen, als dieser anfing, Ochsenfleisch in den Krater zu füllen, der sich bedrohlich in seiner Nähe auftat, und er hüpfte um den Backenbart herum und spurtete hinunter ins Unterholz auf Valfreds Rücken. Erst als er das breite Land erreicht hatte, wagte er sich wieder auf die Vorderseite, wo er einen enormen, schaukelnden Berg erklomm. Hier setzte er sich direkt vor den Bauchnabel, um an den Festlichkeiten teilzunehmen.

Es war lange her, dass der Floh seine Geburtsstätte verlassen hatte. Er hatte ein hartes Leben geführt; hatte das meiste probiert, was von Flöhen probiert werden kann, und war durch Ausschweifungen vorzeitig gealtert. Als er in der Nacht in Valfreds Bart kletterte, fühlte er, dass seine Zeit abgelaufen war. Er stach nach alter Gewohnheit den Stachel an Valfreds Oberlippe ein und saugte mit seinen letzten Kräften ein paar Tropfen Blut ein. Er ließ den Stachel stecken, zu erschöpft, ihn herauszuziehen.

Valfred schlief. Er lag mit offenem Mund und atmete tief. Bei diesem schweren Schlaf waren seine Atemzüge wie die des Meeres nach einem Sturm: erst kleine, melodische Schnaufer, dann – überraschend immer die siebte Welle – ein gewaltiges und mitreißendes Einatmen, durch die der dünne Spitzbart ganz in den Hals eingesaugt wurde.

Der Floh saß und döste zwischen den steifen Stoppeln. Er fühlte sich unsagbar müde. Müde vom Reisen, vom Wohlleben, müde vom Leben. Er zitterte leicht bei dem regelmäßigen Luftstrom aus Valfreds Mund. Plötzlich wurde er nach oben gesaugt, wirbelte in einem orkanartigen Luftstrom durch den gewaltigen Krater und wurde durch einen langen und dunklen Tunnel in ein kolossales Gewölbe geschleudert, in dem er auf der Stelle in anderthalb Kilo verdünntem Ochsenfleisch und einem halben Liter Branntwein ertrank.

Valfred merkte überhaupt nicht, dass er den nordostgrönländischen Flohstamm ausgerottet hatte. Er lag und träumte und kaute auf Schnecken mit seinen drei übrig gebliebenen Zähnen und versuchte, sich mit dem vom Grafen erwähnten Geschmack nach verbranntem Gummi abzufinden.

Der Höllenprediger

Missionar Polleson hat ein Jahr an der grönländischen Westküste zugebracht. Was er dort sah und erlebte, hat ihn für sein ganzes Leben geprägt.

Zu behaupten, er sei tief erschüttert, hieße den Zustand verkennen, in dem er sich befand, als er dem Hauptquartier in Aarhus Bericht erstattete. Er war bleich vor Erbitterung und außer sich vor Zorn.

Pastor Polleson berichtete anschaulich, wie er zum Angriff auf die Gottlosen übergegangen war, und der Rat der Mission verstand, wie hart man ihm mitgespielt haben musste. Polleson hatte eigenhändig zwei der ausgesandten Priester aus ihren Talaren geprügelt und fünf Kirchen geschlossen, indem er Bretter kreuz und quer vor die Türen nagelte. Er hat seine Pflicht gegenüber der Mission und Gott erfüllt, und das bestritt auch keiner, aber gleichzeitig hat er eine gefährliche Verärgerung geschaffen.

Denn die Mission war nicht mehr das, was sie zur Jahrhundertwende gewesen war. Freundliche Winde waren mit dem Beginn des zwanzigsten Jahrhunderts über die Erweckungsbewegung hinweggegangen, und die bis dahin so pietistische und freudlose Haltung wurde allmählich durch eine positivere und tolerantere Sicht der Dinge ersetzt. Für die oberste Leitung waren Fanatiker wie Missionar Polleson deshalb so etwas wie eine heiße Kartoffel. Man musste einerseits seinen Einsatz in Grönland würdigen, wollte andererseits aber auf keinen Fall das neue Bild zerstören, mit dessen Aufbau man gerade beschäftigt war. Polleson hatte, wie man wusste, für den Herrn mit Worten und Fäusten gekämpft, und dem gebührte natürlich alle Ehre und aller Respekt. Aber durch ihn hatte die Mission nun drei nörgelnde Pastoren der Staatskirche am Halse, und das konnte man nicht dulden in einer Zeit, in der es immer weniger Geläuterte gab.

Pollesons absolute und über jeden Zweifel erhabene Ehrlichkeit war bekannt, und man konnte die Schilderung der Zustände, die er ein volles Jahr lang bekämpft hat, nicht ignorieren: Orgien in Kirchen, Weiße, die sich schlugen und sich um den Verstand tranken auf den Bänken unter der Kanzel, und Eingeborene, die an den Kirchenfenstern die Nase platt drückten und sich wunderten.

Er berichtete von der Frau eines hoch angesehenen Beamten, die von den Eingeborenen Adlikutak genannt wurde, was Matratze bedeutete. Pollesons Anstandsgefühl ließ keine weiteren Details zu.

»Aber«, so hatte er während seines Bekenntnisses ausgerufen, »ich sage euch, dass ich durch diese meine Brille einen europäischen Beamten gesehen habe, der mit der entkleideten Adlikutak über einem niedrigen und samtbezogenen Altarschemel kopulierte. Ich sah sie in einer Stellung, die eigentlich den Hunden zwischen den Häusern der Grönländer vorbehalten ist. Und während diese ungeheuerlichen Menschen vor den Augen der Eingeborenen ihren niederträchtigen Akt vollzogen, trank diese Frau aus dem Abendmahlskelch. Dies, meine Damen und Herren«, schloss Missionar Polleson mit einer Stimme, die sich vor verhaltener Wut überschlug, »sind die so genannten Christen, die wir zur Kolonisation in den hohen Norden geschickt haben. Das sind die Menschen, die dabei sind, das Licht der Hoffnung auszulöschen, das 1721 von Hans Egede entzündet wurde. Ich fordere einen besonderen Einsatz. Ich fordere, dass man diese Teufelsbrut, diese Handlanger des Satans zurückholt. Ich fordere ein Heer von Missionstruppen, das ins Feld geschickt wird. Ich fordere Gott für Grönland.«

Die Leitung hielt eine Klausursitzung ab. Man sprach gewichtig über Pollesons kompromittierende Anklagen und erwähnte mit keinem Wort seine Forderungen. Ein Heer junger Missionare nach Grönland zu senden, war in diesen Jahren ausgeschlossen und kam bei der Sitzung überhaupt nicht zur Sprache. Das Problem war Polleson, der damit drohte, umgehend zu der von Gott verlassenen Insel zurückzukehren. Nach einigen Diskussionen einigte man sich darauf, ihn in eine Gegend zu schicken, in der er sein alttestamentliches Genie entfalten konnte, ohne der Mission selbst zu schaden. Man wusste, dass die grönländische Nordostküste dünn besiedelt war. Es wohnten faktisch nur zwanzig Menschen zwischen dem 71. und 80. Breitengrad, und man hoffte, dass Polleson im Verlaufe eines Sommers dort oben kaum solche Zustände wie in Westgrönland vorfinden würde. Die Entfernungen zwischen den Menschen waren enorm, die Anzahl der Kirchen gleich Null. Außerdem war es ein ganz wesentlicher Vorteil, dass das andere Geschlecht abwesend war.

Eine solche Reise würde nach dem Dafürhalten der obersten Leitung der Mission Zeit lassen, die von Polleson zerschlagene Beziehung zur Staatskirche wiederherzustellen und die von der Mission gesammelten Unterlagen zu bearbeiten, sodass man etwas in den Händen hatte, wenn von den entmutigten Pastoren Beschwerden kämen.

Pastor Polleson reizte Grönland. West oder Ost – es war ihm gleichgültig, denn Sünder gab es überall.

Er ging an Bord der *Veslemari*, die in diesem Jahr zwei Fahrten unternehmen sollte, weil eine amerikanische Expedition hingebracht und wieder abgeholt werden musste, deren Ziel das Nordost-Höft war, um dort nach Vulkanen zu suchen.

Die Reise verlief erträglich. Polleson, der nichts von den Norwegern hielt, weil sie sich vom Mutterland losgesagt hatten, redete mit keinem der Besatzung. Und weil er nicht englisch sprach, war er von der Kommunikation mit den Expeditionsteilnehmern ausgeschlossen.

Er hielt sich abseits – im Krankenkabuff des Schiffes, einem schmalen, länglichen Schlauch unter der Brücke, wo der lange Missionar in einer durch zwei Stühle verlängerten Koje Platz gefunden hatte.

Kap Thompson kam bereits Mitte Juli in Sicht, ein Streifen freies Wasser führte vom Treibeis bis zur Station. Skipper Olsen stand auf der Brücke mit seinen Passagieren, die neugierig auf die braunen, runden Felsen starrten.

»Das also ist Grönlands Rücken«, nickte Olsen. Er blickte auf Polleson. »Und dort hinten auf der Bank am Haus sitzt eine Herde Schafe, die gut und gerne geschoren werden könnten, Herr Pastor.«

Der Missionar gab keine Antwort. Er drehte den Kopf und guckte den kleinen, rundlichen Skipper an, so wie ein amerikanischer Südstaatler einen entlaufenen Sklaven angesehen hätte.

Missionar Polleson ging in anständigem Schwarz an Land. Er trug einen reinweißen Vatermörder mit schwarzer Schleife, auf dem Kopf einen schwarzen, runden Hut, und seine enormen Füße steckten in schwarzen Socken und Knöpfstiefeln. Er trug eine schwarze Reisetasche aus faltigem Leder in der einen und einen schwarzen Regenschirm in der anderen Hand. Aus seiner rechten Jackentasche guckte eine schwarze Bibel mit Silberschnalle.

Er blieb lange vor der Schar auf der Bank stehen und guckte sie an, Gesicht für Gesicht, um an Ort und Stelle ihre Charaktereigenschaften festzustellen. Noch nie hatte er so etwas Abstoßendes gesehen. Nie hatte der Herr seinem Antlitz eine solche Herde von Sündern offenbart. Auch diesmal hatte der Herr seinen Fuß auf den richtigen Pfad geleitet. Polleson dankte seinem Erlöser von ganzem Herzen, weil er in seiner großen Weisheit diese Reise für ihn arrangiert hatte.

Skipper Olsen stellte vor: »Der da ist Pastor«, sagte er und zeigte auf Polleson. Er stand breitbeinig da, beide Hände tief in den Taschen seiner Seemannsjacke vergraben, und um seinen Mund ein verschmitztes Grinsen. »Die Waschlappen, die da am Strand herumlaufen, sind Mitglieder irgendeines Nähklubs, sie wollen am Neunundsiebziger-Fjord nach Vulkanen suchen. Also kriegt ihr eure Lieferung erst, wenn ich mit ihnen wieder an Bord bin.«

»Aber die könnten doch beim Löschen der Ladung ein bisschen mithelfen, wo sie doch schon mal hier sind«, wandte Mads Madsen ein.

»Ich laufe in der eisfreien Rinne, in der ich hereingekommen bin, wieder aus«, entgegnete Olsen, »sonst gehe ich das Risiko ein, dass der ganze Mist sich wieder schließt, und dann muss ich drinnen liegen und Heuer für nichts und wieder nichts bezahlen.«

Pastor Pollesons Herz klopfte heftig vor Freude. Er fühlte im Innersten, dass dieser Kampf der größte und ehrenvollste werden würde, den er jemals ausgefochten hatte. Um sicher zu sein, dass sein Eindruck auch richtig war, guckte er sich noch einmal die Gesichter an. Der Schwarze William war ein Hurenbock, das sah er. Eine liederliche Person, die ohne Bedenken an den wildesten Orgien teilnahm. Mads Madsen war ein dummer Rüpel und Raufbold und obendrein ein hartnäckiger Gottesleugner. Dies las der Pastor aus Mads Madsens kleinen, blinzelnden und unehrlichen Augen. Der Graf stand bereits mit einem Bein im Grabe auf Grund von Ausschweifungen. Das erkannte man an seinem ausgezehrten Körper und der fahlen Haut. Volmersen war ein seelisch kranker Mensch, der sich Kummerspeck anfraß, ein schwacher und unzuverlässiger Charakter, den es nach Gott dürstete. Valfred war Alkoholiker, der Leutnant ein Mörder, Bjørken ein gefährlicher Geisteskranker mit den Empfindungen eines Übermenschen. Sylte ein unbedeutendes Wrack, ihn könnte man ganz nach Belieben in jede Richtung lenken, und Lasselille ein bedauernswerter junger Mensch, von seinem Umgang verdorben. Er stempelte Lodvig als einen verschlagenen und bösartigen Antichristen, Siverts als einen Idioten und Fjordur als einen aus der Bahn geworfenen Trunkenbold ab. Anton, so erkannte er, besaß eine gewisse Intelligenz, die lediglich ausgerichtet werden müsste, und Herberts Anblick bereitete ihm Übelkeit.

»Ich bin Pastor Polleson«, sagte er laut. »Und ich trage Gottes Schwert in meiner Hand.«

Die Freunde auf der Bank starrten gebannt auf den Regenschirm, den der Missionar zum Gruß über seinem Kopf geschwenkt hatte.

»Mit den himmlischen Schmieden siehts übel aus«, flüsterte Sylte Bjørken zu. Polleson fuhr fort:

»Ich habe diese lange Reise gemacht, um euch dem Herrn zuzuwenden.« Pollesons Stimme war freundlich, und ein kleines, aufgesetztes Lächeln lag um seinen Mund. »Und ich verlasse dieses Land nicht eher, bis jede Seele ihre Sünden vor meinem Angesicht bekannt hat, so wahr ich hier stehe als Stellvertreter unseres Herrn.«

»Gott, wie lang ist er«, flüsterte Lasselille überwältigt.

»Gott ist allmächtig«, flüsterte Sylte zurück, »und der da ist doch sein Stellvertreter, du Dummkopf.« Bjørken zischte Ruhe gebietend. Er lauschte dem Pastor mit professionellem Interesse, weil er Geschichte und Religion eng miteinander verband. Mads Madsen war aufgestanden und zu dem Fremden gegangen.

»Ja, ja, wir werden sehen«, sagte er entgegenkommend. »Aber auf jeden Fall bist du willkommen. Es ist das erste Mal, dass wir hier oben einen Schwarzrock haben, es wird bestimmt fidel werden.« Er streckte seine Hand aus. »Bleib einige Tage hier und mach eine Rundreise durch den Distrikt. Neuigkeiten sind immer ermunternd.«

»Was ich zu verkünden habe«, entgegnete Polleson, der die ausgestreckte Hand völlig übersah, »ist keine Neuigkeit, Bruder. Es ist eine Geschichte, die vor tausend Jahren geschrieben wurde.«

»Dann ist es aber verdammt seltsam, dass sie hier oben bei uns nicht die Runde macht«, murmelte Valfred. Er lag wie immer lang ausgestreckt im Heidekraut und guckte hoch zu dem langen Pastor.

»Von Jesus haben alle gehört.« Polleson runzelte die Stirn und blickte auf Valfred hinunter. »Aber hast du deine biblische Geschichte vergessen, werde ich sie dir schon wieder auffrischen, mein Sohn.«

»Das kannst du gerne.« Valfred lächelte warmherzig, seine drei Zähne blitzten in der Sonne. »Ich bin immer für eine gute Geschichte zu haben, ich meine, wenn ich wach bin.«

»Bist du willens, den Weg des Herrn zu beschreiten?«

»Was ist das für ein Weg, wenn man fragen darf?«

»Es ist der Weg, der um den Schwefelpfuhl herumführt«, antwortete Polleson. Sein kleines Lächeln erstarrte langsam. »Der Weg, der zum Herrn und in den Paradiesgarten führt.«

»Das klingt gar nicht so dumm.« Valfred stützte sich interessiert auf einen Ellbogen. »Ist er lang, Kamerad, ich meine, gibt es nicht einen Abkürzungsweg, auf dem man schnell ankommt?« Valfreds Gesicht drückte völlige Unschuld aus, und Polleson konnte bei bestem Willen kein Misstrauen hegen.

»Es gibt nur einen Weg«, antwortete er, »und der ist nur für den, der glaubt.«

Valfred guckte hinaus zur *Veslemari,* die gerade Skipper Olsen an Bord nahm. »Was aber, wenn man weiß?«, fragte er.

»Glaube«, entgegnete Polleson. »Es ist der Glaube, der dich aus der Verirrung herausholt. Nur der Glaube kann dir helfen.«

Valfred legte sich mit einem zufriedenen Seufzer zurück ins Heidekraut. »Du kennst dich nicht richtig aus, Polleson. Ich meine schon, dass wissen besser als glauben ist, und du wirst sehen; es gibt bestimmt auch eine Abkürzung.«

Pollesons große Faust schloss sich krampfhaft um den Griff des

Regenschirms. Seine großen Nasenflügel begannen wie Schmetterlingsflügel zu flattern, und das Lächeln war aus seinen Mundwinkeln verschwunden. Seine struppigen, schwarzen Augenbrauen verdeckten fast die blitzenden Augen, als er zischte:

»Mir sind viele Dummköpfe in meinem Leben begegnet, Bruder, und du musst wissen, dass ich diese mit allen Mitteln bekämpfe, um sie dann als reuige Sünder dem Herrn zu übergeben.«

»Das kann ich gut verstehen«, antwortete Valfred. Er starrte in den blauen Himmel. »Es gibt viel zu viele Lumpen auf unserer Erde, die anständige Leute wie dich und mich belästigen. Und wenn dir eine tüchtige Faust fehlt, dann brauchst dus nur zu sagen.« Er stützte sich wieder auf einen Ellbogen auf. »Ich bin nämlich einer, der eine Überzeugung respektiert, musst du wissen. So etwas wie dein Christentum kann man nicht so ohne weiteres abschütteln, wenn man davon ehrlich gepackt ist. So wie von einer Erkältung oder Scharlach, nicht?« Er hob die Stimme, als er bemerkte, dass Polleson zu einer Erwiderung ansetzte.

»Was ich nur sagen will: einige werden getroffen, andere nicht. So zum Beispiel hatte ich einen Vetter in Slagelse, und er bekam Scharlach. Er sah aus wie eine Danebrogsfahne, als wir ihm die Klamotten auszogen. Und bevor das Fieber begann, stellten wir ihn den Jungen der Straße zur Schau. Fünf Öre pro Nase bezahlten sie, und ich habe satt verdient. Selbst bekam ich kein Scharlachfieber, und das war verdammt unvorteilhaft. Ich konnte ja nicht für Geld ausgestellt werden, nicht? Und als mein Vetter fieberfrei war, verprügelte er mich mit seinem Leibriemen, weil ich mich nicht angesteckt hatte.« Er legte sich wieder lang ins Kraut und lächelte über diese Erinnerung. »Wir verdienten zweiundzwanzig Kronen innerhalb von ein paar Stunden, und das war damals viel Geld.«

Missionar Polleson stand lange Zeit da und bekämpfte seinen Zorn. Dann stieß er ein lang gezogenes »Ohhh« aus und ging mit Sturmschritten an der Bank vorbei ins Haus, wo er vor der Wassertonne niederkniete, um sich mit seinem himmlischen Wegbegleiter zu beraten.

Die Tage auf Kap Thompson benutzte der Missionar Polleson zum Sammeln von Informationen. Er stellte zu seiner Enttäuschung fest, dass geschlechtliche Ausschweifungen an der Nordostküste nicht stattfanden, eine Sünde, die eigentlich seinem Herzen nahe stand. Er grübelte viel über dieses sonderbare Phänomen nach und kam zu dem Schluss, dass die Ausschweifungen, obgleich sie situationsbedingt unmöglich waren, rein körperlich, sicherlich desto häufiger in den schmutzigen Fantasien der Männer vorkamen. Durch freundliches und geduldiges Ausfragen Lasselilles konnte er diese interessante Theorie untermauern. Denn Lasselille tappte ahnungslos in die Falle und erzählte lang und breit von Emma, die einen ganzen Winter lang von Koje zu Koje gehüpft war, die Küste hinauf und herunter. Außerdem berichtete der Junge zutraulich von seinen eigenen Träumen, wenn er im schützenden Dunkel im Schlafsack lag, Berichte, die Polleson aufgeregt die Ohren spitzen ließen.

Schon nach einigen Tagen bei Mads Madsen hatte sich Polleson einen Schlachtplan zurechtgelegt. Er wusste, dass das Seelenleben dieser Männer in erster Linie durch den Alkohol in Unordnung geraten war. Der Verbrauch war unmäßig, allein schon in den Tagen, seit er sich auf der Station aufgehalten hatte, und er schloß daraus, dass man zur Aufrechterhaltung eines solchen Alkoholkonsums das ganze Jahr über selbst welchen brennen musste.

Der Missionar befasste sich gerne mit den ganz heißen Eisen. Diese Männer mussten erlöst werden. Zuerst vom Alkohol, dann von sündigen Gedanken, und erst, wenn dies getan war, konnte man sie zum Herrn hinwenden.

Ein weiteres vertrauliches Gespräch mit Lasselille deckte auf, dass alle Stationen ihre kleinen »Tripper« besaßen, wie der Junge die Destillierapparate nannte. Lasselille bestätigte, dass diese Teufelsgeräte in der gesamten »spritlosen« Saison in Betrieb waren, was bedeutete, elf von den zwölf Monaten des Jahres, und dass sie dazu noch zu Festlichkeiten ganztägig betrieben wurden.

Die *Veslemari* kehrte nach glücklicher Ausschiffung der Vulkansucher zurück, und man begann augenblicklich mit dem Löschen der Ladung. Mads Madsen, der den Pastor langsam satt hatte, schlug vor, dass dieser wieder nach Kopenhagen heimreisen sollte, dann würden sie sich sicher rasch selbst dem Herrn zuwenden. Aber Polleson war unbeugsam. Er wünschte bis zum letzten Schiff oder auch länger zu bleiben, wenn er es für erforderlich halten sollte. Und er hielt Mads Madsen ein Empfehlungsschreiben unter die Nase, das der Direktor der Kompanie geschrieben hatte, und in dem stand, dass die Jäger den Hünen beherbergen und bewirten und ihm im ganzen Distrikt behilflich sein sollten.

Skipper Olsen verstand Mads Madsens Besorgnis und zeigte den Einwohnern seine Sympathie, indem er ihnen eine Kiste westindischen Rum spendierte, die sie schon getrunken hatten, bevor die *Veslemari* außerhalb des Eises war.

Pastor Polleson fuhr mit den Bjørkenborgern mit. Er unterließ es, unterwegs zu bekehren oder zu predigen. Stattdessen saß er schwer und brütend im Bugbereich und starrte die drei Fänger scharf an.

Er wurde in der Station auf dem Dachboden untergebracht, wo Lasselille während des Besuches des Magisters der Zoologie gewohnt hatte. Er dankte Bjørken in der Stube feierlich für die glückliche Fahrt, und dann konnten alle hören, wie er den Himmlischen oben auf dem Dachboden dankte.

»Ein sonderbarer Kerl«, sagte Sylte. »Schade, dass solch ein großer und starker Bursche in feiner Kleidung herumlaufen und den Leuten alte Geschichten auftischen muss, die sie genauso gut selbst lesen können, wenn sie denn Lust dazu haben.«

»Aber dieser Jesus«, mischte sich Lasselille ein, »er litt am Kreuz für uns, Sylte, das vergisst du. Das sagt Polleson, das ist es, was er sagt, was wir nicht vergessen dürfen.«

»Es gibt verdammt viele, die sich geopfert haben«, mischte sich Bjørken ins Gespräch, »und es kann ja auch sein, dass es bei Jesus der Fall war. Aber was ist mit all den anderen, mein Freund?« Er hob fragend die Augenbrauen und blickte Lasselille an. »Ich habe die erstaunliche Eigenschaft, junger Mann, Leuten zuzuhören, meine eigenen Schlussfolgerungen zu ziehen und nach diesen zu handeln.«

»Was meinst du?«, fragte Lasselille.

»Ich meine, selbst wenn Jesus meinetwegen am Kreuz gelitten hat, es sind ungefähr zweitausend Jahre vergangen und also alles rein historisch.«

»Was der Pastor wohl macht?« Sylte guckte ablenkend zum Dachboden hoch. Er befürchtete eine Darlegung zum Thema Geschichte, Bjørkens Steckenpferd. »Es ist so ruhig dort oben.«

Aber Bjørken war nicht zu bremsen. Er schüttelte unbeteiligt den Kopf. »Geschichte, mein Freund, kann interessant sein, als Geschichte betrachtet. Aber sie kann uns nichts lehren, also kann dein historischer Jesus dir nicht helfen. Geschichte ist, wie du dir denken kannst, Vergangenheit, und Vergangenheit ist eine Ansammlung von Wörtern, und Wörter sind aus Hirngespinsten entstanden, und Hirngespinste wiederum aus Geschichte. Also drehen wir uns im Kreis, ohne weiterzukommen. Jesus ist weit weg, mein Freund.«

»Ja?« Lasselille versuchte, Bjørkens Betrachtungen zu erfassen, konnte aber nicht alles in seinem Kopf unterbringen. »Kannst dus nicht noch einmal wiederholen, Bjørk«, bat er, »ich bin noch nicht so richtig klug daraus geworden.«

»Mit Vergnügen.« Bjørken hielt die Finger der einen Hand hoch und bog dann einen Finger nach dem anderen um. »Also, Geschichte ist …« Weiter kam er nicht. Es erscholl ein fürchterliches Hämmern und Schlagen aus dem Nebenschuppen.

»Was ist das?« Sylte guckte kurzsichtig zur Wand.

»Das muss der Pastor sein«, antwortete Bjørken.

»Aber er ist doch auf dem Dachboden«, sagte Lasselille.

»Es kommt aus dem Nebenschuppen.« Sylte stand auf, »vielleicht ist er zur Luke im Giebel hinausgesprungen.«

Ein übertrieben freundliches Lächeln zierte Pastor Pollesons Gesicht, als er die drei versteinerten Männer in der Tür des Nebenschuppens entdeckte.

»Verdammt, was machst du da, Mann?«, rief Bjørken bestürzt.

»Ich schlachte eure Teufelskocher, und der Herr führt meine Hand«, antwortete Polleson. Er wischte sich den Schweiß von der Stirn und wies stolz auf den zermalmten Destillierapparat. »Dort, Bruder, liegt das Hindernis, welches zwischen dir und dem Himmel gestanden hat. Ich habe den Weg mithilfe des Allmächtigen und dieses Beils geebnet.«

Bjørken atmete schwer. Er schloss die Augen für einen Augenblick der Ohnmacht. Vor seinem inneren Auge sah er den schwarzen Riesen mit einem blitzenden Beil in der Hand, und wortlos machte er auf dem Absatz kehrt und ging noch krummer als sonst.

»Was sollen wir mit ihm machen?«, fragte Sylte, als sie später am Tisch saßen.

»Er muss überwältigt und in Fesseln gelegt werden. Wir binden ihn mit den Hundeketten und halten ihn solange fest, bis Olsen zurückkommt. Der Mensch ist ja wahnsinnig.« Er wandte sich an Lasselille. »Da kannst du mal sehen, wo Geschichte hinführen kann. Wenn dieser Mann nicht ein paar alte Flunkereien in den falschen Hals gekriegt hätte, wäre dies nie passiert.«

»Er ist vielleicht besessen«, meinte Lasselille. »Er sagt ja selbst, dass man vom Teufel besessen sein kann.«

»Das hier ist schlimmer als irgendeine Besessenheit. Er ist kein guter Christ, sondern ein religiöser Teufel. Ein Höllenprediger, das ist er.«

Die Bjørkenborger hatten jedoch keine Gelegenheit mehr, Pastor Polleson in Fesseln zu legen. Bei Nacht und Nebel stahl dieser das Motorboot der Station und fuhr zur Ross Bay, wo Lodvig mit dem Fänger Pedersen lebte. In Ross Bay zertrümmerte er eine Stunde nach seiner Ankunft den Destillierapparat, der verpackt für den Sommer auf dem Dachboden stand, er verprügelte Lodvig nachhaltig, als dieser protestierte, und fing sich vier Fuchsschrotkugeln ins Hinterteil aus Pedersens Büchse ein, bevor er sein Boot außerhalb der Schussweite zu Wasser bringen konnte.

Pastor Polleson schlug überall wie ein Blitz ein. Er war ein großer Stratege, der es verstand, seinen Gegnern zu schmeicheln, bis er herausgefunden hatte, wo das Brenngerät stand. Er zerstörte es vollständig und verschwand, während sein Feind noch vor Entsetzen gelähmt war. Des Weiteren sorgte er dafür, dass eine Verfolgung unmöglich wurde; er entfernte aus sämtlichen Booten die Bodenventile und schlug die Petroleumtanks mit dem Beil leck.

Je weiter sich Polleson in die Fjorde vorarbeitete, je mehr Stationen er stilllegte, desto stärker wurde sein Glaube an die eigene Stärke und

Gottes Gerechtigkeit. Er verschonte keinen, schlug hart zu, wohin er kam: das Beil für die Spritkocher und die Fäuste für die Menschen. Der Zweck heiligt die Mittel.

Valfred und Leutnant Hansen sorgten zum Winter immer für volle Depots. Weil Valfred bekanntlich gerne die meiste dunkle Zeit verschlief, benutzte man die langen Herbstmonate zum Brennen.

Vor Jahren schon hatte der Schwarze William zu diesem Zweck ein kleines Häuschen gebaut. Aalborghaus wurde es genannt, und hier war die gesamte Anlage auf zwei niedrigen Tischen installiert. Das Haus wurde nur im Herbst benutzt, weil man, sobald das Schnapsbrennen erledigt war, hier die Kisten mit Dynamit unterstellte, die Frost bekommen hatten und deshalb hochexplosiv waren.

Der Herbst war eine glänzende Zeit für diese geruhsame Beschäftigung.

Die Sonne schien aufs Dach und beschleunigte die Gärung, und die hellen Nächte ermöglichten einen langen Arbeitstag. Der Apparat war eine geniale Konstruktion, durch Williams geschickte Finger gebaut. Ein Flötenkessel enthielt die Maische, die von einem Petroleumkocher auf niedrigster Stufe aufgeheizt wurde. Von der Tülle des Kessels ging ein Kupferrohr in Spiralen ab, und dieses Rohr steckte in einem Viertelmeter Abflussrohr, das gebogen und beidseitig mit Lötzinn verschlossen war. Das Abflussrohr durchströmte Kühlwasser, das direkt dem Bach draußen entnommen wurde – durch einen Schlauch, der mit zwei Regelventilen ausgerüstet war. Da die Wassertemperatur im Bach immer konstant war, brauchte man sich um die Kühlung nicht zu kümmern, wenn die Ventile einmal eingestellt waren.

Das Brennen war abgeschlossen und der Alkohol im Haus, als Pastor Polleson am Strand anlegte.

Der Missionar war in glänzender Laune, als er die Jolle der Bjørkenborger unterhalb der Fimbul-Station auf den Strand zog. Er winkte herzlich zu Valfred und Leutnant Hansen, die überrascht in der Tür erschienen. Dann kniete er in den Strandkieseln nieder und dankte der himmlischen Vorsehung für eine angenehme Überfahrt.

Leutnant Hansen spürte eine seltsame Unruhe, als er den gewaltigen Menschen erblickte, der wie ein Messer zusammenklappte, zu den mittelhohen Stratokumuluswolken hinaufguckte und mit unsichtbaren Mächten konferierte. Er konnte sich seine Unruhe nicht erklären, denn offenbar hatte ihm der Pastor nie etwas zu Leide getan. Aber der Missionar hatte etwas an sich, das den Leutnant verunsicherte, und ihm als alten Krieger sagte, dass er auf der Hut sein musste.

Pastor Polleson war äußerst zuvorkommend und freundlich gegenüber seinen Wirtsleuten. Er erzählte von seinen Besuchen in den Fjorden, wo er gut aufgenommen worden war, wo alle Jäger schon die ersten unsicheren Schritte auf dem Weg zum Herrn hinter sich hatten. Seine Augen strahlten wie Weihnachtskerzen, als er erklärte, dass Nordostgrönland durch seinen Besuch eine Veränderung erfahren würde, die ihre deutliche Spur auch für die Zukunft hinterlassen sollte.

Valfred bot Heidelbeerschnaps aus dem letzten Jahr an, aber der Pastor lehnte dankend ab. Er ließ die anderen in Ruhe trinken und tat im Übrigen so, als ob er sich für das Destillat interessierte.

»Den Schnaps habt ihr bestimmt nicht gekauft«, sagte er und hielt die Flasche ans Licht.

»Nein, Gott bewahre«, Valfred zeigte auf die Flasche, »die da hats in sich, Polleson, wir mögens am liebsten, wenns ein bisschen kratzt auf dem Weg nach unten.«

Polleson lächelte äußerst freundlich. »Es ist eine Kunst zu brennen, habe ich mitbekommen, wie schaffst du es, dass die Flüssigkeit so klar wird?«

»Tja, in unserem Branntwein ist ja kein Fusel«, sagte Valfred. »Denn wir brennen zweimal und lassen es besonders langsam tropfen.«

»Das sieht man. Ihr habt wohl eine große Brennerei?«

»Die beste in dieser Gegend«, antwortete Valfred. Er zeigte zum Fenster hin. »Du kannst das kleine Haus dort drüben sehen. Aalborghaus nennen wir es. Da ist die ganze Fabrik. Ein einzigartiger Apparat, der Jahr für Jahr perfekt funktioniert hat.«

Pastor Polleson knetete seine großen Hände und guckte Valfred fast wohlwollend an. Er spürte tief in seiner Seele, dass die Schlacht um Nordostgrönland so gut wie gewonnen war und er, wenn dieser Apparat beseitigt war, die Bedingungen für eine Kapitulation diktieren konnte. Nach Fimbul kam Hauna, nach Hauna dann Kap Thompson, wo er die niedergeschmetterten Jäger zusammenrufen und diese von den unreinen Gedanken reinigen und ihre Bekenntnisse entgegennehmen würde, bevor er sich auf der *Veslemari* einschiffte. Polleson richtete sich auf seinem Stuhl auf und spürte seine Größe. Der Herr behütet seine Schafe, dachte er vertrauensselig – ohne zu ahnen, dass der Herr auch ein klein wenig Sympathie für seine ungeschorenen Schafe hatte.

Der Missionar saß auf dem Stuhl an Valfreds Tisch und fühlte sich siegesgewiss, wozu er nicht den geringsten Grund hatte. Er vertraute blind seinem Vandalismus, ohne in Betracht zu ziehen, dass Jäger auch unter schwierigen Umständen praktisch und schnell sein können. Die Boote, die er bei Hochwasser versenkt hatte, waren sechs Stunden nach seiner Abfahrt wieder klar, und die, die bei ablaufendem Wasser randvoll waren, konnten nach zwölf Stunden beladen werden. Die Tanks wurden schnell gelötet, die Motoren vom Salzwasser gereinigt, und bevor noch die Sonne ihre tägliche Runde abgeschlossen hatte, tuckerte ein kleines Geschwader nach Fimbul.

Die Bjørkenborger hatten kein Boot, sie konnten also an der Verfolgung des Pastors nicht teilnehmen. Aber Bjørken tobte, und nachdem er ein paar Tage nachgegrübelt hatte, fing er verbissen an, ein großes Floß zu bauen. Mit diesem plante er, den breiten Narwal-Sund bei Springflut zu überqueren, anschließend wollte er über Land weiter entweder nach Fimbul oder zur Hauna-Hütte.

Man merkt, dass es für Polleson überhaupt keinen Grund für seine Unbekümmertheit gab. Zwei Boote fuhren mit vollem Tempo durch den Vela-Sund, die Bjørkenborger waren bereits bei den Grus-Hügeln per Floß an Land gegangen, Herbert und Anton tuckerten außerhalb der Klippen, um den Weg zum Fimbul-Fjord abzukürzen, und Volmersen und der Graf fuhren in düsterem Schweigen über die Totmannsbucht, zutiefst erschüttert über die Entweihung des Treibhaus-Weines und der Tabakpflanzen durch den Pastor.

Missionar Polleson war ein geduldiger Mensch. Er lag lange wach und horchte auf des Leutnants und Valfreds Schnarchen, bevor er sich mit der größten Vorsicht aus dem Hause schlich. Leutnant Hansen, den niemand bisher überlistet hatte, kroch aus der Koje und folgte ihm. Er sah zu seinem Erstaunen, dass der Pastor zum Boot ging, das friedlich an der Anlegestelle schaukelte.

Der Leutnant ging hinter einem großen Stein in Deckung. Er riss ein Büschel Heidekraut aus, das er sich vor den Kopf hielt, sodass er unsichtbar dem Feind nachspionieren konnte.

Polleson kam mit einem großen Beil zurück. Er ging geradewegs zum Aalborghaus, und der Leutnant konnte hören, dass er einen Psalm summte.

Leutnant Hansen war Krieger, und Polleson war in diesem Augenblick ein Feind – ein Gefühl, das Hansen schon bei dessen Ankunft gehabt hatte und das jetzt bestätigt wurde, als der Pastor mit einem gezielten Fußtritt die Tür zu dem kleinen Destillierhaus öffnete. Mit einem zufriedenen Nicken ging Hansen hinter dem Stein ganz in Deckung, und kaum dachte er an das durch Frost geschädigte Dynamit, als auch schon die Explosion in seinen Ohren dröhnte.

Hansen guckte hoch: Zuerst kam das Dach, schwer und gemessen. Dann wurde es vom Missionar Polleson überholt, der wie eine Neujahrsrakete gen Himmel fuhr, wobei die schwarzen Rockschöße sich wie Flügel bewegten. Nach Polleson wirbelte der völlig in seine Einzelteile zerlegte Destillierapparat durch die Luft, das Holz der Dynamitkisten und eine Menge Steine und Erde.

Valfred, der merkwürdigerweise bei dem Krachen aufwachte, kroch aus seiner Koje. Als er die Tür öffnete, sah er Leutnant Hansen in scharfem Trab hinauf zum weggesprengten Aalborghaus eilen.

»Gott behüte, lieber Hansen, befinden wir uns mit jemandem im Krieg?« Er stieg in seine Strohschuhe und trottete zur Ruine.

Leutnant Hansen schüttelte den Kopf, und als Valfred ankam, zeigte er auf den entseelten Körper des langen Missionars.

»Er hat mit dem Beil ins gefrorene Dynamit gehauen«, erklärte er.

»Verdammt.« Valfred guckte den Leutnant nachdenklich an. »Warum?«

»Weil ich die Kisten auf den Tisch gestellt hatte und »Alkohol« auf die Deckel geschrieben habe«, teilte der Leutnant mit. »Ich meinte, dass es so am besten wäre.«

»Ja, wenn du das gemeint hast, brauchen wir auch nicht mehr darüber zu reden.« Valfred ging einmal um Polleson herum. »Aber er war nun wirklich ein richtig guter Prediger, versuchte nicht, uns etwas aufzuschwätzen und hat sich für Heidelbeerschnaps interessiert.«

»Genau«, entgegnete der Leutnant, »und das machte ihn gefährlich, Valfred. Ich habe es schon geahnt, als ich ihn auf dem Fjord sah. Er hatte es auf unseren Destillierapparat abgesehen.«

»Was du nicht sagst!« Valfred guckte erstaunt hoch. »Denk mal, dass ein Mensch so etwas fertig bringt, was?« Er schüttelte verständnislos den Kopf. »Aber wenn du es jetzt sagst, dann hatte er doch schon etwas Seltsames an sich. Und wir konnten ihn hier oben auch nicht richtig gebrauchen«, er zeigte auf den Fjord hinaus, wo man die ersten beiden Boote bei den Hunde-Inseln ahnen konnte, »es ist ja Religion, die ganze Sache«, sagte er.

Leutnant Hansen zog den Missionar aus den Trümmern und legte ihn ins Heidekraut, schloss ihm die erstaunten Augen und faltete seine Hände über dem gewaltigen Brustkasten.

»Tja«, sagte er, »man sollte ihm wohl einen Spruch gönnen. Aber ich erinnere mich bloß an einen aus der Kaserne in Fredericia.«

»Ich weiß nicht, ob er zu dieser Gelegenheit passt«, gab der Leutnant zu bedenken.

»Besser als gar nichts«, meinte Valfred. »Lass hören, Hansen.«

Leutnant Hansen nahm seine Mütze ab und nahm eine stramme Habacht-Stellung ein. Er hob den Kopf, dass die Nase auf den Gipfel des Fimbul-Felsens zielte, und sprach das alte Soldatenlied:

»Mit den Toten ists nichts mehr,
sie kommen ja doch nicht wieder.
Doch der Lauf der Zeit
lässt wieder Menschen werden.«

Valfred nickte. Er blickte auf den Fjord hinaus zu den heranpreschenden Motorbooten und wischte sich mit dem Handrücken eine Träne aus dem Augenwinkel. »Das war schön, Hansen«, sagte er, »das war genau richtig.«

Der hohe Norden im Unionsverlag

Jørn Riel *Das Haus meiner Väter*
Die Geschichte des Inuit-Jungen Agorajaq, seiner zwei weißen Väter, seiner drei Onkel und ihrem Haus am Fuß des Berges, der Miss Molly genannt wird. »Ein Schelmen- und Entwicklungsroman von saftiger Drastik und lässiger Komik.«
Buchmarkt

Jørn Riel *Nicht alle Eisbären halten Winterschlaf*
In Nordostgrönland stranden Männer, die genug haben von Europa und seiner Zivilisation. Jeder dieser Jäger und Fänger ist auf seine Art eigensinnig und liebenswert.

Joan Clark *Der Triumph der Geraldine Gull*
Am Rande der Hudson Bay, zwischen der Baumgrenze und den Eisbergen, liegt vergessen das Indianerdorf Niska. Ein Fluch scheint über ihm zu liegen, bis die rätselhafte, unbezähmbare Geraldine Gull mit ihrer Vision den Bann bricht.

Juri Rytchëu *Traum im Polarnebel*
Durch einen Unfall muss der Kanadier John MacLennan in einer Siedlung der Tschuktschen an der eisigen Nordküste Sibiriens überwintern. Aus einem Winter wird ein ganzes Leben.

Allen Roy Evans *Attu. Die Aleuten-Saga*
Die Aleuteninseln sind der letzte Pfeiler einer versunkenen Brücke, die einst Asien mit Amerika verband. Die Begegnung ihrer Bewohner mit dem Industriezeitalter wird zur Tragödie. »Grandioses Leseerlebnis!«
Nils Jensen, Buchkultur, Wien

Farley Mowat *Der Schneewanderer*
Farley Mowat, der berühmte Chronist der arktischen Welt, erzählt vom Überleben der Inuit. »Wer von diesem Buch nicht gerührt wird, den kann überhaupt nichts mehr rühren.« *Tages-Anzeiger*

Stan Jones *Schamanenpass*
Action und Abenteuer im Eis, Schamanen und Computer, Visionen und Handys, Schlittenhunde und Schneemobile – Alaska State Trooper Nathan Active legt sich mit der Vergangenheit an, in der brutalen Ödnis am Schamanenpass.